COLLEC

Italo Calvino

Le baron perché

Traduction de l'italien
par Juliette Bertrand,
revue par Mario Fusco

Gallimard

Titre original :

IL BARONE RAMPANTE

Le texte original comporte un certain nombre de dialogues en langues étrangères, particulièrement en français. Nous les avons imprimés en italique.

I

C’est le 15 juin 1767 que Côme Laverse du Rondeau, mon frère, s’assit au milieu de nous pour la dernière fois. Je m’en souviens comme si c’était hier. Nous étions dans la salle à manger de notre villa d’Ombreuse ; les fenêtres encadraient les branches touffues de la grande yeuse du parc. Il était midi ; c’est à cette heure-là que notre famille, obéissant à une vieille tradition, se mettait à table ; le déjeuner au milieu de l’après-midi, mode venue de la peu matinale Cour de France et adoptée par toute la noblesse, n’était pas en usage chez nous. Je me rappelle que le vent soufflait, qu’il venait de la mer et que les feuilles bougeaient.

— J’ai dit que je ne veux pas et je ne veux pas, fit Côme en écartant le plat d’escargots. On n’avait jamais vu désobéissance plus grave.

Le baron Arminius Laverse du Rondeau, notre père, coiffé d’une perruque Louis XIV descendant jusqu’aux oreilles et démodée comme tout ce qui lui appartenait, siégeait à la place d'honneur. Entre mon frère et moi était assis l'abbé Fauchelafleur, chapelain de notre famille, notre précepteur. En face de nous, la générale Konradine du Rondeau, notre mère, et notre sœur Baptiste, la nonne de la maison. À l'autre bout de la table, en costume turc, était assis l'avocat Æneas-Sylvius Carrega, hydraulicien, régisseur de notre propriété et notre oncle naturel, puisqu'il était le frère illégitime de notre père.

Côme avait douze ans, j'en avais huit. Depuis quelques mois seulement, nous avions été admis à la table de nos parents ; j'avais bénéficié avant l'âge de la promotion de mon frère : on n'avait pas voulu me laisser manger tout seul. Bénéficié, c'est une façon de parler. Pour Côme et pour moi, c'en était fini du bon temps et nous regrettions nos petits repas seuls dans un réduit, en compagnie de l'abbé Fauchelafleur. Celui-ci était un petit vieillard sec et ridé ; on le disait janséniste ; de fait, il avait fui le Dauphiné, sa province natale, pour éviter un procès de l'Inquisition. Mais ce caractère rigoureux qu'on louait généralement chez lui, cette sévérité intérieure qu'il s'imposait et imposait aux autres cédaient à chaque instant devant une vocation foncière pour l'indifférence et le laisser-aller. Selon toute apparence, ses longues méditations les yeux dans le vide n'avaient abouti qu'à une grande absence de volonté et à un profond ennui. Il agissait comme s'il voyait dans la plus légère difficulté le signe d'une fatalité à laquelle il serait inutile de s'opposer. Nos repas en compagnie de l'Abbé ne commençaient qu'après de longues oraisons, et les évolutions de nos cuillers se devaient d'être dignes, rituelles, silencieuses : malheur à celui qui levait les yeux de son assiette ou faisait entendre, en absorbant son bouillon, la plus faible aspiration. Mais le potage fini, l'Abbé commençait à se sentir las, contrarié : il regardait dans le vide et faisait claquer sa langue à chaque gorgée de vin ; seules, les sensations les plus superficielles et les plus éphémères semblaient encore le toucher. Au plat de résistance, nous pouvions nous mettre à manger avec les mains ; et à la fin du repas, nous nous lancions des trognons de poires, tandis que l'Abbé laissait choir de temps à autre un de ses nonchalants :

— Oooh bien ! Oooh alors !

Maintenant que nous avions pris place à la table commune, nous sentions s'accumuler en nous les griefs familiaux, triste chapitre de l'enfance. Notre père et notre mère ne nous quittaient pas des yeux : « sers-toi de ta fourchette et de ton couteau pour le poulet, tiens-toi droit, ôte tes coudes de la table », ça n'arrêtait pas ; sans compter notre insupportable sœur Baptiste. Ce ne furent que gronderies, piques d'amour-propre, punitions, bouderies. Jusqu'au jour où Côme refusa les escargots et décida de séparer son destin du nôtre.

Par la suite, j'ai mieux compris ce qu'avait été cette accumulation de ressentiments : mais j'avais alors huit ans, tout me faisait l'effet d'un jeu, notre guerre contre les grandes personnes était celle de tous les enfants ; je ne voyais pas que l'obstination de mon frère cachait quelque chose de plus profond.

Le Baron notre père était un homme ennuyeux, c'est certain, même si ce n'était pas un méchant homme. Sa vie était gouvernée par des idées désuètes, comme il arrive souvent dans les périodes de transition. L'agitation de leur époque communique à certains le besoin de s'agiter aussi, mais à rebours, en dehors du bon chemin. C'est ainsi que notre père, avec tout ce qui mijotait autour de nous, se targuait d'avoir droit au titre de duc d'Ombreuse et pensait uniquement à des questions de généalogie, de successions, de rivalités, d'alliances avec des pays proches ou lointains.

On vivait perpétuellement chez nous comme si l'on était à la répétition générale d'une invitation à la Cour ; mais je ne sais pas trop laquelle : celle de l'impératrice d'Autriche, du roi Louis ou de ces montagnards de Turin… Servait-on quelque dindon ? Notre père nous surveillait du coin de l'œil pour voir si nous le coupions et le dégustions conformément aux règles royales. L'Abbé y touchait à peine, par crainte de se faire prendre en flagrant délit, lui qui devait soutenir notre père dans toutes ses réprimandes. Quant au Chevalier Avocat Carrega, nous avions découvert sa fausseté foncière : il faisait disparaître des pilons entiers sous les pans de sa simarre à la turque pour les dévorer à belles dents, comme il aimait le faire, une fois caché dans la vigne. Bien que nous ne l'eussions jamais pris sur le fait, tant ses gestes étaient vifs, nous aurions juré qu'il se mettait à table la poche pleine de petits os tout épluchés pour les déposer dans son assiette à la place des quarts de dindon qu'il escamotait intégralement. Notre mère, la Générale, ne comptait pas parce que, même pour se servir à table, elle usait de brusques façons militaires : *« So ! Noch ein wenig ! Gut ! »* À cela, personne ne trouvait à redire. Avec nous, elle ne tenait peut-être pas à l'étiquette, mais en tout cas à la discipline et prêtait main-forte au Baron avec des consignes de place d'armes : « *Sitz' ruhig !* Et essuie-toi le museau ! » La seule qui se sentait à son aise était Baptiste, la nonne de la maison : elle disséquait les chapons avec un acharnement minutieux, fibre après fibre, à l'aide de certains petits couteaux pointus qu'elle était seule à posséder ; de véritables scalpels de chirurgien. Le Baron qui, pourtant, aurait dû nous la citer en exemple, ne se risquait pas à la regarder : avec ses yeux hallucinés, sous les ailes de sa cornette amidonnée, ses dents serrées dans un petit visage jaune de rongeur — elle lui faisait peur, oui, même à lui. La table, on le comprend, était le lieu où se révélaient tous nos antagonismes, toutes nos divisions, toutes nos folies aussi et toutes nos hypocrisies. Ce fut à table que se décida la révolte de Côme. On m'excusera donc de m'attarder dans mon récit : nous ne trouverons plus de tables bien dressées dans la vie de mon frère, on peut en être certain.

La table était le seul endroit où nous rencontrions les grandes personnes. Pendant le reste de la journée, notre mère, retirée dans ses appartements, faisait de la dentelle et des broderies. La Générale ne savait s'occuper qu'à ces travaux traditionnellement féminins : mais sa passion guerrière s'y donnait libre cours. Guipures et broderies représentaient habituellement des cartes géographiques : tendues sur des coussins ou sur des tapisseries, elles étaient piquetées d'épingles et de petits drapeaux reproduisant les batailles des guerres de Succession d'Autriche, que notre mère connaissait par cœur. D'autres fois, elle brodait des canons, avec les différentes trajectoires à partir de la bouche à feu, les dispersions et les angles de tir ; notre mère était très compétente en balistique. Konradine était fille du général Konrad von Kurtewitz, lequel, vingt ans auparavant, avait occupé nos terres à la tête des troupes de Marie-Thérèse d'Autriche. Comme elle était orpheline de mère, le Général l'emmenait dans ses campagnes. Il n'y avait là rien de romanesque : tous deux voyageaient dans le meilleur équipage, logeaient dans les plus beaux châteaux, avec une armée de servantes, et elle passait ses journées à faire de la dentelle au tambour. On a raconté qu'elle prenait part aux batailles, à cheval, mais c'est une pure légende. Elle a toujours été le petit bout de femme rose au nez retroussé que nous avons connu. Et si elle avait gardé de son père la passion militaire, peut-être est-ce bien en manière de protestation contre son mari.

Notre père était un des rares nobles de la région qui eussent pris, au cours de la guerre, le parti des Impériaux. C'est à bras ouverts qu'il avait accueilli dans son fief le général von Kurtewitz. Il avait mis ses hommes à la disposition du général. Et pour mieux montrer son dévouement à la cause impériale, il avait épousé Konradine. Tout cela, comme toujours, dans l'espoir d'être un jour duc. Mais cette fois encore, l'affaire tourna mal : les Impériaux eurent vite fait de décamper, et les Génois écrasèrent notre père d'impôts. Il n'en avait pas moins gagné une excellente épouse, la Générale, ainsi qu'on l'appela après la mort glorieuse de son père en Provence et l'envoi par Marie-Thérèse d'un collier d'or sur un coussin de damas. Il vécut presque toujours en bon accord avec elle qui, élevée dans les camps, ne rêvait pourtant qu'armées et batailles et lui reprochait de n'être qu'un intrigant malchanceux.

Au fond, ils en étaient restés tous deux au temps des guerres de Succession, elle avec les artilleries qu'elle avait dans la tête, lui avec ses arbres généalogiques. Elle rêvait pour nous d'un grade dans n'importe quelle armée ; lui nous voyait épouser quelque grande-duchesse électrice de l'Empire… Au demeurant, ce furent d'excellents parents. Mais à ce point distraits que, tous deux, nous pûmes grandir presque abandonnés à nous-mêmes. Fut-ce un mal ? Fut-ce un bien ? Qui pourrait le dire ? La vie de Côme fut certes tout à fait hors de l'ordinaire, et la mienne très régulière et modeste ; et pourtant nous eûmes la même enfance. Ensemble, nous étions indifférents aux tourments des adultes et nous cherchions des voies différentes de celles que suivaient les gens.

Nous grimpions aux arbres (ces premiers jeux innocents s'éclairent dans mon souvenir comme d'une lueur d'initiation, de présage, mais qui pensait alors à cela ?), nous remontions les torrents en sautant d'un rocher à l'autre, nous explorions des cavernes au bord de la mer, nous nous laissions glisser le long des balustrades des escaliers de la villa. Une de ces glissades fut, pour Côme, l'origine d'un de ses heurts les plus graves avec nos parents : puni injustement, à son avis, il nourrit dès lors contre la famille (ou la société ? ou le monde en général ?) une rancune qui se manifesta par la suite dans sa décision du 15 juin.

À vrai dire, on nous avait déjà interdit de nous laisser glisser sur les rampes de marbre de l'escalier. Non de peur que nous nous cassions jambes ou bras — nos parents ne se soucièrent jamais de cela, si bien qu'effectivement nous ne nous cassâmes jamais rien — mais parce que, croissant en taille et en poids, nous risquions de renverser les statues d'ancêtres que notre père avait fait placer sur de petites colonnes surmontant les balustres, à chacun des paliers. Côme avait déjà fait dégringoler une fois un trisaïeul évêque, avec sa mitre et tout. Puni, il avait appris à freiner son élan un instant avant d'arriver au palier et à sauter en bas au moment précis où il allait cogner la statue. J'avais appris, moi aussi : je le suivais en tout ; mais toujours plus modeste et plus prudent, je sautais à mi-rampe ou ne faisais que de petites glissades fragmentaires, en freinant continuellement. Un jour qu'il glissait sur la rampe comme une flèche, qui donc monta l'escalier ? L'abbé Fauchelafleur, son bréviaire ouvert à la main, avec le regard vide et fixe d'une poule. Si seulement il avait été à moitié endormi, comme d'habitude... Non, il était dans un de ses moments d'extrême lucidité, d'attention à tout ce qui l'entourait. Il voit Côme, il pense : la rampe, la statue, il va s'y cogner, on va me faire aussi des reproches (à chacune de nos gamineries, on lui reprochait de ne pas avoir su nous surveiller) ; il se jette contre la balustrade pour retenir mon frère. Côme vient cogner l'Abbé, l'entraîne tout le long de la rampe — le petit vieillard n'avait que la peau sur les os —, se trouve dans l'impossibilité de freiner et vient heurter avec deux fois plus d'élan la statue de notre ancêtre, Guerrier Laverse du Rondeau, croisé qui s'en fut en Terre sainte. Tout le monde dégringole au pied de l'escalier, l'Abbé, Côme et le croisé pulvérisé (il était en plâtre). Ce furent des réprimandes à n'en plus finir, des coups de fouet, des pensums, la réclusion, le régime du pain sec et de la soupe froide. Et Côme qui se sentait innocent (ce n'était pas sa faute, mais bien celle de l'Abbé) eut cette invective féroce :

— Je me fiche de tous vos ancêtres, monsieur mon père !

Sa vocation de rebelle s'annonçait déjà.

Quant à notre sœur, au fond, elle nous ressemblait. Elle aussi, bien que son isolement lui eût été imposé par notre père après l'histoire du marquis de la Pomme, avait toujours été une âme rebelle et solitaire. Ce qui s'était passé avec le jeune marquis, on ne l'a jamais bien su. Fils d'une famille qui nous était hostile, comment s'y était-il pris pour s'introduire chez nous ? Et quel était son but ? Pour séduire, bien pis, pour violenter notre sœur, fut-il affirmé au cours de la longue querelle qui s'ensuivit entre nos familles. Mais nous ne parvînmes jamais à nous représenter ce navet semé de taches de rousseur comme un séducteur, et surtout comme le séducteur de notre sœur. Elle était beaucoup plus forte que lui et resta fameuse pour avoir fait victorieusement le bras de fer avec les palefreniers. Puis, pourquoi fut-ce lui qu'on entendit crier ? Comment se fit-il que les domestiques, accourus en même temps que mon père, le trouvèrent en loques, sa culotte lacérée comme par les griffes d'un tigre ? Les de la Pomme ne voulurent jamais admettre que leur fils eût attenté à l'honneur de Baptiste, ni consentir à un mariage. C'est ainsi que notre sœur finit enterrée chez nous, et vêtue en religieuse, sans avoir même prononcé les vœux du tiers ordre, étant donné le caractère douteux de sa vocation.

C'est en matière de cuisine que sa rancœur se donnait surtout libre cours. Elle ne manquait ni de soin, ni d'esprit d'invention, qui sont les premières qualités d'une cuisinière. Mais on ne savait jamais quelles surprises pouvaient bien nous attendre à table dès qu'elle décidait de mettre la main à la pâte. Elle nous prépara une fois des croquettes au foie de rat, très friandes, à vrai dire, et ne nous en dévoila la nature qu'après que nous les eûmes mangées et trouvées bonnes. Pour ne pas parler des pattes de sauterelles — celles de derrière, bien dures et en dents de scie — dont elle avait fait une mosaïque sur une tarte. Ni des queues de porc rôties enroulées en forme de gimblettes. Un jour, elle nous fit cuire un hérisson entier, avec tous ses piquants, Dieu sait pourquoi, pour la seule satisfaction sans doute de nous faire sursauter au moment où nous soulèverions le couvercle du plat : elle-même, qui mangeait pourtant tous les mets extraordinaires qu'elle préparait, n'y voulut pas goûter, bien que ce fût un tout jeune hérisson, rose et certainement tendre. En fait, une grande partie de son horrifiante cuisine était étudiée pour la seule apparence, plutôt que pour le plaisir de nous faire savourer en même temps qu'elle des aliments d'un goût effroyable. Les plats préparés par Baptiste étaient de la très fine orfèvrerie animale ou végétale : des têtes de choux-fleurs ornées d'oreilles de lièvre étaient posées sur une collerette taillée dans la peau du même animal. D'une tête de porc sortait, comme si le porc eût tiré la langue, une langouste bien rouge, et les pinces de la langouste présentaient à leur tour la langue de porc comme si elles la lui eussent arrachée. Il y avait aussi les escargots.

Baptiste était parvenue à décapiter je ne sais combien d'escargots, et elle avait piqué ces têtes molles de petits chevaux, avec un cure-dents, je pense, sur autant de beignets : quand on les servit à table, on crut voir une troupe de cygnes minuscules. Ce qui impressionnait plus encore que la vue de semblables friandises, c'était de penser au zèle, à l'acharnement avec lesquels Baptiste les avait préparées, d'imaginer ses mains fluettes aux prises avec ces menus corps d'animaux.

La manière avec laquelle les escargots inspiraient la macabre imagination de notre sœur nous poussa, mon frère et moi, à une révolte faite de solidarité avec ces pauvres bêtes torturées, de dégoût pour leur saveur et de fureur contre tout et contre tous. Il ne faut pas s'étonner si ce fut là l'origine du geste prémédité de Côme, et de ce qui s'ensuivit.

Nous avions échafaudé un plan. Quand le Chevalier Avocat apportait à la maison un panier d'escargots comestibles, on mettait les bestioles à la cave dans un tonneau où elles jeûnaient tout en avalant du son qui les purgeait. En déplaçant le couvercle du tonneau, on apercevait une sorte d'enfer : les escargots remontaient les longailles avec une lenteur annonçant déjà l'agonie, parmi des restes de son et des stries où se mêlaient grumeaux de bave et excréments colorés — souvenir du bon temps passé au plein air parmi les herbes. Certains étaient complètement sortis de leur coquille, la tête tendue, les cornes écartées, d'autres se ratatinaient sur eux-mêmes, n'avançant au-dehors que de méfiantes antennes, d'autres faisaient cercle comme des badauds, d'autres étaient endormis et fermés, d'autres gisaient, la coquille à l'envers. Pour leur épargner de rencontrer cette sinistre cuisinière, et pour nous épargner ses festins, nous pratiquâmes un trou dans le fond du tonneau ; en partant de là, nous traçâmes ensuite avec des brins d'herbe hachée imbibés de miel, une route aussi praticable que possible, qui passait derrière d'autres tonneaux et du matériel de cave : il s'agissait d'inciter les escargots à fuir jusqu'à une petite fenêtre donnant sur une plate-bande inculte et broussailleuse.

Le lendemain, nous descendîmes dans la cave pour contrôler la réussite de notre plan. Nous inspectâmes les murs et les couloirs à la lueur d'une bougie :

— Il y en a un ici !... Un autre là !

— Regarde jusqu'où est allé celui-ci !

Déjà, une file assez serrée d'escargots courait sur le sol et les murs, tout le long de notre piste, jusqu'à la petite fenêtre.

— Vite, petits colimaçons ! Dépêchez-vous ! Sauvez-vous ! disions-nous, en voyant les bestioles avancer paisiblement et se livrer à de paresseux circuits supplémentaires sur les murs rugueux de la cave, où les attiraient concrétions, moisissures et tartre.

Comme la cave était noire, encombrée, pleine de surprises, nous espérions bien que nul ne les découvrirait et qu'ils auraient le temps de se sauver tous.

Mais notre enragée de sœur parcourait, de nuit, toute la maison pour chasser le rat, un chandelier à la main, un fusil sous le bras. Cette nuit-là, elle traversa la cave et la lumière de sa chandelle vint donner sur un escargot qui s'était égaillé au plafond, avec son sillage de bave argentée. Un coup de fusil retentit. Nous sursautâmes tous dans nos lits, puis remîmes sans attendre notre tête sur l'oreiller, habitués que nous étions aux chasses nocturnes de notre religieuse domestique. Mais après avoir anéanti l'escargot et fait tomber un morceau de crépi, Baptiste se mit à crier de sa voix stridente :

— Au secours ! Ils se sauvent tous ! Au secours !

Les domestiques accoururent à moitié nus, ainsi que notre père, armé d'un sabre et l'Abbé sans sa perruque ; quant au Chevalier Avocat, avant même de comprendre, il décida d'éviter les ennuis, se sauva dans la campagne et s'en fut dormir dans une meule de paille.

À la clarté des torches, commença une chasse générale aux escargots. Personne ne se souciait vraiment de les rattraper, mais maintenant qu'on était réveillé, on ne voulait pas, par amour-propre, admettre qu'on s'était dérangé pour rien. On découvrit le trou pratiqué dans le fond du tonneau et on comprit immédiatement qui l'avait fait. Notre père vint nous chercher au lit, armé du fouet du cocher. Couverts de raies violettes sur le dos, sur les fesses et sur les jambes, nous allâmes échouer dans la lugubre petite pièce qui nous servait de cachot.

On nous maintint là trois jours, au régime du pain, de l'eau, de la salade, de la couenne et du minestrone froid (heureusement, nous aimions ça). Le premier repas en famille qui suivit fut précisément celui du 15 juin à midi. Il semblait qu'il ne se fût rien passé, que tout fût normal. Mais qu'avait préparé notre sœur Baptiste, surintendante de la cuisine ? Un potage à l'escargot, suivi d'une entrée d'escargots. Côme refusa de toucher même la moindre coquille.

— Vous allez manger, ou vous retournerez tout de suite au cachot !

Moi, je cédai et commençai d'avaler les mollusques. (Ce fut de ma part une petite lâcheté ; mon frère se sentit plus seul, et son départ fut donc aussi une protestation contre moi, qui venais de le décevoir : mais je n'avais que huit ans ; et puis, à quoi bon comparer ma force de volonté, plus encore, celle que je pouvais avoir à huit ans, avec l'obstination surhumaine qui caractérisa toute la vie de mon frère ?)

— Alors ? demanda notre père à Côme.

— Non, non et non ! répondit Côme en repoussant le plat.

— Quitte cette table.

Mais déjà Côme nous avait tourné le dos et sortait de la salle à manger.

— Où vas-tu ?

À travers la porte vitrée, nous le vîmes prendre dans le vestibule son tricorne et sa petite épée.

— Je sais où je vais ! cria-t-il.

Et il courut dans le jardin.

Au bout d'un moment, nous l'aperçûmes par les fenêtres, qui grimpait dans l'yeuse. Il avait la tenue et les habits fort soignés que notre père exigeait à table : cheveux poudrés et queue nouée d'un ruban, cravate de dentelle, petit habit vert à basques, culotte mauve, l'épée au côté et de longues guêtres de peau blanche montant jusqu'à mi-cuisse, qui étaient l'unique concession à notre vie campagnarde. (Pour moi, qui n'avais que huit ans, j'étais dispensé, sauf dans les grandes occasions, de me poudrer les cheveux, et de porter l'épée — ce qui m'eût pourtant fait grand plaisir.) Ainsi vêtu, il se hissait le long de l'arbre noueux, remuant bras et jambes au travers des branches, avec la précision et la rapidité que lui avait données le long entraînement auquel nous nous étions livrés.

J'ai déjà dit que nous passions des heures et des heures dans les arbres, et ce non pas pour y chercher des fruits ou des nids, comme la plupart des garçons, mais pour le plaisir de triompher des reliefs difficiles et des fourches, d'arriver le plus haut possible, de trouver de bonnes places pour nous installer et regarder le monde au-dessous de nous en faisant des farces et en poussant des cris à l'intention de ceux qui passaient à terre. Il me parut donc naturel que la première idée de Côme, devant l'injuste acharnement des siens, eût été de grimper dans l'yeuse, notre arbre familier. De ses branches tendues au niveau des fenêtres de la salle à manger, Côme pouvait imposer à toute la famille le spectacle de son courroux et de son indignation.

— *Vorsicht ! Vorsicht !* Il va tomber, le pauvre ! s'écria notre mère qui nous eût vus bien volontiers charger sous un tir de barrage, mais souffrait mort et martyre à chacun de nos jeux.

Côme monta jusqu'à la fourche d'une grosse branche, où il pouvait s'installer commodément, et s'assit là, les jambes pendantes, les mains sous les aisselles, la tête rentrée dans le cou, son tricorne enfoncé sur le front.

Notre père se pencha par la fenêtre :

— Quand tu seras fatigué de rester là, tu changeras d'idée ! cria-t-il.

— Je ne changerai jamais d'idée, répondit mon frère, du haut de sa branche.

— Je te ferai voir, moi, quand tu descendras !

— Oui, mais moi, je ne descendrai pas.

Et il tint parole.

II

Côme était sur son yeuse. Les branches s'agitaient, ponts jetés très loin au-dessus du sol. Un léger vent soufflait et le soleil brillait au travers du feuillage. Pour apercevoir Côme, nous devions faire un abat-jour de nos mains. Côme regardait le monde du haut de son arbre : tout, vu de là, était différent, et c'était un premier sujet d'amusement. L'allée apparaissait dans une tout autre perspective, et après elle les plates-bandes, les hortensias, les camélias, la table de fer sur laquelle on prenait le café dans le jardin. Plus loin, les chevelures des arbres étaient de plus en plus clairsemées ; les potagers devenaient de petits champs échelonnés, soutenus par des murs de pierre ; le dos de la colline, plus sombre, était couvert d'oliveraies ; derrière, le hameau d'Ombreuse offrait ses toits de tuiles décolorées et d'ardoises ; en bas, on voyait pointer les antennes des bateaux : là se trouvait le port. Tout au fond, c'était la mer, haute sur l'horizon ; lentement, passait un voilier.

Après le café, le Baron et la Générale sortirent dans le jardin. Ils regardaient un rosier, affectant de ne pas accorder à Côme la moindre attention. Ils se donnaient le bras, puis se séparaient pour discuter en gesticulant. Pour ma part, j'allai sous l'yeuse, comme si j'y voulais jouer ; en réalité, je m'efforçais d'attirer l'attention de Côme. Mais lui me gardait rancune et restait là-haut immobile, le regard au loin. Je renonçai à ma tentative et m'accroupis derrière un banc, afin de pouvoir continuer à l'observer sans être vu.

Mon frère semblait en sentinelle. Il regardait tout, et tout était comme rien. Parmi les citronniers une femme passait, avec une corbeille. Un muletier montait la pente, accroché à la queue de sa mule. Ils ne s'étaient pas aperçus : au bruit des sabots ferrés, la femme se retourna et se pencha vers la route ; mais trop tard. Elle se mit alors à chanter : le muletier, qui avait déjà dépassé le tournant, fit claquer son fouet, dit : « Aah ! » à sa mule, et tout finit là. Côme, lui, voyait l'un et l'autre.

L'abbé Fauchelafleur traversa l'allée, son bréviaire ouvert. Côme prit quelque chose sur sa branche et le lui fit tomber sur la tête ; je ne vis pas ce que c'était, une petite araignée, ou un morceau d'écorce ; l'Abbé ne fut pas touché. Côme se mit à fourrager de sa petite épée dans un trou : il fit sortir une guêpe furieuse, la chassa en jouant de son tricorne et suivit des yeux le vol de la bête jusqu'à un plant de courge dans lequel elle se blottit. Vif comme toujours, le Chevalier Avocat sortit de la maison, prit le petit escalier du jardin et se perdit dans les rangées de vigne ; pour voir où il allait, Côme grimpa sur une autre branche. On entendit un bruissement dans le feuillage et un merle s'envola. Côme, vexé d'être resté tout ce temps dans l'arbre sans avoir rien remarqué, examina le feuillage à contre-jour pour voir s'il ne s'y trouvait pas d'autres oiseaux. Non, il n'y en avait pas.

L'yeuse était proche d'un orme : leurs feuillages se touchaient presque et deux branches passaient à un demi-mètre l'une au-dessus de l'autre. Il ne fut pas difficile à mon frère de franchir ce pas et de conquérir la cime de l'orme : nous n'avions jamais exploré celui-ci, tant ses ramures étaient hautes et grande la difficulté de s'y hisser en partant du sol. De l'orme, en cherchant une branche qui coudoyât un autre arbre, on pouvait passer d'abord sur un caroubier, puis sur un mûrier. C'est ainsi que je vis Côme avancer d'une branche à l'autre, marchant toujours en l'air, au-dessus du jardin.

Certaines branches du grand mûrier atteignaient puis escaladaient le mur d'enceinte de notre villa ; derrière se trouvait le jardin des Rivalonde. Bien qu'étant leurs voisins, nous ignorions tout des marquis de Rivalonde, seigneurs d'Ombreuse ; comme ils jouissaient depuis plusieurs générations de certains droits féodaux revendiqués par mon père, des sentiments peu amènes divisaient les deux familles et un mur haut comme un donjon séparait les deux jardins : j'ignore qui de mon père ou du Marquis l'avait fait élever. Qu'on ajoute à cela la jalousie dont les Rivalonde entouraient leur jardin, peuplé, disait-on, d'essences rarissimes. Le grand-père du Marquis actuel, disciple de Linné, avait mis en mouvement toute la vaste parenté que sa famille comptait aux Cours de France et d'Angleterre pour se faire envoyer des colonies les trésors botaniques les plus précieux. Pendant des années, des navires avaient débarqué à Ombreuse des sacs de semences, des bottes de boutures, des arbustes en pots, et jusqu'à des arbres entiers aux racines prises dans d'énormes mottes de terre ; tant et si bien que se mêlaient dans ce jardin — à ce qu'on disait — forêts des Indes, forêts des Amériques et jusqu'à des essences de Nouvelle-Hollande.

Tout ce que nous pouvions voir, c'étaient, le long du mur, les feuilles de couleur sombre d'un arbre nouvellement importé des colonies américaines : le *magnolia*. Sur ses branches noires se détachait une fleur blanche et charnue. De notre mûrier, Côme se transporta sur la crête du mur, fit quelques pas en équilibre puis, suspendu par les mains, se laissa retomber de l'autre côté, vers les feuilles et la fleur du magnolia. Il disparut ensuite à mes yeux ; et ce que je vais raconter, comme bien d'autres parties de ce récit, m'a été rapporté par Côme lui-même, plus tard, ou bien je l'ai tiré moi-même de témoignages dispersés et d'inductions personnelles.

Côme était sur le magnolia. Bien que cet arbre eût des branches fort serrées, il n'en était pas moins très praticable pour un garçon aussi expérimenté ; malgré leur minceur et la fragilité de leur bois, les branches tenaient ferme sous son poids. La pointe de ses souliers les éraflait, ouvrant de blanches blessures dans le noir de l'écorce. L'arbre enveloppait le jeune garçon du frais parfum des feuilles que le vent agitait, tournant des pages d'un vert tantôt terne et tantôt brillant.

C'était tout le jardin qui embaumait ; Côme ne parvenait pas encore à parcourir des yeux ce désordre touffu, mais son odorat l'explorait ; il s'efforçait de discerner les arômes variés, qu'il connaissait pour les avoir déjà sentis, apportés sur les ailes du vent jusqu'à notre jardin, tout chargés du secret de la villa voisine. Il regarda ensuite les frondaisons et vit des feuilles nouvelles, certaines grandes et lustrées comme par un voile d'eau, d'autres minuscules et pennées ; et des troncs lisses ou écailleux.

Il régnait là un grand silence. De minuscules roitelets s'envolèrent en criaillant. Et l'on entendit une petite voix qui chantait : *Oh là là là ! La ba-lan-*

çoire ! Côme regarda au-dessous de lui. Suspendue aux branches d'un grand arbre, une balançoire oscillait, où s'était assise une petite fille qui pouvait bien avoir dix ans.

C'était une enfant blonde, affublée d'une coiffure en hauteur et un peu ridicule pour une enfant, et d'une robe bleue, et à chaque mouvement de la balançoire sa jupe débordait de dentelles. Elle regardait devant elle, les yeux mi-clos et le nez en l'air, comme pour jouer à la dame ; elle croquait une pomme à petits coups de dents, penchant la tête à chaque bouchée vers sa main qui tenait le fruit et la corde en même temps ; chaque fois que la balançoire arrivait au bas de sa courbe, elle lui redonnait de l'élan en repoussant la terre du bout de ses petits souliers, soufflait loin de ses lèvres des bouts de pelure de la pomme mordillée, et chantonnait : *Oh là là là ! La ba-lan-çoire !...* comme une petite fille qui au vrai ne s'intéresse plus ni à la chanson, ni même à la pomme, et a désormais bien d'autres idées en tête.

Côme était descendu du haut de son magnolia jusqu'aux ramures les plus basses et se tenait les pieds plantés sur les deux branches d'une fourche, accoudé à un rameau comme à l'appui d'une fenêtre. Le vol de la balançoire amenait la petite fille exactement sous son nez.

Elle ne s'était jusqu'ici aperçue de rien. Tout à

coup elle le vit, là, debout sur son arbre, en tricorne et en guêtres.

— Oh ! fit-elle.

La pomme tomba de sa main et roula au pied du magnolia. Côme dégaina son épée, descendit sur la dernière branche, se pencha, atteignit le fruit de la pointe de son épée, le transperça et le tendit à la petite fille qui, entre-temps, avait fait un aller et retour complet de balançoire et se trouvait de nouveau là.

— Prenez-la, dit-il, elle ne s'est pas salie ; elle est seulement un peu meurtrie d'un côté.

La petite fille blonde regrettait déjà d'avoir montré tant d'étonnement devant ce garçon inconnu, apparu dans le magnolia. Elle avait repris son air digne et son nez en l'air :

— Vous êtes un voleur ? demanda-t-elle.

— Un voleur ? fit Côme, froissé. Puis il y pensa davantage et l'idée lui plut :

— Oui, dit-il, en enfonçant son tricorne sur son front. Y voyez-vous quelque inconvénient ?

— Et que venez-vous voler ?

Côme regarda la pomme qu'il avait enfilée sur la pointe de son épée ; il se souvint qu'il n'avait presque rien touché à table et qu'il avait faim.

— Cette pomme, déclara-t-il. Et il se mit à éplucher le fruit du tranchant de son épée, qu'il avait toujours très affilée, en dépit des prohibitions familiales.

— Alors vous êtes un voleur de fruits ?

Mon frère pensa aux hordes d'enfants pauvres d'Ombreuse qui escaladaient murs et haies pour saccager les vergers : une engeance qu'on lui avait appris à mépriser et à fuir. Pour la première fois, il se dit que cette vie-là devait être bien indépendante et bien enviable. Voilà : il allait pouvoir être désormais quelqu'un comme eux, et vivre désormais de cette façon.

— Exactement, enchaîna-t-il.

Il avait coupé la pomme en quartiers et s'était mis à la mâcher.

La petite fille blonde éclata d'un rire qui se prolongea pendant tout un aller et retour de la balançoire.

— Allons donc ! Je les connais, moi, les petits voleurs de fruits ! Ce sont tous mes amis ! Ils marchent pieds nus, ils vont en bras de chemise, ils sont ébouriffés, ils n'ont ni guêtres ni perruque !

Mon frère devint aussi rouge que la pelure de sa pomme. Être tourné en ridicule non seulement pour ses cheveux poudrés auxquels il ne tenait pas du tout, mais pour ses guêtres auxquelles il tenait énormément ; voir sa mine défavorablement comparée avec celle d'un voleur de fruits, espèce qu'il méprisait encore un instant plus tôt ; et, par-dessus tout, découvrir que cette damoiselle qui prenait des airs de reine dans les jardins des Rivalonde était l'amie de tous les voleurs de fruits, alors qu'il n'était rien pour elle, tout cela le remplit de dépit, de honte et de jalousie.

— Oh là là là !… Des guêtres et une perruque !… chantonnait la petite fille sur sa balançoire.

Côme sentit son orgueil piqué au vif.

— Je ne suis pas de ces pauvres voleurs que vous connaissez ! cria-t-il. Je ne suis pas du tout un voleur ! J'ai dit ça pour ne pas vous épouvanter, parce que si vous saviez pour de bon qui je suis, vous mourriez de peur. Je suis un brigand ! Un terrible brigand !

La petite fille continuait à lui voler jusque sous le nez. On eût dit qu'elle voulait l'effleurer du bout de ses pieds.

— Allons donc ! Et votre fusil, où est-il ? Les brigands ont tous un fusil. Ou une espingole. Je les ai vus, moi ! Ils ont arrêté vingt fois notre carrosse, quand nous allions du château à Rivalonde !

— Mais pas le chef ! C'est moi qui suis le chef ! Et le chef des brigands n'a pas de tromblon. Il n'a qu'une épée.

Et il tendit sa petite épée.

La petite fille haussa les épaules.

— Le chef des brigands, je le connais, expliquat-elle. Il s'appelle Jean des Bruyères. Il nous apporte toujours des cadeaux pour Noël et pour Pâques.

— Ah ! s'écria Côme du Rondeau, sentant monter en lui les rancœurs familiales. Alors mon père a bien raison de dire que le marquis de Rivalonde est le protecteur de tout le brigandage et de toute la contrebande de la région !

La petite fille passait près de terre. Au lieu de se relancer, elle freina, d'un rapide coup de jambes, et sauta à bas de la balançoire.

La balançoire restée vide rebondit sur ses cordes.

— Descendez tout de suite de là-haut ! fit la demoiselle en pointant méchamment son index vers le petit garçon. Comment vous êtes-vous permis de pénétrer sur nos terres ?

— Je ne descendrai pas ! répondit Côme avec la même chaleur. Je n'ai pas mis pied sur vos terres ; je ne le ferais pas pour tout l'or du monde !

Alors, avec beaucoup de calme, la petite fille prit un éventail posé sur un fauteuil de rotin et, bien qu'il ne fît guère chaud, se mit à s'éventer en faisant les cent pas :

— Je vais appeler nos serviteurs pour qu'ils vous prennent et vous donnent la bastonnade. Ça vous apprendra à vous faufiler chez nous.

Elle changeait constamment de ton, cette petite fille, et chaque fois, mon frère en était décontenancé.

— Là où je suis, ce n'est pas la terre ; ce n'est pas chez vous ! s'exclama-t-il. Il était bien tenté d'ajouter : « Sans compter qu'étant duc d'Ombreuse, je suis le seigneur de tout le territoire ! »

Mais il se retint : il n'éprouvait aucun plaisir à prendre à son compte les marottes de son père maintenant qu'il était en rupture de ban et qu'il avait fui. Au reste, ces prétentions au duché lui avaient toujours semblé une idée fixe : pourquoi lui, Côme, irait-il se déclarer duc à son tour ? Ne voulant pas se démentir, il continua de parler selon son inspiration :

— Ici n'est pas chez vous, répéta-t-il. Le sol est à vous, oui, et si j'y posais le pied, c'est vrai que je m'égarerais sur vos terres. Mais en haut, non. Je vais partout où bon me semble.

— Alors c'est à toi, là-haut ?

— Certainement. Tout ce qui est en haut est mon territoire personnel.

Côme fit un geste vague vers les branches, les feuilles à contre-jour, le ciel.

— Toutes les branches d'arbres sont mon territoire. Dis donc qu'ils viennent m'y prendre, s'ils le peuvent !

Après toutes ces rodomontades, il s'attendait à être tourné en ridicule. Ce fut tout le contraire : la fillette montrait un intérêt inattendu.

— Alors, dit-elle, jusqu'où va-t-il, ton territoire ?

— Partout où on peut arriver en marchant dans les arbres. Ici, de l'autre côté, derrière le mur, dans l'oliveraie, jusque sur la colline, de l'autre côté de la colline, dans le bois, dans les terres de l'Évêque.

— Et jusqu'en France ?

— Jusqu'en Pologne et jusqu'en Saxe, dit Côme, qui ne connaissait, en fait de géographie, que les noms prononcés par notre mère à propos des guerres de Succession. Mais je ne suis pas un égoïste, moi. Je t'y invite, moi, dans mon territoire.

Voilà qu'ils se tutoyaient, maintenant : mais c'est elle qui avait commencé.

— Et la balançoire, à qui est-elle ? demanda-t-elle en se rasseyant dessus, son éventail ouvert à la main.

— La balançoire est à toi, décréta Côme ; mais comme elle est accrochée à cette branche, elle dépend aussi de moi. Quand tu y es, si tu touches la terre avec tes pieds, tu es dans tes propriétés ; et si tu montes en l'air, tu es dans les miennes.

Elle prit un grand élan et s'envola, les mains agrippées aux cordes. Côme, de son magnolia, sauta sur la branche à laquelle était suspendue la balançoire ; là, il se saisit des cordes et lança lui-même la balançoire, qui montait de plus en plus haut.

— Tu as peur ?

— Moi ? Non. Comment t'appelles-tu ?

— Moi ? Côme. Et toi ?

— Violante ; mais on dit plutôt Violette.

— Moi, on m'appelle Mino : Côme est un nom de vieux.

— Ça ne me plaît pas.

— Côme ?

— Non : Mino.

— Tu peux m'appeler Côme.

— À aucun prix ! Écoute, nous devons faire des conventions bien nettes.

— Qu'est-ce que tu veux dire ? demanda-t-il. Chacune des interventions de Violette le laissait désemparé.

— Je dis que, moi, je peux monter dans ton domaine et que j'y suis une invitée d'honneur : ça va ? J'entrerai et je sortirai quand je voudrai. Toi, tu es inviolable et sacré tant que tu restes dans tes arbres. Mais dès que tu touches le sol de mon jardin, on t'enchaîne, et tu deviens mon esclave.

— Ton jardin, je n'y descendrai pas ; et dans le mien non plus. Pour moi, tout ça, c'est le territoire ennemi. Tu monteras me voir ; je recevrai aussi tes amis les voleurs de fruits, et peut-être mon frère Blaise, quoiqu'il soit un peu couard. Nous ferons toute une armée dans les arbres, et nous ramènerons à la raison la terre et ses habitants.

— Non, rien de tout ça. Laisse-moi t'expliquer ce qu'il en est. Tu as la seigneurie des arbres, d'accord ? mais si une seule fois tu touches terre avec un pied, tu perds tout ton royaume et tu restes le dernier des esclaves. Tu as compris ? même s'il y a une branche qui se casse et si tu tombes, tu as tout perdu !

— Je ne suis jamais tombé d'un arbre, de toute ma vie !

— Bien sûr, mais si tu tombes, si tu tombes tu deviens de la cendre et le vent t'emportera.

— Des histoires, tout ça ! Je ne descends pas à terre parce que je ne veux pas.

— Oh, ce que tu peux être ennuyeux.

— Non, non, on joue. Par exemple, je pourrais aller sur la balançoire ?

— Si tu arrivais à t'asseoir sur la balançoire sans toucher terre, oui.

Près de la balançoire de Violette, il y en avait une seconde, accrochée à la même branche ; les cordes en avaient été raccourcies par un nœud pour éviter tout risque de collision. Côme se laissa descendre le long d'une des cordes (il était très entraîné : notre mère nous avait ordonné beaucoup d'exercices aux agrès) ; il arriva au nœud, le défit, se dressa sur la balançoire et, pour se donner de l'élan, déplaça le poids de son corps par une flexion des genoux suivie d'une détente vers l'avant. Il montait ainsi de plus en plus haut. Les deux balançoires, qui allaient en sens opposé, atteignaient désormais la même hauteur et passaient l'une près de l'autre au milieu de leur parcours.

— Mais si tu essaies de t'asseoir et de te lancer avec les pieds, tu iras plus haut, suggéra Violette, insinuante.

Côme lui fit une belle grimace.

— Descends me pousser, sois gentil, fit-elle en souriant doucement.

— Mais non, puisqu'il est entendu que je ne dois descendre à aucun prix…

Côme recommençait à se sentir perdu.

— Sois mignon…

— Non.

— Ah ! ah ! Tu étais prêt à tomber dans le panneau ! Si tu avais mis pied à terre, tu perdais tout !

Violette descendit de son escarpolette et se mit à imprimer de légères poussées à celle de Côme. « Hou ! » fit-elle. Elle avait brusquement saisi la balançoire sur laquelle mon frère avait les pieds, et l'avait retournée. Heureusement, Côme se tenait solidement aux cordes ; sinon, il serait tombé comme une andouille.

— Traîtresse ! cria-t-il en se hissant le long des cordes.

Mais la remontée était bien plus dure que la descente. D'autant plus que, d'en bas, la petite fille blonde, qui se trouvait dans une période de méchanceté, tiraillait les cordes dans tous les sens.

Côme finit par atteindre la grosse branche et s'y installa à califourchon, s'essuyant le visage avec sa cravate de dentelle.

— Ah ! ah ! Tu as manqué ton coup !

— D'un poil !

— Moi qui te croyais mon amie !

— Tu croyais ça ? Et elle recommença de s'éventer.

— Violante ! entendit-on crier à ce moment — c'était une voix perçante de femme. À qui es-tu en train de parler ?

Sur l'escalier de pierre blanche qui menait à la villa, était apparue une dame : grande, maigre, avec une jupe très large ; elle regardait avec un face-à-main. Côme se retira parmi les feuilles, intimidé.

— À un jeune homme, *ma tante*, lança la fillette. Il est né au sommet d'un arbre et il est victime d'un enchantement qui l'empêche de mettre pied à terre.

Côme, tout rouge, se demandait si Violette voulait se moquer de lui avec sa tante ou se moquer de sa tante avec lui, ou simplement continuer le jeu, ou si encore elle ne se souciait pas le moins du monde de lui ni de sa tante ni du jeu. En attendant, il se voyait scruté par le face-à-main de la dame qui s'approchait de l'arbre comme pour contempler un étrange perroquet.

— Ouh ! *Mais c'est un des Laverse, ce jeune homme, je crois. Viens, Violante.*

Côme cuisait d'humiliation. On l'avait reconnu de l'air le plus naturel du monde, sans même demander ce qu'il faisait là ; et il avait suffi d'un rappel, ferme certes, mais dénué de sévérité, pour que la petite fille l'abandonnât, sans même se retourner : tout indiquait qu'on le tenait pour un personnage négligeable, qu'il n'existait presque pas. Ainsi, cet extraordinaire après-midi sombrait dans un nuage de honte.

Mais voici que la petite fille fait un signe à sa tante, que celle-ci penche la tête vers elle, que la petite fille lui dit quelque chose à l'oreille. La tante braque à nouveau son face-à-main vers Côme.

— Eh bien, jeune homme, dit-elle, voulez-vous nous faire le plaisir de venir prendre une tasse de chocolat ? Nous pourrons ainsi faire connaissance à notre tour puisque — elle lance un coup d'œil oblique à Violette — vous êtes déjà un ami de la famille.

Côme resta immobile, regardant tante et nièce avec des yeux ronds, le cœur battant. Il était invité par les de Rivalonde-et-d'Ombreuse, la famille la plus arrogante du pays ! À l'humiliation qu'il sentait un instant plus tôt succédait une belle revanche. Il se vengeait de son père en étant reçu par des adversaires qui l'avaient toujours regardé de très haut. Et Violette avait intercédé en sa faveur. Voilà qu'il était officiellement accepté comme ami de

Violette et qu'il allait pouvoir jouer avec elle dans ce jardin qui ne ressemblait à aucun autre. Côme réalisa tout cela en un éclair. Mais en même temps, un sentiment contraire se faisait confusément jour en lui : mélange de timidité, d'orgueil, d'esseulement, de point d'honneur. Bouleversé par ces impressions opposées, mon frère s'agrippa à la branche qui se trouvait au-dessus de lui, grimpa, gagna l'endroit le plus touffu, passa dans un autre arbre, et disparut.

III

Ce fut un après-midi qui n'en finissait plus. De temps en temps, on entendait un choc sourd, un bruissement, comme il arrive souvent dans les jardins. Nous courions au-dehors dans l'espoir que c'était lui, qu'il s'était décidé à descendre. Eh bien, non ! Je vis osciller la cime du magnolia avec sa fleur blanche, et Côme se montra de l'autre côté du mur qu'il escalada.

Je montai à sa rencontre dans le mûrier. En m'apercevant, il sembla contrarié : sa colère contre moi n'était pas retombée. Il s'assit sur une branche qui dominait la mienne et se mit à y faire des encoches avec sa petite épée, comme s'il se refusait à m'adresser la parole.

— C'est facile de monter sur le mûrier, fis-je pour dire quelque chose. Nous n'y avions jamais grimpé, *avant*…

Il continua d'entailler sa branche puis me demanda d'un ton aigre :

— Alors, tu les as trouvés bons, les escargots ?

Je lui tendis une corbeille :

— Je t'apporte deux figues sèches, Mino ; et un peu de tarte avec.

— C'est *eux* qui t'envoient ? fit-il du même ton revêche. Mais il avalait sa salive en lorgnant la corbeille.

— Non. Si tu savais, j'ai dû me sauver, en cachette de l'Abbé. Ils voulaient me faire donner une leçon toute la soirée, pour que je ne communique pas avec toi ; mais le vieux s'est endormi ! Maman se fait du souci, elle a peur que tu tombes et elle voudrait qu'on vienne te chercher ; mais papa, depuis qu'il ne te voit plus sur l'yeuse, déclare que tu en es descendu et t'es caché dans un coin pour méditer sur ta mauvaise conduite ; et qu'il n'y a pas besoin d'avoir peur.

— Je ne suis pas descendu du tout ! affirma mon frère.

— Tu as été dans le jardin des Rivalonde ?

— Oui, mais en passant toujours d'un arbre dans l'autre, et sans jamais toucher terre.

— Pourquoi ?

C'était la première fois que je lui entendais énoncer sa grande règle, mais il en avait parlé comme d'une chose déjà entendue entre nous et pour bien m'assurer qu'il ne l'avait pas transgressée. Je n'insistai pas pour avoir des explications.

— Tu sais, dit-il au lieu de me répondre, c'est un endroit qui demanderait des journées d'explorations, chez les Rivalonde. Ils ont des arbres qui viennent des forêts d'Amérique, si tu voyais ! Là-dessus, il se rappela qu'il était brouillé avec moi, et qu'en conséquence il ne devait éprouver aucun plaisir à me communiquer ses découvertes. Il coupa court, brusquement :

— De toute façon, je ne t'y conduirai pas. Dorénavant, tu peux aller faire tes promenades avec Baptiste, et avec le Chevalier Avocat !

— Oh, Mino, je veux y aller aussi ! Il ne faut pas m'en vouloir pour les escargots ! Ils étaient dégoûtants. Mais je n'en pouvais plus d'entendre crier toute la famille.

Côme, en attendant, se bourrait de tarte.

— Je te mettrai à l'épreuve, déclara-t-il. Tu dois me prouver que tu es de mon côté, et pas du leur…

— Dis-moi tout ce que tu veux que je fasse.

— Tu dois me procurer des cordes, des cordes longues et fortes : parce que pour faire certains passages, il faut que je m'attache. Puis une poulie, des crochets, et des clous. De gros clous.

— Mais qu'est-ce que tu veux faire ? Une grue ?

— Il faudra hisser beaucoup de choses, nous verrons ça plus tard : des planches, des roseaux…

— Tu veux construire une cabane dans un arbre ? Où ça ?

— Ce sera peut-être nécessaire. L'endroit, nous le choisirons. En attendant, mon adresse est là : dans le chêne creux. Je descendrai une corbeille au bout d'une corde ; tu pourras y mettre tout ce dont j'aurai besoin.

— Mais enfin quoi ? Tu parles comme si tu devais rester caché là-haut Dieu sait combien de temps… Tu crois qu'ils ne vont pas te pardonner ?

Il se tourna vers moi, tout rouge :

— Qu'est-ce que ça peut bien me faire, qu'ils me pardonnent ? D'ailleurs je ne suis pas caché, et je n'ai peur de personne ! Mais toi, as-tu peur de m'aider ?

J'avais naturellement compris que mon frère se refusait, pour l'instant, à descendre. Mais je faisais semblant de ne pas comprendre afin de l'obliger à se prononcer, à me déclarer : « Oui, je resterai dans les arbres jusqu'à l'heure du goûter ». Ou : « jusqu'au coucher du soleil ». Ou : « jusqu'à l'heure du dîner ». Ou : « jusqu'à la nuit noire ». En somme, je voulais qu'il m'indique une limite, qu'il donne une proportion à son geste de protestation. Mais il ne disait rien de semblable — et cela me faisait un peu peur !

On appela d'en bas. C'était notre père qui criait :

— Côme ! Côme ! Puis, bien certain que Côme ne répondrait pas :

— Blaise !

— Je vais voir ce qu'ils veulent. Ensuite, je reviens tout te raconter ! fis-je rapidement.

Je dois avouer que cet empressement à informer mon frère coïncidait avec une grande hâte de m'esquiver ; je ne me souciais pas d'être surpris en sa compagnie, perché au sommet du mûrier, et de partager la punition qui sans nul doute l'attendait. Mais Côme ne parut pas lire sur mon visage cette ombre de couardise : il me laissa partir, non sans avoir établi d'un haussement d'épaule son indifférence à l'endroit de ce que notre père pouvait avoir à lui signifier.

Quand je revins, il était toujours à son poste : il avait trouvé sur un tronc décapité une bonne place pour s'asseoir et restait là, le menton sur les genoux et les bras autour des jambes.

— Mino ! Mino ! lui criai-je en grimpant près de lui sans reprendre haleine. Ils t'ont pardonné. Ils nous attendent. Le goûter est sur la table ; papa et maman sont déjà assis et ils ont mis des tranches de tarte dans nos assiettes. Parce qu'il y a une tarte, une tarte à la crème et au chocolat ; mais ce n'est pas Baptiste qui l'a faite, tu sais ; Baptiste s'est enfermée dans sa chambre : elle doit être verte de rage ! Eux, ils m'ont fait une caresse sur la tête et ils m'ont dit : « Va trouver le pauvre Mino, dis-lui que nous faisons la paix et qu'on n'en reparlera plus ! » Vite, allons-y !

Côme ne bougea pas. Il mordillait une feuille.

— Écoute, fit-il, tâche de prendre une couverture et de me l'apporter, sans te faire voir. Il doit faire froid, ici, la nuit.

— Tu ne veux tout de même pas passer la nuit dans les arbres ?

Il ne me répondit pas : le menton sur les genoux, il mâchait une feuille et regardait devant lui. Je suivis son regard, qui allait droit au mur des Rivalonde, vers la fleur blanche du magnolia : un peu plus loin, un cerf-volant virevoltait.

Le soir vint. Les serviteurs allaient et venaient pour dresser la table ; déjà, dans la salle à manger, les chandeliers étaient allumés. Côme devait tout voir, de son arbre. S'adressant aux ombres, le baron Arminius cria par la fenêtre :

— Reste là-haut, si tu veux, mais tu y mourras de faim !

Pour la première fois, ce soir-là, nous nous assîmes pour dîner sans Côme. Lui était à cheval sur une branche latérale de l'yeuse, très haut, si bien que nous voyions seulement ses jambes qui pendaient. Nous les voyions si nous nous mettions à la fenêtre et scrutions l'ombre, car la pièce était éclairée et, dehors, il faisait noir.

Le Chevalier Avocat lui-même crut devoir aller

à la fenêtre et proférer quelque chose. Comme d'habitude, il réussit à ne porter aucun jugement sur la question. Il déclara :

— Bah ! c'est du bois robuste. Ça dure bien cent ans. Après quoi il ajouta quelques mots turcs (peut-être le nom de l'yeuse ?). En somme, on eût pu croire qu'il s'agissait de l'arbre bien plutôt que de mon frère.

Notre sœur Baptiste, elle, trahissait à l'égard de Côme une sorte d'envie, comme si, habituée à tenir la famille en haleine par ses extravagances, elle venait de trouver son maître. Elle ne cessait de se ronger les ongles, non pas en haussant les doigts jusqu'à sa bouche mais en baissant la tête, le coude levé, et la main à l'envers.

La Générale se remémora un camp où des soldats placés en sentinelle dans les arbres — je ne sais plus où c'était, en Esclavonie ou en Poméranie — avaient aperçu l'ennemi et permis d'éviter une embuscade. Si ses appréhensions de mère l'avaient jusque-là jetée dans l'égarement, ce souvenir militaire la ramena dans son climat de prédilection ; il semblait qu'elle fût arrivée soudain à s'expliquer le comportement de son fils ; elle retrouva son calme et montra même de la fierté. Nul ne l'écoutait, sauf l'abbé Fauchelafleur qui donna gravement son assentiment au récit guerrier de ma mère et au parallèle qu'elle instituait à ce sujet. L'Abbé se serait accroché à n'importe quelle thèse pourvu qu'elle lui permît de trouver naturel ce qui arrivait et d'écarter de sa tête responsabilité ou préoccupations.

Après le dîner, nous allions toujours nous coucher de bonne heure ; nous ne changeâmes pas notre horaire, ce soir-là non plus. Nos parents avaient décidé de ne plus donner à Côme la satisfaction de faire attention à lui ; ils attendraient que la lassitude, l'incommodité, le froid de la nuit le délogeassent. Chacun monta dans ses quartiers. Sur la façade de la maison, dans l'encadrement des croisées, les chandelles allumées ouvraient des yeux d'or. Quelle nostalgie, quel souvenir de chaleur devaient donner à mon frère qui passait la nuit en plein air, cette maison si familière et si proche ! Je me mis à la fenêtre de notre chambre et devinai son ombre, pelotonnée dans un creux de l'yeuse, entre une branche et le tronc. Il devait s'être enveloppé dans la couverture et, je crois, attaché par plusieurs tours de corde, pour éviter de tomber.

La lune se leva tard et brilla sur les branches. Les mésanges dormaient dans leurs nids, pelotonnées comme lui. Cent murmures, cent bruits éloignés traversaient la nuit, le plein air, le silence du parc ; et le vent passait. De temps en temps parvenait jusqu'à nous un mugissement lointain : la mer. De ma fenêtre, je prêtais l'oreille à cette haleine entrecoupée, j'essayais de me représenter ce qu'elle pouvait être quand on la percevait hors de l'abri familial ; j'imaginais ce qu'on pouvait éprouver à quelques mètres de là, entièrement livré à ce souffle et tout environné par la nuit, sans autre objet amical à enlacer qu'un tronc d'écorce rude parcouru par de menues, d'interminables galeries où dorment des larves.

J'allai me coucher mais ne voulus pas éteindre ma bougie. Cette lumière à la fenêtre de sa chambre, peut-être lui tiendrait-elle compagnie ? Nous avions une chambre commune, avec deux petits lits, des lits d'enfants. Je regardais le sien, fermé, et, par la fenêtre, l'obscurité dans laquelle il se tenait. Je me retournais dans mes draps et je sentais, pour la première fois, sans doute, la joie de me trouver déshabillé, pieds nus, dans un lit blanc et chaud. Je percevais en même temps son malaise, à lui qui était là-haut, attaché dans sa rude couverture, les jambes serrées dans ses guêtres, sans pouvoir même se retourner, les os brisés de fatigue. Depuis cette nuit-là, un sentiment ne m'a plus quitté : la conscience du bonheur d'avoir un lit, des draps propres, un matelas moelleux. Tandis que je savourais ce sentiment, mes pensées, après s'être portées bien des heures vers celui qui nous causait tant d'angoisses, se replièrent autour de moi et c'est ainsi que je m'endormis.

IV

On lit dans les livres qu'au temps jadis, un singe parti de Rome pouvait arriver en Espagne sans toucher terre, rien qu'en sautant d'arbre en arbre. Si c'est vrai, je ne sais… De mon temps, seuls le golfe d'Ombreuse, dans toute sa largeur, et sa vallée qui s'élève jusqu'à la crête des montagnes, possédaient pareilles forêts foisonnantes. C'est pourquoi notre région était citée un peu partout.

Aujourd'hui, on ne reconnaît déjà plus la contrée. À l'époque de la descente des Français, on a commencé à couper les bois comme si c'étaient des prés qu'on fauche chaque année et qui repoussent. Mais ils n'ont pas repoussé. On croyait que le déboisement tenait aux guerres, à Napoléon, à l'époque ; mais cela n'a plus arrêté. Le dos des collines est si nu que nous ne pouvons le regarder, nous qui l'avons connu jadis, sans un serrement de cœur.

Où que nous allions, autrefois, nous trouvions

toujours des branchages et des frondaisons entre le ciel et nous. L'unique zone de végétation un peu basse, c'étaient les bois de citronniers ; encore des figuiers dressaient-ils leurs troncs tordus au milieu des plants d'agrumes. Plus haut, ils obstruaient le ciel de leurs coupoles aux lourds feuillages. Quand il n'y avait pas de figuiers, c'étaient des cerisiers aux feuilles brunes, ou des cognassiers délicats, des pêchers, des amandiers, de jeunes poiriers, des pruniers prodigues ; puis des sorbiers, des caroubiers, quelques mûriers ou un noyer vétuste. Au-delà des jardins commençait l'oliveraie : un nuage gris argent qui floconnait jusqu'à mi-côte. En bas s'entassait le bourg, empilé entre le port, au-dessous et le château, au-dessus ; et là encore, au milieu des toits, surgissaient partout les chevelures des yeuses, des platanes, même des rouvres, végétation tout à la fois désintéressée et fière, qui prenait son essor, un essor ordonné, caractéristique de la zone où les nobles avaient construit leurs villas et clos de grilles leurs parcs.

Au-dessus des oliviers commençait la forêt. Les pins, jadis, avaient dû régner sur la région ; ils descendaient encore sur les deux versants du golfe jusqu'à la plage, en vagues et remous de verdure, comme les mélèzes. Les rouvres étaient bien plus nombreux, plus serrés qu'on ne le croirait aujourd'hui parce qu'ils ont été la première, la plus précieuse victime de la cognée. Tout en haut, les pins cédaient le pas aux châtaigniers : la forêt se hissant sur la montagne, on ne lui voyait pas de limites. Tel était l'univers de sève au milieu duquel nous vivions, nous autres habitants d'Ombreuse, presque sans nous en apercevoir.

Le premier à s'aviser de tout cela fut Côme. Il comprit qu'au milieu d'une végétation à ce point touffue, il pouvait se déplacer pendant des milles en passant d'un arbre dans l'autre sans avoir jamais besoin de mettre pied à terre. Il arrivait qu'un espace de terrain dénudé l'obligeât à de longs détours ; mais il eut vite fait de connaître tous les itinéraires ; il n'évaluait plus les distances d'après nos estimations banales, mais d'après le chemin contourné qu'il lui fallait suivre dans ses branches et qu'il avait toujours présent à l'esprit. Là où il était impossible d'atteindre la branche la plus proche, même en sautant, il savait user de ruses, mais j'en parlerai plus loin. Pour l'heure, nous en sommes encore à cette aube où pour la première fois il se réveilla dans une yeuse, au milieu du vacarme des étourneaux, trempé de rosée froide, engourdi, des fourmis dans les jambes et dans les bras — et entreprit, tout heureux, d'explorer son nouvel univers.

Il arriva au dernier arbre des parcs : un platane. Au-dessous de lui s'étalait la vallée sous une couronne de nuages et de fumées qui montaient des toits d'ardoises de quelques hameaux, cachés derrière les talus comme des tas de cailloux, un ciel de feuilles dressées en l'air par les figuiers et les cerisiers, et, plus bas, pruniers et pêchers qui écartaient des branchages trapus ; on voyait tout, même l'herbe, brin par brin, mais pas la couleur de la terre recouverte par les feuilles paresseuses des courges ou par les frisottements des laitues et des choux dans les semis ; et c'était comme ça d'un côté et de l'autre du V qu'ouvrait la vallée comme un vaste entonnoir dominant la mer.

De temps en temps, le paysage semblait traversé d'ondes invisibles, et muettes le plus souvent. Ce qu'on en entendait suffisait à en propager l'inquiétude : c'était tout à coup une explosion de cris aigus, puis un grondement, des coups sourds, peut-être aussi le craquement d'une branche cassée, puis de nouveau des cris, mais différents : de grosses voix furieuses convergeaient vers l'endroit où avait d'abord éclaté le bruit. Puis rien, une impression faite de rien : un passage, un frôlement, quelque chose à quoi il fallait s'attendre, non pas là mais d'un tout autre côté, et en effet cet ensemble de bruits et de voix reprenaient, et ces endroits d'où probablement ils provenaient, de ce côté ou de l'autre de la vallée étaient toujours là où l'on voyait les petites feuilles dentelées des cerisiers bouger dans le vent. Une partie de l'esprit de Côme, sans cesse en alerte, comprenait tout à l'avance ; une autre partie, rêveuse et distraite, formulait parfois les pensées les plus étranges ; c'est ainsi qu'il constata : les cerises parlent.

Il se dirigea vers le cerisier le plus proche, ou plutôt vers une rangée de grands cerisiers d'un beau vert au riche feuillage : les arbres étaient chargés de cerises noires ; mais mon frère n'avait pas encore l'œil exercé à distinguer du premier coup ce que contenaient ou ne contenaient pas les ramures. Il s'arrêta : il avait cru entendre du bruit mais à présent régnait le silence. Côme se trouvait sur une branche basse : toutes les cerises au-dessus de lui, il les sentait sans pouvoir s'expliquer comment ; elles semblaient converger vers lui comme autant de regards ; on aurait cru l'arbre chargé d'yeux en lieu et place de cerises.

Côme leva la tête ; une cerise trop mûre lui tomba sur le front, en faisant tchac ! Il écarquilla les yeux pour regarder en l'air, à contre-jour — le soleil montait —, et vit que sur cet arbre et sur les cerisiers voisins, étaient perchés des quantités d'enfants.

Quand ils se virent découverts, tous les gamins sortirent de leur silence. Côme crut les entendre dire de leur voix perçante qu'ils tâchaient d'assourdir :

— Regarde, là, qu'il est beau !

Là-dessus chacun, écartant les feuilles, descendit une branche plus bas vers le garçon au tricorne. Eux allaient tête nue ou avec des chapeaux de paille effrangés ; plusieurs portaient des sacs en guise de capuchons. Pour tout vêtement, des chemises et des culottes en lambeaux. Ceux qui n'étaient pas nu-pieds avaient des bandes de chiffon pour chaussures ; quelques-uns avaient ôté leurs sabots pour grimper et les portaient pendus au cou. C'était la fameuse bande des maraudeurs de fruits dont nous nous étions toujours tenus éloignés, Côme et moi, obéissant sur ce point aux injonctions paternelles. Et voici que, ce matin-là, mon frère semblait les chercher, sans savoir bien clairement lui-même ce qu'il en attendait.

Il demeura immobile en les attendant pendant qu'ils descendaient en assourdissant leurs voix acides pour lancer des « Qu'est-ce que c'est qu'il cherche ici, celui-ci ? ». En même temps, ils lui crachaient au nez leurs noyaux de cerises, faisaient tourbillonner par la queue, comme des frondes, les fruits véreux ou becquetés, et les lançaient dans sa direction.

— Hou ! firent-ils tout à coup (ils venaient de découvrir l'épée qui lui pendait dans le dos). Vous avez vu, qu'est-ce qu'il a ? Un battoir à fesses ! Et de rire.

Mais ils étouffèrent vite leurs rires et le silence se rétablit : quelque chose se préparait, qui les rendait fous de joie. Silencieusement, deux de ces petits monstres étaient allés se percher sur une branche juste au-dessus de Côme, et faisaient descendre vers lui un sac grand ouvert (un de ces sacs dégoûtants où sûrement ils rangeaient leur butin et dont le reste du temps ils se coiffaient comme de capuchons). En un rien de temps, mon frère allait se trouver ensaché sans savoir comment, et ils pouvaient le ficeler comme un saucisson et le rouer de coups.

Côme flaira le danger. Ou peut-être ne flaira-t-il rien et voulut-il seulement, sentant qu'on riait de sa petite épée, la dégainer, par point d'honneur. Il la brandit bien haut, la lame effleura le sac, il découvrit celui-ci, l'enroula et l'arracha aux deux maraudeurs puis le fit voler au loin.

Le geste ne manquait pas d'adresse. La bande des maraudeurs poussa des oh ! de désappointement et d'admiration, et les deux compères qui s'étaient laissé arracher le sac durent essuyer quelques injures choisies comme :

— Couillonnauds ! Conards !

Côme n'eut pas le temps de se réjouir de son succès. Une autre fureur se déchaîna, et celle-ci montait de terre. On aboyait, on lançait des cailloux, on criait :

— Cette fois, nous vous avons pris, tas de voleurs !

Des fourches avançaient leurs pointes. Parmi les voleurs perchés dans les branches, ce fut à qui se pelotonnerait, remonterait ses jambes et ses coudes. Le tapage fait autour de Côme avait dû donner l'alarme aux cultivateurs qui étaient aux aguets.

C'était une attaque en force, et préparée. Las de se faire voler leurs fruits au fur et à mesure qu'ils mûrissaient, les propriétaires et les fermiers de la vallée s'étaient alliés. Les polissons avaient pour tactique de donner l'assaut tous ensemble à un verger, de le mettre à sac, puis de se sauver le plus loin possible, pour y recommencer là aussi leurs exploits ; on ne pouvait leur opposer qu'une tactique semblable : monter la garde en groupe dans un verger où ils viendraient tôt au tard, et les y cerner. Lâchés, les chiens aboyaient en se dressant au pied des cerisiers, leurs gueules hérissées de dents menaçantes, et les fourches à foin se dressaient en l'air. Trois ou quatre des maraudeurs sautèrent à terre avec juste assez d'à-propos pour se faire trouer le dos par les pointes des fourches et arracher le fond de culotte par les chiens : les malheureux partirent au pas de course en hurlant et en défonçant à grands coups de tête les cordons de vigne. Personne, après cela, ne se risqua plus à descendre, ils restaient, effrayés, sur les branches et Côme autant que les autres. Déjà, les cultivateurs appuyaient des échelles contre les cerisiers et commençaient à grimper, précédés par les dents pointues de leurs fourches.

Après quelques minutes de flottement, Côme comprit qu'il serait stupide de s'abandonner à la panique, simplement parce que cette bande de vagabonds perdait la tête ; il n'avait aucune raison de les croire plus malins que lui. La preuve, c'est qu'ils restaient plantés là comme des andouilles, qu'attendaient-ils pour se sauver sur les arbres voisins ? C'est par là que mon frère était arrivé ; c'est par là qu'il pouvait s'en retourner. Il enfonça son tricorne sur sa tête, chercha la branche qui lui avait servi de pont, passa du dernier cerisier dans un caroubier, se laissa tomber du caroubier sur un prunier, et ainsi de suite. Quand les gamins le virent évoluer au milieu des branches comme sur une place de village, ils comprirent qu'ils devaient le suivre immédiatement sous peine de perdre sa trace ; silencieusement, à quatre pattes, ils le suivirent dans son tortueux itinéraire. Lui, cependant, montait le long d'un figuier, traversait une haie de clôture, et s'abattait sur un pêcher, aux branches si fragiles qu'on n'y pouvait passer qu'un seul à la fois. Le pêcher permettait de s'accrocher au tronc tordu d'un olivier dépassant un mur. De l'olivier, on était, en un saut, sur un rouvre qui allongeait un bras robuste au-dessus du torrent ; après quoi l'on se retrouvait sur l'autre rive.

Les hommes aux fourches, qui croyaient déjà tenir leurs voleurs de fruits, les virent se sauver par la voie des airs, comme des oiseaux. Ils les poursuivaient en courant au milieu des aboiements des chiens, mais ils durent contourner la haie, puis le mur, puis il n'y avait pas de pont en ce point du torrent ; ils perdirent du temps pour trouver un gué, cependant que les gamins se sauvaient à toutes jambes.

À présent, ils couraient comme vous et moi, les pieds sur le sol. Seul mon frère était resté dans les branches.

— Où a-t-il bien pu fuir, ce saltimbanque avec des guêtres ? demandaient les autres en ne le voyant plus devant eux. Ils levèrent les yeux ; Côme était là et grimpait dans les oliviers.

— Hé, là ! Descends ! Ils ne nous rattraperont plus, maintenant !

Mais lui ne descendit pas, sauta de frondaison en frondaison, passa d'un olivier dans un autre, et disparut de leurs regards dans l'épaisseur du feuillage argenté.

La troupe des petits vagabonds, usant de sacs en guise de capuchons et tenant des roseaux à la main, donnait à présent l'assaut aux cerisiers du fond de la vallée. Ils travaillaient avec méthode, dépouillant une branche après l'autre, quand, au sommet du cerisier le plus haut, ils découvrirent, perché, les jambes croisées, arrachant entre deux doigts les queues de chaque cerise et déposant les fruits dans son tricorne calé entre ses genoux, qui ? le garçon aux guêtres !

— Hé là, d'où viens-tu ?

Mais ils se sentaient vexés car l'autre semblait vraiment venu là d'un coup d'aile.

Mon frère prenait maintenant une à une les cerises déposées dans son tricorne, et les portait à sa bouche comme des fruits confits. Après quoi, il soufflait au loin les noyaux avec une petite moue, en prenant bien garde de ne pas tacher son gilet.

— Ce mangeur de sorbets, dit l'un des petits chenapans, qu'est-ce qu'il nous veut ? Pourquoi vient-il se fourrer dans nos pattes ? Pourquoi ne mange-t-il pas les cerises de son jardin ?

— Parmi les mangeurs de sorbets, fit quelqu'un, il en naît parfois par erreur qui valent mieux que les autres. Pense à la Capelinette…

À ce nom mystérieux, Côme dressa l'oreille, et sans savoir lui-même pourquoi, il rougit.

— La Capelinette nous a trahis, dit un autre.

— N'empêche qu'elle avait du cran, pour une mangeuse de sorbets ; si elle avait été là, ce matin, elle aurait sonné du cor et on ne nous aurait pas surpris.

— Bien sûr, un mangeur de sorbets peut faire bande avec nous, à condition qu'il veuille être des nôtres.

(Côme comprit alors que *mangeur de sorbets* voulait dire citadin, ou noble, ou en tout cas une personne haut placée.)

— Écoute donc, dit un des garnements, parlons clair ! Si tu veux être des nôtres, tu fais les expéditions avec nous et tu nous montres tous les passages que tu connais.

— Et tu nous laisses entrer dans le verger de ton père ! ajouta un autre. Moi, une fois, on m'a tiré dessus avec du sel !

Côme restait là à les écouter, absorbé par une idée.

— Dites-moi donc, fit-il, la Capelinette, qui c'est ?

Tous ces déguenillés perdus au milieu des feuillages éclatèrent alors de rire, mais d'un rire si fort que certains manquèrent de tomber du cerisier. Les uns se renversaient en arrière et ne restaient accrochés que par les jambes, d'autres, suspendus par les mains, n'arrêtaient pas de vociférer et de ricaner.

Naturellement, après un tel tapage, ils eurent de nouveau leurs persécuteurs à leurs trousses. Bien mieux, la troupe devait se trouver tout près de là, avec ses chiens, car de grands aboiements s'élevèrent, et l'on vit les fourches reparaître. Mais cette fois, instruits par leur précédent échec, les paysans commencèrent par occuper les arbres avoisinants en y montant avec des échelles ; et de là, ils les entouraient, munis de leurs râteaux et de leurs fourches… Seulement les chiens, restés à terre, et voyant des hommes perchés un peu partout, ne comprenaient plus sur quel point ils devaient faire porter leur rage ; ils restèrent éparpillés à aboyer, le nez en l'air. Les maraudeurs eurent vite fait de se laisser tomber sur le sol et de se sauver chacun de son côté au milieu des chiens désorientés : mis à part quelques morsures aux mollets, quelques coups de bâton ou de pierre, la plupart évacuèrent le terrain sains et saufs.

Côme resta seul dans son arbre.

— Descends ! lui criaient les autres en se sauvant. Qu'est-ce que tu fais ? Tu dors ? Saute pendant que la voie est libre.

Mais lui, serrant sa branche entre ses genoux, dégaina son épée. Les cultivateurs, des arbres voisins, tendaient leurs perches auxquelles ils avaient lié des fourches afin d'arriver jusqu'à lui. Côme les éloignait en faisant tourner son épée ; enfin on lui appuya une fourche en pleine poitrine, ce qui le cloua au tronc.

— Arrêtez ! cria une voix. C'est le jeune baron de Laverse. Mais que faites-vous là-haut, Monseigneur ? Comment avez-vous pu vous mêler à cette marmaille ?

Côme reconnut Jeannot de la Vasque, un fermier de notre père.

Les fourches se retirèrent. Beaucoup d'hommes de la troupe ôtèrent leur chapeau, mon frère, lui aussi, souleva son tricorne entre deux doigts et s'inclina.

— Hé là, en bas, attachez les chiens ! crièrent plusieurs voix. Faites-le descendre. Vous pouvez descendre, Monseigneur, mais faites attention, l'arbre est haut ! Attendez ! Nous allons vous mettre une échelle. Puis c'est moi qui vous ramènerai chez vous !

— Non, non, merci, dit mon frère. Ne vous dérangez surtout pas. Je connais le chemin, je le retrouverai bien tout seul !

Il disparut derrière le tronc et reparut sur une autre branche, tourna encore et reparut sur une branche plus haute, disparut une fois de plus et l'on ne vit plus que ses pieds sur un rameau des plus élevés, parmi les frondaisons épaisses du sommet : enfin les pieds sautèrent, et l'on ne vit plus rien.

— Où s'en est-il allé ? se disaient les hommes, sans savoir s'il leur fallait regarder vers le haut ou vers le bas.

— Le voilà !

Il passa au sommet d'un arbre, à quelque distance de là — et disparut de nouveau.

— Le voilà !

Au sommet d'un autre arbre encore, il ondula comme porté par le vent, et sauta.

— Il est tombé ? Non ! Il est là !

Parmi les branches vertes qui montaient, on ne distinguait plus que le tricorne et le catogan.

— Mais quel maître as-tu là ? demandèrent les cultivateurs à Jeannot de la Vasque. Est-ce un homme ou une bête sauvage ? Ne serait-ce pas le diable en personne ?

Jeannot était resté muet. Il se signa.

On entendit Côme chanter. Une sorte de cri modulé.

— Oh ! La Ca-pe-li-nette !

V

La Capelinette... Détail après détail, Côme en apprit long sur son compte, d'après ce que racontaient les petits maraudeurs. Ils donnaient ce nom à une petite fille des villas qui rôdait sur un poney blanc et qui avait lié amitié avec leur bande de loqueteux. Pendant un certain temps, elle les avait protégés, voire, autoritaire comme elle l'était, commandés. Elle courait routes et sentiers sur son poney blanc et les avertissait dès qu'elle voyait des fruits mûrs dans un verger sans gardien ; puis elle accompagnait leurs attaques, à cheval, comme un officier, un cor de chasse pendu à son cou. Tandis qu'eux saccageaient amandiers ou poiriers, elle montait la garde sur son cheval nain, le long des talus qui dominent la campagne, et, dès qu'elle apercevait un mouvement suspect de fermiers ou de paysans qui pouvaient découvrir les voleurs et leur tomber dessus, elle soufflait dans son cor. À ce bruit, les gamins sautaient au bas des arbres et prenaient leurs jambes à leur cou ; aussi n'avaient-ils jamais été surpris tant que la fillette était restée à leurs côtés.

Il était plus difficile de comprendre ce qui s'était produit par la suite. La « trahison » que la Capelinette avait commise à leur préjudice semblait assez compliquée : elle les aurait attirés dans sa propre villa pour y manger des fruits, puis les aurait fait rosser par ses domestiques ; d'un autre côté, elle aurait montré un faible pour deux d'entre eux à la fois, un certain Beau-Loriot, qu'on taquinait encore à ce sujet, et le Grand-Hugues, puis les aurait dressés l'un contre l'autre, si bien que la grêle de coups des domestiques n'était peut-être pas le résultat d'un vol de fruits, mais d'une expédition des deux jaloux, qui avaient fini par s'allier contre elle. On parlait encore de certains gâteaux qu'elle leur avait promis bien des fois et qu'elle avait fini par leur donner, mais imbibés d'huile de ricin, de sorte qu'ils avaient tous été tordus de coliques pendant une semaine. L'un de ces épisodes, ou d'autres du même genre, ou encore tous à la fois, avaient déterminé une rupture entre la Capelinette et la bande ; et maintenant les garçons parlaient d'elle avec un mélange de rancœur et de nostalgie.

Côme était tout oreilles, comme si, trait après trait, se reconstituait pour lui une image familière. À la fin, il demanda :

— Dans quelle villa habite-t-elle, votre Capelinette ?

— Eh, tu veux dire que tu ne la connais pas ? Pourtant, vous êtes voisins ! C'est la Capelinette de la villa Rivalonde !

Côme n'avait certes pas attendu ce moment pour être certain que l'amie des vagabonds était Violette, la petite fille à la balançoire. À mon avis, c'est justement parce qu'elle s'était vantée de connaître tous les voleurs de fruits des environs, qu'il s'était mis en quête de leur bande. Mais à partir de ce moment-là, le trouble obscur qui l'agitait devint de plus en plus vif. Tantôt il rêvait de conduire la bande au saccage des arbres de Rivalonde et tantôt de se mettre contre elle au service de la fillette ; au besoin il commencerait par inciter les polissons à faire enrager Violette, afin de pouvoir ensuite la défendre ; tantôt enfin il rêvait d'exploits qui finiraient bien par arriver jusqu'à ses oreilles. Occupé par ces projets, c'est avec une indolence croissante qu'il suivait la bande ; et quand il restait seul, une fois les garçons descendus des arbres, un voile de mélancolie passait sur son visage, comme un nuage sur le soleil.

Après quoi, d'une brusque détente, agile comme un chat, il grimpait le long des branches et passait par-dessus jardins et vergers en chantonnant entre ses dents Dieu sait quoi. Il avait une façon de chanter nerveuse, quasi muette. Ses yeux fixes regardaient droit devant lui, comme sans voir. Il semblait ne se tenir en équilibre que par instinct, tout à fait comme les chats.

Nous le vîmes plusieurs fois passer, avec cet air absorbé, sur les branches de notre jardin.

— Il est là ! Il est là ! criions-nous. Car nous avions beau faire, nous continuions de n'avoir d'autre souci que lui. Nous comptions les heures, les jours qu'il passait sur les arbres, et notre père disait :

— Il est fou ! Il est possédé ! Puis, s'en prenant à l'abbé Fauchelafleur :

— Il n'y a qu'à l'exorciser. Mais qu'est-ce que vous attendez ? C'est à vous que je parle, *l'Abbé* ! Pourquoi restez-vous là, les bras croisés ? Mon fils a le diable au corps, comprenez-vous, *sacré nom de Dieu* !

L'Abbé semblait brusquement s'éveiller ; le mot « diable » suscitait dans son esprit une association d'idées très précise, et il entamait une discussion théologique fort compliquée sur l'interprétation correcte de la présence démoniaque, et on ne comprenait pas s'il voulait contredire mon père ou s'en tenir aux généralités. En somme, il ne se prononçait pas sur le fait qu'une relation entre mon frère et le démon pouvait être réputée possible ou si elle devait être exclue *a priori*.

Le Baron s'impatientait, l'Abbé perdait le fil de son discours ; moi, je m'ennuyais déjà. Chez notre mère, au contraire, l'anxiété, d'abord diffuse et lancinante, s'était en quelque sorte concrétisée, comme chacun de ses sentiments avait tendance à le faire, en décisions pratiques et en recherche d'instruments adéquats : n'est-ce pas ainsi que doivent se résoudre les préoccupations d'un général ? Ayant découvert une lunette d'approche, longue et montée sur un trépied, elle passait des heures sur la terrasse de la villa, l'œil collé à son instrument, réglant sans cesse les lentilles, de manière à bien fixer l'enfant au milieu du feuillage, même quand nous aurions pu jurer qu'il était sorti de son champ.

— Tu le vois encore ? lui demandait, du jardin, notre père qui marchait de long en large sous les arbres, sans jamais apercevoir Côme, à moins qu'il ne lui passât juste sur la tête.

La Générale, d'un signe, faisait savoir que oui et en même temps nous enjoignait de nous taire, comme si elle avait suivi des déploiements de troupes sur une hauteur. Il était clair que, parfois, elle ne voyait rien du tout ; mais elle avait, on ne sait pourquoi, décidé qu'il reparaîtrait ici plutôt que là et gardait sa longue-vue braquée dans cette direction hypothétique. De temps en temps, elle devait tout de même admettre, à part soi, qu'elle s'était trompée ; alors, elle éloignait son œil de la lentille pour examiner un plan cadastral qu'elle tenait sur ses genoux ; une de ses mains se posait sur sa bouche, dans une attitude pensive, tandis que l'autre suivait les hiéroglyphes de la carte jusqu'à ce que la Générale eût établi l'endroit où son fils était selon toute vraisemblance arrivé ; elle calculait la rotation, braquait sa lunette sur une quelconque cime de cet océan de feuillages et mettait lentement au point ; le sourire frémissant que nous lui voyions aux lèvres nous avertissait qu'elle l'avait vu, que, réellement, il était là !

À ce moment, elle saisissait des drapeaux de couleur qu'elle avait posés près de son escabeau et les agitait l'un après l'autre, d'un mouvement bien rythmé, comme des messages en un langage conventionnel. (J'en ressentis d'abord un certain dépit ; je ne savais pas que notre mère possédait des drapeaux et qu'elle savait les manœuvrer ; quel dommage qu'elle ne nous eût pas appris à en jouer, nous aussi, surtout du temps que nous étions tous deux plus petits ; hélas, notre mère ne faisait jamais rien par jeu et il n'y avait plus rien à espérer maintenant.)

Je dois dire qu'avec tout son équipement de bataille, elle n'en restait pas moins mère, le cœur serré, son mouchoir chiffonné à la main ; on aurait plutôt dit que de jouer à la Générale la reposait, ou que de vivre cette période d'anxiété en tenue guerrière l'empêchait d'être déchirée tout à fait. Au fond, c'était une faible femme et son unique défense était ce style militaire, hérité de von Kurtewitz.

Un jour qu'elle agitait un de ses petits drapeaux tout en regardant dans la lunette d'approche, sa figure soudain s'illumina et elle se mit à rire. Nous comprîmes que Côme avait répondu. Comment, je ne sais ; peut-être en agitant son chapeau ou en balançant quelque branche. Ce qui est certain, c'est qu'à partir de ce moment, notre mère changea, et que son appréhension disparut. C'était un destin extraordinaire pour une mère que d'avoir un fils aussi fantasque, un fils qui se refusait à tout ce qui compose normalement une vie sentimentale ; mais elle finit par accepter cette bizarrerie de Côme bien avant nous tous, comme si elle se contentait désormais des saluts qu'il lui adressait de temps en temps, de manière imprévisible, et de ces silencieux messages qu'ils échangeaient.

Par un fait curieux, notre mère ne s'imagina pas un instant que Côme, parce qu'il lui avait envoyé un salut, songeait à terminer sa fugue et à revenir parmi nous. Notre père, au contraire, vivait perpétuellement dans cette espérance ; le moindre changement dans la conduite de son fils lui mettait la cervelle à l'envers :

— Ah oui ? Vous avez vu ? Va-t-il revenir ?

Mais notre mère, qui différait de Côme plus qu'aucun autre d'entre nous, semblait la seule qui réussît à l'accepter comme il était, peut-être bien parce qu'elle ne tentait pas de se l'expliquer.

Revenons à ce jour-là. Baptiste, qui ne se montrait jamais sur la terrasse, fit soudain son apparition derrière notre mère et tendit d'un air suave un plat rempli d'on ne sait quelle bouillie, tout en levant une cuiller :

— Hé, Côme ! Tu en veux ?

Elle reçut une gifle de son père et rentra dans la maison. Dieu sait quel monstrueux brouet elle avait pu préparer. Notre frère, lui, avait disparu.

Je brûlais de le suivre, surtout depuis qu'il prenait part aux exploits des petits gueux. J'avais l'impression qu'il m'ouvrait les portes d'un royaume nouveau, qu'il fallait regarder non pas avec une méfiance craintive mais avec un enthousiasme solidaire. Je faisais la navette entre la terrasse et une haute lucarne d'où la vue pouvait planer au-dessus des feuillages ; là, plus de l'oreille que des yeux, je suivais les irruptions tumultueuses de la bande dans les jardins ; je voyais la cime des cerisiers s'agiter ; une main affleurait, tâtait, arrachait ; une tête jaillissait, ébouriffée ou coiffée d'un sac ; au milieu des voix, il m'arrivait d'entendre celle de Côme, et je me demandais : « Mais comment fait-il pour être là-bas ? Il y a un instant, il était encore dans le parc. Est-il déjà plus leste qu'un écureuil ? »

Je me rappelle qu'ils étaient dans les pruniers rouges, au-dessus du Grand Bassin, lorsqu'on entendit sonner un cor. Je n'y prêtai guère attention, ne sachant pas ce que c'était. Mais eux, mon frère me l'a raconté, restèrent soudain muets. Dans leur surprise de réentendre le cor, ils avaient oublié, semble-t-il, que c'était un signal d'alarme. Ils se demandaient seulement s'ils avaient bien entendu, si la Capelinette arpentait de nouveau les routes sur son poney pour les avertir du danger. Brusquement, ils détalèrent ; mais ce n'était pas pour fuir ; ou s'ils fuyaient, c'était à sa recherche ; ils couraient pour la rejoindre.

Côme resta seul, immobile, le visage en feu. Mais dès qu'il vit disparaître les gamins et comprit où ils allaient, il se mit à sauter de branche en branche, au risque de se casser le cou à chaque bond.

Violette se trouvait au tournant d'un chemin abrupt, tenant les brides d'une seule main, qu'elle avait posée sur la crinière de son poney, et brandissant une cravache de l'autre. Elle regardait les garçons par en dessous tout en mordillant le bout de sa cravache. Elle portait un costume bleu ; son cor, doré, pendait à son cou par une petite chaîne. Les enfants, arrêtés, mordillaient eux aussi quelque chose : une prune ou leurs doigts, des cicatrices qu'ils avaient sur les mains ou sur les bras, le bord de leur sac. Et doucement, de toutes ces bouches mordillantes, sans conviction, simplement pour échapper au malaise et comme dans l'attente d'être contredits, commença de s'élever un murmure de phrases cadencées comme s'ils essayaient de chanter :

— Que fais-tu là, Capelinette ?... tu reviens à présent ? tu n'es plus... notre amie... traîtresse !

Un bruit de branches remuées, et voilà Côme, essoufflé, qui montre sa tête au milieu des feuilles, en haut d'un grand figuier. Elle, sa cravache à la bouche, le dévisageait, le nez levé, puis dévisageait les autres, du même regard écrasant. Côme n'y tint plus, toujours hors d'haleine, il lâcha :

— Tu sais, depuis l'autre fois, je ne suis pas descendu des arbres !

Les exploits que fonde une obstination tout intérieure doivent rester muets et secrets ; pour peu qu'on les proclame ou qu'on s'en glorifie, ils semblent vains, privés de sens, deviennent mesquins. À peine eut-il prononcé ces paroles que mon frère aurait voulu ne les avoir jamais dites ; tout lui devint indifférent ; il eut même envie de descendre et d'en finir. Ce fut bien pis, quand Violette ôta lentement sa cravache de sa bouche et lui jeta gentiment :

— Ah, oui ?... Quel serin !

Dans la gorge des chenapans, le rire gronda pour éclater bientôt en hurlements qui les secouaient à s'en crever la bedaine. Côme, sur son figuier, eut un tel soubresaut de rage que le bois tendre et traître ne résista pas. Une branche se cassa sous ses pieds et le futur Baron tomba, comme un caillou.

Il tomba les bras ouverts, sans se retenir. À vrai dire, ce fut l'unique fois, au cours de son séjour dans les arbres de cette terre qu'il n'eut ni la volonté ni l'instinct de se raccrocher. Mais un pan de son habit se prit dans une branche basse : à quatre pieds du sol, Côme resta suspendu la tête en bas.

Le sang paraissait pousser à sa tête avec la même force que la rougeur de la honte. Sa première idée — tandis qu'écarquillant les yeux, il voyait à l'envers les gamins qui hurlaient, saisis maintenant par une frénésie générale de cabriole qui les lui faisait apparaître l'un après l'autre dans le bon sens, avec les pieds appuyés sur une terre retournée au-dessus du vide, et la petite fille blonde qui voltigeait sur son poney cabré, — sa seule idée fut qu'il venait de parler pour la première fois de son séjour dans les arbres, et que ce serait aussi la dernière.

Par un de ces rétablissements dont il était coutumier, il s'accrocha à la branche et se remit à califourchon. Violette, ayant calmé son poney, semblait n'avoir rien remarqué de la scène précédente. Côme oublia aussitôt son égarement. La petite fille porta le cor à ses lèvres et fit retentir la note grave de l'alerte. À ce son, les gamins (à qui, remarqua plus tard Côme, la présence de Violette communiquait une excitation bizarre, comme des lièvres sous le clair de lune) se laissèrent aller à prendre la fuite. Ils se laissèrent aller, comme ça, comme par instinct, tout en sachant bien qu'elle avait sonné pour rire, et c'était pour rire, aussi, qu'ils décampaient. Ils dévalaient la côte en imitant le son du cor ; derrière elle qui galopait sur son poney aux courtes jambes.

Fonçant tête baissée, ils dégringolaient à l'aveuglette, tant et si bien que, de temps à autre, ils perdaient Violette de vue. Elle s'était écartée ; elle avait quitté la route ; elle les avait abandonnés, en les plantant là. Pour aller où ? Elle descendait au galop parmi les oliveraies qui suivaient le fond de la vallée dans des prés en pente douce, cherchait l'arbre sur lequel peinait à ce moment le pauvre Côme, tournait autour de lui au galop et s'enfuyait, pour reparaître, l'instant d'après, au pied d'un autre olivier dans les branches duquel il se balançait. Ainsi, suivant des directions aussi tortueuses que les branches des oliviers, ils descendirent ensemble le long de la vallée.

Quand les maraudeurs comprirent le jeu des deux enfants qui se narguaient de branche en selle, ils se mirent à siffler tous en chœur un air provocant et railleur. Et, ils descendaient du côté de la Porte-aux-Câpres, en sifflant le plus fort qu'ils pouvaient.

La petite fille et mon frère restèrent seuls à se poursuivre dans l'oliveraie ; non sans déception, Côme nota que, la marmaille disparue, Violette prenait bien moins de plaisir à ce jeu comme si elle était sur le point de céder à l'ennui. Il la soupçonna de n'avoir agi que pour faire enrager les autres ; mais en même temps, l'espoir lui vint qu'à présent elle ne jouait plus que pour le faire enrager lui-même. Ce qui est certain, c'est qu'elle avait toujours besoin de faire enrager quelqu'un, pour se rendre intéressante. (Bien sûr, Côme, enfant, ne faisait qu'entrevoir ces nuances du sentiment ; en fait, il grimpait le long des rudes écorces sans rien comprendre, comme un étourneau, j'imagine.)

D'un repli de terrain partit soudain une rafale de menu gravier. La petite fille cacha sa tête derrière le cou de son poney et se sauva ; mon frère, placé sur une branche coudée, bien en vue, resta sous le tir. Les pierres arrivaient là-haut trop obliquement pour lui faire mal ; quelques-unes pourtant l'atteignirent au front et aux oreilles. Déchaînés, les chenapans sifflaient et criaient :

— Capelinette est une cochonnette.

Après quoi, ils déguerpirent.

Les gamins étaient maintenant arrivés à la Porte-aux-Câpres, celle dont les flancs sont tapissés de vertes cascades de câpriers. Des masures voisines sortirent les clameurs des mères : à des enfants comme ceux-là, on ne reproche pas de rentrer trop tard, mais de rentrer, de venir dîner à la maison, de n'avoir su trouver une pitance ailleurs. Autour de la Porte-aux-Câpres, dans des cabanes et des baraques de planches, des roulottes boiteuses, des tentes, s'entassaient les plus pauvres gens d'Ombreuse, si pauvres qu'on les maintenait hors des portes de la ville et loin des champs ; gens essaimés là de terres et de pays lointains, chassés par la disette et la misère qui se répandaient dans tous les États. C'était le coucher du soleil. Des femmes dépeignées, leurs enfants au sein, éventaient des fourneaux fumeux. Des mendiants s'étendaient au frais et déroulaient leurs pansements ; d'autres jouaient aux dés avec de brusques exclamations.

Les compagnons maraudeurs se mêlèrent à ces fumées de friture et à ces altercations, reçurent des mères quelques grandes claques, se prirent aux cheveux et roulèrent dans la poussière. Déjà leurs guenilles avaient la couleur de toutes les autres guenilles, et leur gaieté d'oiseau, engluée dans ce magma humain, se décomposait, faisant place à une épaisse niaiserie. C'est à peine si, à l'apparition de la petite fille blonde lancée au galop et de Côme qui passait dans les arbres, ils levèrent des yeux intimidés ; ils s'écartèrent, tâchèrent de se perdre dans la poussière et la fumée des fourneaux, comme si, brusquement, un mur s'était dressé entre eux et leurs petits compagnons.

Les deux enfants ne jetèrent sur tout cela qu'un coup d'œil. Violette avait laissé bien vite derrière elle les glapissements des femmes et des gamins et la fumée des baraques qui se mêlait aux ombres du soir, pour courir entre les pins de la plage.

La mer était là. On l'entendait rouler des pierres, dans la pénombre. Un roulement plus sonore : le petit cheval courait dans les galets ; il en faisait jaillir des étincelles. D'un pin bas et tordu, mon frère regardait l'ombre de la fillette blonde traverser la plage. Une vague à peine crêtée s'éleva de la mer obscure, se dressa en se retroussant, avança toute blanche, et se brisa ; l’ombre double du poney et de la petite fille l’avait effleurée au galop. Sur son pin, Côme eut la figure mouillée par une éclaboussure d’eau salée.

VI

Ces premières journées de Côme dans les arbres n'avaient aucun programme défini ; tout était subordonné à son désir de connaître et de posséder son royaume. Il aurait voulu l'explorer jusqu'à ses confins extrêmes, étudier toutes les possibilités qu'il lui offrait, le découvrir arbre après arbre, branche après branche. Je dis : il aurait voulu, mais en fait, nous le voyions continuellement repasser au-dessus de nos têtes, avec l'air affairé et rapide des animaux sauvages qui, même quand on les voit immobiles et ramassés sur eux-mêmes, sont toujours prêts à bondir en avant.

Pourquoi revenait-il dans notre parc ? À le voir tournoyer de platane en yeuse dans le rayon de la lunette de notre mère, on aurait cru que la force qui le poussait, sa passion dominante, restait sa révolte contre nous, le désir de nous faire de la peine ou de nous mettre en rage (je dis nous parce que je n'étais pas encore arrivé à comprendre ce qu'il pensait de moi : quand il avait besoin de quelque chose, on aurait dit que son alliance avec moi ne pouvait être mise en doute ; d'autres fois, il volait au-dessus de ma tête comme s'il ne me voyait même pas).

En réalité, ici, il ne faisait que passer. C'était le mur au magnolia qui l'attirait ; c'était là qu'à toute heure nous le voyions disparaître, même quand la petite fille blonde n'était certainement pas encore levée, ou même quand son équipe de tantes ou de gouvernantes avait dû déjà la faire rentrer. Dans le jardin des Rivalonde, les branches se tendaient comme des trompes d'éléphants fabuleux ; on voyait sur le sol s'ouvrir en étoiles des feuilles découpées à grands pans dans une verte peau de reptile ; des bambous jaunes et légers ondulaient avec un froissement de papier. Fiévreusement avide de savourer ce vert si différent de tous les autres, cette lumière étrange qu'il tamisait, et ce silence inhabituel, Côme, du plus élevé des arbres, se laissait pendre la tête en bas ; et le jardin, à l'envers, devenait forêt, non plus une forêt terrestre, mais un monde inexploré.

Puis Violette faisait son apparition. Côme l'apercevait brusquement sur sa balançoire, en train de prendre son élan, ou encore sur la selle de son cheval nain ; parfois, il entendait monter, au fond du jardin, la note grave du cor de chasse.

Les Rivalonde ne s'étaient jamais inquiétés des expéditions de la fillette. Tant qu'elle allait à pied, Violette avait toutes ses tantes à ses trousses ; mais aussitôt en selle, elle était libre comme l'air : ses tantes ne montaient pas à cheval, et elles ne pouvaient voir où elle allait. Et puis, sa familiarité avec les vagabonds était à tel point inconcevable que l'idée ne les en avait même pas effleurées. Par contre, elles avaient tout de suite remarqué le jeune Baron qui se nichait là-haut, dans leurs arbres ; et elles se tenaient aux aguets, tout en prenant à son égard des airs de suprême dédain.

Notre père, quant à lui, confondait dans un même sentiment d'amertume le tourment que lui causaient la désobéissance de Côme et son aversion pour les Rivalonde ; on aurait dit qu'il voulait rendre ceux-ci responsables de tout, comme si c'étaient eux qui attiraient son fils dans leur jardin, lui donnaient l'hospitalité, et l'encourageaient à jouer les rebelles. Un beau jour, il prit la décision de faire une battue pour capturer Côme, non pas dans notre propriété mais justement alors qu'il se trouvait dans le jardin des Rivalonde. Afin de souligner ses intentions agressives à l'égard de nos voisins, il ne voulut pas conduire lui-même la battue et se présenter en personne aux Rivalonde pour leur demander de lui rendre son fils. Bien que la requête fût injustifiée, c'eût été là établir un rapport de courtoisie, comme il convient entre gentilshommes. Il envoya donc une troupe de serviteurs sous les ordres du Chevalier Avocat Æneas-Sylvius Carrega.

Nos domestiques se présentèrent devant la grille des Rivalonde, armés d'échelles et de cordes. Le Chevalier Avocat, vêtu de sa robe et coiffé de son fez, demanda en bafouillant, et en présentant ses excuses, qu'on voulût bien le laisser entrer. Tout d'abord, les serviteurs des Rivalonde crurent qu'il était question d'émonder certains de nos arbres qui passaient par-dessus le mur. Ensuite, aux mots entrecoupés que prononçait l'Avocat : « Attrapons… attrapons » en regardant dans les arbres et en esquissant de petits galops de biais, ils demandèrent :

— Mais qu'est-ce qui s'est échappé ? Un perroquet ?

— Le fils, le rejeton, l'aîné, débita hâtivement le Chevalier Avocat.

Après quoi, faisant appuyer une échelle à un marronnier d'Inde, il commença d'y grimper en personne. On apercevait entre les branches Côme assis, balançant ses jambes comme si de rien n'était. Violette, elle aussi comme si de rien n'était, poussait son cerceau dans les sentiers du jardin. Nos domestiques tendirent à Æneas des cordes qui, manœuvrées Dieu sait comment, devaient servir à la capture de mon frère. Mais avant que l'Avocat fût au milieu de son échelle, Côme était au sommet d'un autre arbre. L'Avocat fit déplacer l'échelle une première fois, puis à quatre ou cinq reprises ; chaque fois, il gâtait une corbeille de fleurs, et Côme, en deux sauts, avait gagné l'arbre voisin. Violette se vit tout à coup entourée de tantes et de vice-tantes, ramenée à l'intérieur de la maison et enfermée loin de tout ce désordre. Côme brisa une branche, la brandit des deux mains et fit siffler l'air d'un coup sec.

— Ne pourriez-vous pas continuer cette chasse dans votre vaste parc, chers messieurs ? demanda le marquis de Rivalonde, faisant une apparition solennelle sur le perron de sa villa, enveloppé d'une robe de chambre et coiffé d'une calotte grecque qui lui donnaient un étrange air de ressemblance avec le Chevalier Avocat.

— C'est à toute la famille Laverse du Rondeau que je m'adresse, ajouta-t-il avec un vaste geste circulaire qui embrassait le petit Baron sur son arbre, l'oncle naturel, les domestiques, et par-delà le mur, tout ce qui pouvait être à nous sous le soleil.

Sur ces entrefaites, Æneas-Sylvius Carrega changea complètement de ton. Il s'approcha du Marquis d'un pas trotte-menu, et, comme si la chose allait de soi, se mit à lui parler en bafouillant des jeux d'eau du bassin qu'ils avaient là devant eux, disant que l'idée lui venait d'un jet bien plus haut qui ferait beaucoup plus d'effet, et qui pourrait également servir à l'arrosage des prés, rien qu'en changeant une molette. Notre oncle naturel, une fois de plus, se montrait imprévisible et peu digne de confiance. Il avait été envoyé là par le Baron avec une mission bien précise et des intentions nettement polémiques à l'endroit de nos voisins ; pourquoi se mettait-il à bavarder amicalement avec le Marquis, comme s'il voulait gagner ses bonnes grâces ? D'autant que ces qualités de causeur, le Chevalier Avocat ne les montrait guère, sinon lorsque cela pouvait lui être utile et précisément dans les occasions où on avait fait confiance à son caractère maussade. Le plus beau fut que le Marquis l'écouta, lui posa des questions, et l'emmena visiter tous les bassins et jets d'eau du parc. Ils allaient côte à côte, vêtus de leurs immenses houppelandes, et peu s'en faut de la même taille, si bien qu'on pouvait s'y tromper. Suivait la double troupe des domestiques, plusieurs portant sur l'épaule des échelles dont ils ne savaient plus que faire.

Pendant ce temps, Côme sautait tranquillement dans les arbres les plus proches des fenêtres de la villa, pour tâcher de repérer à travers les rideaux la pièce où Violette était enfermée. Il finit par la découvrir et jeta un gland contre la vitre.

La fenêtre s'ouvrit, le visage de la petite fille blonde apparut, et elle dit :

— C'est de ta faute, si je suis enfermée là... Elle referma la fenêtre et tira les rideaux.

Côme se sentit brusquement désespéré.

Lorsque mon frère était pris de rage, il y avait vraiment de quoi s'inquiéter. Nous le voyions courir (si l'on peut appeler courir le fait de se déplacer loin de la surface terrestre, entre des perchoirs de forme et de hauteur variées, et comme suspendu dans le vide) : d'un moment à l'autre il semblait que le pied allait lui manquer, qu'il allait tomber ; il n'en fut pourtant jamais rien. Il sautait, progressait à toute vitesse le long d'une branche oblique, se suspendait et se hissait brusquement sur une branche plus haute ; quatre ou cinq de ces zigzags précaires, et le voilà disparu.

Où allait-il ? Cette fois-là, il courut comme un fou d'yeuses en oliviers et en hêtres, et se trouva dans le bois. Il s'arrêta, haletant. Un pré s'étendait à ses pieds. Le vent, soufflant très bas, faisait courir une ondulation à travers les touffes drues de l'herbe avec de changeantes nuances de vert. De la sphère légère des « chandelles », s'envolaient d'impalpables duvets. Un pin se dressait, isolé, inaccessible, garni de pignes oblongues. Des sittelles, oiseaux rapides de couleur marron moucheté, se posaient tout en biais au bout des branches chargées d'aiguilles, parfois le bec en bas et la queue en l'air, pour becqueter pignes et chenilles.

Ce même besoin de pénétrer dans un élément difficilement accessible, qui avait poussé mon frère à suivre les voies sylvestres, le travaillait encore intimement, le laissait insatisfait, lui donnait soif d'une possession plus complète ; il aurait voulu se sentir lié à chaque feuille, à chaque écaille, à chaque plume, à chaque bruit d'aile. C'est cet amour-là que le chasseur éprouve pour tout ce qui vit, et qu'il ne sait exprimer qu'en épaulant son fusil : Côme, qui ne l'avait pas encore reconnu, s'efforçait de le satisfaire par ses explorations acharnées.

Le bois était touffu, inextricable. Côme devait se frayer une route à coups d'épée. Peu à peu, il oublia ses idées fixes, absorbé par les problèmes qui se posaient à lui l'un après l'autre et par la peur — (qu'il ne voulait pas admettre mais qui n'en existait pas moins) — de trop s'éloigner des lieux qui lui étaient familiers. En progressant ainsi au milieu des ramures, il vit soudain entre les feuilles, là, droit devant lui, deux yeux jaunes qui le regardaient fixement. Côme tendit son épée en avant, écarta une branche et la laissa doucement revenir à sa place. Il poussa un soupir de soulagement, rit de sa peur : c'étaient seulement les yeux d'un chat.

Il avait à peine aperçu la bête mais l'image restait gravée dans sa mémoire. Au bout d'un moment,

Côme se retrouva tremblant de peur. C'est qu'en effet ce chat, bien qu'en tout semblable à un chat, était un chat terrible, épouvantable, à faire crier d'effroi rien qu'à le voir. On ne peut pas dire ce qu'il avait de si effrayant : c'était une espèce de siamois, plus gros que tous les siamois, mais cela ne voulait rien dire ; ce qu'il avait de terrible, c'étaient ses moustaches droites comme des piquants de porc-épic, le souffle qu'on croyait voir, plus encore qu'on ne l'entendait, sortir d'une double rangée de dents aiguës comme des crocs, les oreilles extrêmement pointues, tendues comme deux flammes et semées d'un duvet faussement moelleux, le poil tout droit qui se gonflait en collier blond autour du cou rentré, les rayures qui frémissaient le long des flancs comme pour s'entrecaresser, la queue enfin qui se dressait avec une rigidité si peu naturelle qu'elle en paraissait insoutenable. À tout cela que Côme avait entrevu une seconde derrière la branche qu'il avait laissée retomber tout de suite, s'ajoutait ce qu'il n'avait pas eu le temps de voir mais imaginait sans peine — la houppe de poils extraordinairement longs masquant autour des pattes de fortes griffes faites pour déchirer, toutes prêtes à sortir contre lui ; et ce qu'il continuait de voir : les prunelles jaunes qui roulaient autour de pupilles noires et le regardaient fixement entre les feuilles, et ce qu'il entendait : un grommellement de plus en plus grave, de plus en plus fort. Tout cela lui fit comprendre qu'il se trouvait devant le plus féroce des chats sauvages de ces bois.

Tous les gazouillis, tous les bruissements s'étaient tus. Et le chat sauvage sauta ; mais non pas sur l'enfant : il fit un saut presque vertical qui surprit Côme plus qu'il ne l'épouvanta. L'épouvante vint après, quand il découvrit le félin sur une branche placée juste au-dessus de sa tête. Il était là, ramassé, Côme voyait son ventre au long poil presque blanc, ses pattes tendues, ses griffes enfoncées dans le bois, son dos arqué tandis qu'il faisait *pff !* en se préparant de toute évidence à fondre sur lui. Côme opérant un repli parfait, au reste purement instinctif, passa sur une branche plus basse. *Pff ! Pff !* souffla le chat sauvage, et à chaque *pff !* il faisait un saut : l'un à droite, l'autre à gauche, pour se retrouver au-dessus de Côme. Mon frère répéta son repli, mais se trouva pour finir à cheval sur la branche la plus basse de ce hêtre. Le saut jusqu'à terre était risqué mais non pas tel qu'il ne fût préférable à l'attente de ce que la bête allait faire dès qu'elle aurait fini d'émettre ce son torturant, grondement et miaulement tout à la fois.

Côme souleva une de ses jambes comme pour se préparer à sauter, mais on aurait dit qu'en lui deux instincts se combattaient : le désir naturel de se mettre en sécurité et le refus obstiné de toucher terre, fût-ce au prix de sa vie. Le garçon hésitait ; le chat jugea que le moment était bon pour s'élancer. Il vola sur Côme dans un ébouriffement de poils, de griffes sorties et de sifflements. Côme ne trouva rien de mieux à faire que de fermer les yeux et de tendre en avant son épée ; c'était un mouvement stupide que le chat esquiva facilement : du coup, il fut sur la tête de l'enfant, sûr de le faire tomber avec lui. Côme reçut un coup de griffe sur la joue ; mais au lieu de tomber, agrippé comme il l'était à l'arbre qu'il serrait entre ses genoux, il s'allongea à la renverse sur la branche. Tout le contraire de ce qu'attendait le chat : il se trouva projeté de côté, et ce fut lui qui tomba. Il voulut se retenir, planter ses griffes dans le bois, et fit un tourniquet dans l'air : cette seconde suffit à Côme pour lui enfoncer à fond, d'un grand élan victorieux, toute son épée dans le ventre ; le chat miaula de toutes ses forces, transpercé.

Côme était sauf, souillé de sang, la bête sauvage raide morte enfilée sur son épée comme sur une broche, et lui-même la joue arrachée de l'œil au menton par un triple coup de griffe. Il hurla de douleur et de triomphe, perdant la tête, étreignant sa branche, son épée, son cadavre de chat, en proie à cette émotion dramatique qu'éprouve celui qui vient de l'emporter pour la première fois, quand il sait quelle douleur il y a dans la victoire et que, désormais, il lui faudra avancer sans répit sur la même voie, sans escompter l'indulgence dont bénéficie l'échec.

C'est ainsi que je le vis arriver au travers des arbres, couvert de sang jusque sur son gilet, son catogan défait sous son tricorne cabossé, tenant par la queue ce chat sauvage qui maintenant avait l'air d'un chat, et rien de plus.

Je courus trouver la Générale sur la terrasse.

— Madame ma mère, il est blessé ! criai-je.

— *Was ?* Blessé comment ?

Et, déjà, elle braquait sa lunette.

— Blessé comme un blessé ! lui dis-je. La Générale dut trouver ma définition pertinente, puisque, le suivant dans sa lunette d'approche tandis qu'il sautait, plus leste que jamais, elle confirma :

— *Es ist wahr.*

Aussitôt elle se mit à préparer de la gaze, des emplâtres et des baumes comme si elle avait eu à fournir l'ambulance d'un bataillon, et me donna le tout pour que je le porte à Côme, sans même se laisser effleurer par l'espoir qu'ayant à se faire soigner, il se déciderait à réintégrer la maison. Moi, avec mon paquet de pansements, je courus dans le parc et l'attendis dans le mûrier le plus proche du mur des Rivalonde : il avait déjà disparu au travers du magnolia.

Il fit là-bas une apparition triomphale, le cadavre de sa victime à la main. Mais que se passait-il sur l'esplanade de la villa ? Une voiture était prête à partir, des domestiques chargeaient les bagages sur l'impériale ; au milieu d'une troupe de gouvernantes et de tantes, noires et fort sévères, Violette, en costume de voyage, embrassait le Marquis et la Marquise.

— Violette, cria-t-il en brandissant son chat par la queue, où vas-tu ?

Autour de la voiture, on leva les yeux vers les branches et quand on le vit en loques, ensanglanté, avec cet air de fou et la bête morte à la main, ce fut un mouvement d'horreur :

— *De nouveau ici ! Et arrangé de quelle façon !*

Et toutes les tantes, comme prises de fureur, poussèrent la fillette vers la voiture.

Violette se retourna le nez en l'air, et, avec dépit, un dépit digne et hautain qui s'adressait à ses parents mais peut-être aussi à Côme, elle scanda (certainement pour répondre à sa question) :

— On m'envoie en pension !

Puis elle se dirigea vers la voiture et monta. Elle n'avait pas daigné les honorer d'un regard, ni lui ni son gibier.

La portière s'était refermée, le cocher était monté sur le siège et Côme ne pouvait croire à ce départ. Il tenta encore d'attirer l'attention de Violette, de lui faire comprendre que cette sanglante victoire, c'était à elle qu'il l'offrait ; il ne sut comment s'expliquer et cria :

— Je l'ai emporté sur un chat !

Le fouet claqua tandis que voltigeaient les mouchoirs des tantes, la voiture s'ébranla, et on entendit monter à travers la portière :

— Mais c'est très bien !

On ne comprit pas si, de la part de Violette, c'était là de l'enthousiasme ou bien de la dérision…

Tels furent leurs adieux. La tension de Côme, la douleur que lui causaient ses égratignures, la déception de n'avoir pas tiré la moindre gloire de son exploit, le désespoir de cette brusque séparation, tout l'étouffa puis explosa en larmes furieuses, mêlées de hurlements et de bris de branches.

— *Hors d'ici ! Hors d'ici ! Polisson sauvage ! Hors de notre jardin !* criaient les tantes, et tous les domestiques des Rivalonde accoururent, armés de longues perches ou jetant des pierres, pour le chasser.

En sanglotant et en hurlant, Côme lança son chat mort à la figure de ceux qui s'agitaient à ses pieds. Les domestiques ramassèrent la bête par la queue et la jetèrent au fumier.

Lorsque j'appris le départ de notre voisine, j'espérai quelque temps que Côme redescendrait. Je ne sais pourquoi je liais à elle — au moins dans quelque mesure — l'étrange décision de mon frère de demeurer dans les arbres.

De cela, il ne fut même pas question. Ce fut moi qui montai lui porter bandes de gaze et médicaments ; et il soigna lui-même les égratignures de son visage et de ses bras. Ensuite, il réclama une ligne munie d'un crochet : il s'en servit pour repêcher le cadavre du chat, du haut d'un olivier qui surplombait le tas de fumier des Rivalonde. Il écorcha la bête, tanna la peau tant bien que mal, et s'en fit une toque. Ce fut la première de ces toques de fourrure que nous allions lui voir porter, sa vie durant.

VII

La dernière tentative pour capturer Côme, c'est notre sœur Baptiste qui s'y livra. Elle agit sur son initiative personnelle, bien entendu, sans consulter personne, en secret, comme tout ce qu'elle faisait. Elle sortit nuitamment avec une échelle et un chaudron de glu dont elle enduisit un caroubier, des pieds à la cime. C'était un arbre sur lequel Côme, chaque matin, venait se poser.

Le matin donc, on trouva collés au caroubier des chardonnerets battant des ailes, des roitelets complètement englués, des papillons de nuit, des feuilles apportées par le vent, une queue d'écureuil et même un pan du petit habit de Côme. S'était-il assis sur une branche et avait-il réussi à se dégager ? Ou bien, et cela est plus probable car depuis quelque temps je ne lui voyais plus son habit à queue, avait-il placé là ce lambeau pour se moquer de nous ? Quoi qu'il en soit, l'arbre resta hideusement barbouillé de glu, puis sécha.

Nous commençâmes tous à nous convaincre que Côme ne redescendrait pas, et notre père aussi… Depuis que mon frère sautait d'arbre en arbre, sur tout le territoire d'Ombreuse, le Baron n'osait plus se faire voir alentour, craignant que sa dignité ducale ne fût compromise. Son visage devenait chaque jour plus pâle, plus décharné. Je ne sais quelle était la part de l'angoisse paternelle et celle des préoccupations à propos des conséquences dynastiques ; il est probable que ces deux soucis ne faisaient qu'un. Côme était l'aîné, l'héritier du titre, et s'il est peu tolérable de voir un baron sauter dans les arbres comme un francolin, on peut encore moins l'admettre d'un duc, même enfant ; pour un titre aussi controversé que le nôtre, ce ne serait certainement pas un argument favorable que la conduite de l'héritier.

Préoccupations inutiles, bien sûr, puisque tous les habitants d'Ombreuse se gaussaient des prétentions de notre père et que, dans les aristocratiques villas des environs, on le tenait pour fou. Les nobles avaient dès alors déserté les châteaux féodaux pour habiter des villas agréablement situées ; cela faisait qu'ils avaient tendance à vivre comme de simples particuliers et à éviter les complications. Qui pouvait bien penser encore à l'ancien duché d'Ombreuse ? La beauté d'Ombreuse, c'était que le territoire en appartenait à tout le monde et à personne : on avait certaines obligations à l'endroit des marquis de Rivalonde, seigneurs de presque toutes les terres, mais il y avait beau temps que le territoire était commune libre, tributaire de la République de Gênes ; nous pouvions y vivre bien tranquilles, sur les terres dont nous avions hérité et sur celles que nous avions achetées pour rien à la commune, en un temps où elle était criblée de dettes. Que demander de plus ? Il existait alentour une petite société seigneuriale, dont les villas, les parcs et les potagers allaient jusqu'à la mer ; tout ce monde vivait joyeusement : on se faisait des visites, on chassait, la vie n'était pas chère, on avait plusieurs avantages des gens de Cour sans avoir les ennuis, les responsabilités et les frais de ceux qui doivent penser à une Maison royale, à une capitale, à une politique. Notre père, lui, ne jouissait pas de tout cela ; il se sentait un souverain dépossédé ; il avait fini par rompre toutes relations avec les nobles du voisinage (quant à notre mère, étrangère, on peut dire qu'elle n'en avait jamais eues) ; cela avait, il faut en convenir, un côté positif : en ne recevant personne, nous nous épargnions bien des frais et nous pouvions dissimuler la gêne de nos finances.

Avec le peuple d'Ombreuse, on ne pouvait pas dire que nos rapports fussent meilleurs. Vous savez comment sont les Ombreusiens ; ce sont gens un peu mesquins, ne voyant que leurs intérêts. À cette époque, la mode des limonades sucrées s'était répandue dans les classes riches, et les citrons commençaient à connaître une bonne vente ; on avait planté des citronniers partout, et remis en état le port, saccagé voilà bien longtemps par les incursions des pirates. Placés entre la République de Gênes, les possessions du roi de Sardaigne, la France et les territoires épiscopaux, les Ombreusiens trafiquaient avec tout le monde et se moquaient de chacun — mais enrageaient des contributions qu'ils devaient payer, avec beaucoup de mal, à Gênes et qui étaient chaque année l'occasion de révoltes contre les collecteurs d'impôts de la République.

Chaque fois qu'éclataient ces révoltes, le baron du Rondeau se persuadait qu'on allait venir lui offrir la couronne ducale. Il se présentait alors sur la place, et s'offrait lui-même aux Ombreusiens comme protecteur ; mais, chaque fois, il lui fallait rapidement battre en retraite sous une grêle de citrons pourris. Il disait alors qu'on avait ourdi une conspiration contre lui : un coup des jésuites, bien entendu. Car il s'était mis en tête qu'il existait entre les jésuites et lui une guerre à mort, que la Compagnie n'avait rien de mieux à faire que de tramer des complots contre lui. En fait, il y avait eu des bisbilles au sujet d'un jardin dont notre famille et la Compagnie de Jésus se disputaient la propriété ; il en était résulté un procès et comme, à ce moment, le Baron entretenait de bonnes relations avec l'Évêque, il avait réussi à faire éloigner le Père provincial du diocèse. Depuis lors, notre père était sûr que la Compagnie dépêchait des agents pour attenter à sa vie et à ses droits ; et, de son côté, il s'efforçait de recruter une milice de fidèles capables de délivrer l'Évêque, prisonnier des révérends pères, à ce qu'il disait. Il accordait asile et protection à tous ceux qui se déclaraient persécutés par les jésuites — et c'est ainsi qu'il nous avait choisi comme père spirituel ce demi-janséniste dont la tête était toujours dans les nuages.

Il n'y avait qu'une personne à qui mon père se fiât, et c'était le Chevalier Avocat. Le Baron avait pour son frère naturel le faible qu'il aurait eu pour un fils unique et malheureux ; je ne saurais dire si nous nous en rendions compte alors, mais il devait certainement y avoir dans notre attitude à l'égard du chevalier Carrega un peu de jalousie car notre père semblait préférer ce frère quinquagénaire à nous, ses propres enfants. Du reste, nous n'étions pas les seuls à regarder l'Avocat de travers. La Générale et Baptiste lui donnaient des marques de respect, mais ne pouvaient pas le souffrir. Et lui, sous son apparence soumise, se moquait de tout et de tous ; sans doute haïssait-il chacun de nous, y compris le Baron à qui il devait tant. Monsieur le Chevalier Avocat Carrega parlait si peu que parfois on l'aurait pris pour un sourd-muet ou un étranger. Dieu sait comment il avait pu exercer autrefois le métier d'avocat, et s'il était aussi bizarre avant d'avoir affaire aux Turcs ? Peut-être avait-il été intelligent, puisqu'il avait appris des Turcs ces grands calculs d'hydraulique, seule matière à laquelle il fût dorénavant capable de s'appliquer, et à propos de laquelle mon père lui décernait des louanges exagérées. Je n'ai jamais bien connu son passé, ni su qui était sa mère, quels avaient été, dans sa jeunesse, ses rapports avec mon grand-père (qui l'aimait probablement lui aussi, puisqu'il lui avait payé ses études d'avocat et lui avait fait donner le titre de chevalier), ni comment il avait abouti en Turquie. On ne savait même pas trop s'il avait réellement séjourné en Turquie ou bien dans quelque État barbaresque, la Tunisie, l'Algérie, en somme dans un pays mahométan ; mais on allait jusqu'à dire qu'il s'y était fait musulman. On racontait tant de choses à son sujet ! Qu'il avait rempli des fonctions très importantes ; grand dignitaire du sultan, hydraulicien du Divan ou quelque chose de ce genre ; après quoi, une conjuration de palais, une jalousie de femme ou une dette de jeu l'auraient fait tomber en disgrâce et vendre comme esclave.

On savait qu'il avait été trouvé enchaîné, ramant sur une galère ottomane prise par les Vénitiens, qui le délivrèrent. À Venise, il vivait à peu près comme un mendiant et pour finir, à la suite de je ne sais quelle nouvelle combinaison, une rixe, je crois (avec qui avait bien pu se battre un homme aussi craintif, Dieu seul le sait !), il avait échoué en prison. Notre père l'avait racheté, par l'entremise de la République de Gênes, et il était rentré chez nous, petit homme chauve à barbe noire, terrorisé, à moitié muet (j'étais encore enfant, mais son arrivée est restée gravée dans ma mémoire), fagoté dans de larges vêtements qui ne lui appartenaient manifestement pas. Notre père l'imposa à tout le monde comme un personnage d'autorité, le nomma son régisseur, et lui attribua un cabinet qui se remplit de papiers perpétuellement en désordre. La longue toge et la toque en forme de fez étaient alors la tenue que nombre de nobles et de bourgeois portaient dans leur cabinet de travail ; mais, à vrai dire, lui ne séjournait presque jamais dans son cabinet et on commença à le voir rôder ainsi vêtu dans la campagne. Il finit par se présenter à table dans cet accoutrement turc, et le plus étrange fut que mon père, toujours si attentif aux règles, ne sembla pas y voir d'inconvénient.

En dépit de ses fonctions d'administrateur et en raison de sa timidité ou de sa difficulté à s'exprimer, le Chevalier Avocat n'échangeait pour ainsi dire jamais mot avec les métayers, les fermiers ou les chefs de culture : les ordres à donner, la surveillance des gens, tous les soucis pratiques incombaient à notre père. Æneas-Sylvius Carrega tenait nos livres de comptes ; si nos affaires périclitaient en raison de sa gestion ou si ses comptes s'avéraient difficiles de par l'état de nos affaires, je l'ignore. Il faisait aussi des calculs et des projets d'irrigation, couvrant un immense tableau noir de lignes, de chiffres et de mots turcs. De temps en temps, mon père s'enfermait avec lui pendant des heures : c'était l'occasion des plus longs séjours que fît le Chevalier Avocat dans son cabinet. Au bout d'un moment, à travers la porte fermée, on entendait la voix irritée du Baron, le flux et le reflux d'une discussion, mais on ne percevait qu'à peine le Chevalier. Enfin, la porte s'ouvrait, le Chevalier Avocat sortait, ses petits pas rapides accrochant les pans de sa tunique, son fez tout droit sur le sommet de son crâne ; il franchissait une des portes-fenêtres et détalait dans la campagne.

— Æneas-Sylvius ! Æneas-Sylvius ! criait notre père en le poursuivant.

Mais le demi-frère se trouvait déjà dans les cordons de vigne ou dans les plantations de citronniers : on ne distinguait de lui que son fez rouge avançant avec obstination au travers des feuilles.

Notre père courait derrière lui en le rappelant : au bout d'un moment nous les voyions revenir, le Baron toujours discutant et gesticulant, le Chevalier tout petit à côté de lui, voûté, les poings serrés dans les poches de sa tunique.

VIII

En ce temps-là, Côme lançait volontiers des défis à ceux qui restaient à terre. C'était une façon d'éprouver ses propres possibilités : l'acuité de sa vue, son adresse, son habileté en tout ce qu'il parvenait à faire de là-haut. Un jour, près de la Porte-aux-Câpres, au milieu des baraques de pauvres et de vagabonds, il défia les gamins au lancement du palet. Il jouait du haut d'une yeuse passablement sèche et dénudée, quand il vit approcher un cavalier, grand, légèrement voûté, qu'enveloppait un manteau noir. Il reconnut son père. La marmaille aussitôt se dispersa ; les femmes restaient à regarder, sur le seuil de leurs baraques.

Le baron Arminius poussa son cheval jusque sous l'arbre. Le ciel du soir était rouge. Côme était au milieu des branches dépouillées. Ils se dévisagèrent un moment. C'était la première fois qu'ils se trouvaient face à face depuis le déjeuner d'escargots. Bien des jours avaient passé, la situation avait évolué : l'un et l'autre savaient qu'il ne s'agissait plus d'escargots, ni d'obéissance filiale ou d'autorité paternelle : tout ce qu'ils auraient pu dire de logique et de sensé aurait été hors de propos. Pourtant, il fallait bien se dire quelque chose.

— Vous vous donnez en spectacle d'une façon bien honorable ! commença mon père sur un ton amer. Voilà qui est vraiment digne d'un gentilhomme !

Il avait toujours usé du « vous » pour ses reproches les plus graves ; mais à présent, ce « vous » devenait signe d'éloignement, de détachement.

— Un gentilhomme est un gentilhomme, monsieur mon père, aussi bien au sommet des arbres que sur terre, répondit Côme, et il ajouta tout de suite : Tant qu'il se conduit avec rectitude.

— C'est une bonne sentence, admit gravement le Baron. Cependant, il y a un instant, vous étiez en train de voler des prunes à un fermier.

C'était vrai. Mon frère était touché. Que répondre ? Il sourit ; mais ni arrogant ni cynique, un sourire de timidité, et il rougit.

Mon père sourit lui aussi, d'un sourire triste ; et, sans qu'on pût savoir pourquoi, il rougit à son tour.

— Voilà que vous vous acoquinez avec les pires filous et avec les mendiants, ajouta-t-il.

— Non, monsieur mon père ; j'agis pour mon

compte. Chacun pour soi, affirma Côme avec fermeté.

— Je vous invite à descendre à terre, dit le Baron, d'une voix calme et comme éteinte. Et à reprendre les devoirs de votre état.

— Je n'ai pas l'intention de vous obéir, monsieur mon père ; et je le regrette.

Tous deux se sentaient mal à l'aise, contrariés. Chacun savait ce que l'autre allait dire.

— Mais vos études ? Et vos devoirs de chrétien ? Avez-vous l'intention de grandir comme un sauvage des Amériques ?

Côme se tut. C'étaient là des questions qu'il ne s'était pas posées et n'avait pas envie de se poser. Après un instant, il reprit :

— Parce que je me trouve quelques mètres plus haut que les autres, croyez-vous que les bons enseignements ne pourront pas me parvenir ?

Encore une réponse habile. Mais qui déjà diminuait la portée de son geste. Un signe de faiblesse, par conséquent. Notre père s'en rendit compte et se fit plus pressant :

— La révolte ne se mesure pas à l'aune. Même un voyage de quelques lieues peut être un voyage sans retour.

Mon frère aurait pu donner quelque autre réponse noble, voire s'abriter derrière une maxime latine ; il ne m'en viendrait aujourd'hui aucune à l'esprit, mais en ce temps-là nous en savions quantité par cœur. Agacé de s'être donné trop longtemps des airs solennels, Côme tira la langue et cria :

— Mais moi, du haut des arbres, quand je pisse, ça va plus loin !

Phrase qui n'avait pas beaucoup de sens, mais qui coupait court à la discussion.

Autour de la Porte-aux-Câpres, la bande des garnements se mit à crier comme s'ils avaient entendu la réplique. Le cheval du baron du Rondeau fit un écart, le baron tira sur ses rênes et s'enveloppa de son manteau, comme pour quitter les lieux. Pourtant il se retourna, tira un bras hors de son manteau, et montrant le ciel qui s'était soudainement chargé de nuages noirs, s'écria :

— Attention, mon fils, il y a là Quelqu'un qui peut pisser sur nous tous !

Ce disant, il éperonna son cheval.

La pluie, que la campagne attendait depuis longtemps, se mit à tomber à grosses gouttes espacées. Autour des masures, ce fut un sauve-qui-peut de gamins encapuchonnés de sacs, qui chantaient : *Ça pleut ! Ça pleut ! I tombe de l'iau !* Côme disparut sous les feuilles ; elles étaient déjà si gorgées d'eau qu'il ne pouvait les toucher sans se faire copieusement asperger.

Dès que je vis qu'il pleuvait, je me sentis en peine pour mon frère. Je l'imaginais tout trempé, se serrant contre un tronc sans pouvoir échapper aux ondées qui venaient de biais. Et je savais bien qu'il ne suffirait pas d'un orage pour le faire rentrer. Je courus trouver notre mère.

— Il pleut, madame ma mère. Que va faire Côme ?

La Générale écarta un rideau et contempla la pluie. Elle avait conservé son calme.

— Le plus grave inconvénient des pluies, c'est que le terrain devient boueux. Là-haut, il n'a rien à craindre de tel.

— Mais les arbres suffiront-ils pour le protéger ?

— Il se retirera dans ses quartiers d'hiver.

— Lesquels, madame ma mère ?

— Il a bien dû penser à s'en préparer en temps voulu.

— Ne croyez-vous pas que je ferais bien de lui apporter un parapluie ?

Ce mot de « parapluie » sembla l'arracher brusquement de son poste d'observation stratégique et la rejeter dans des préoccupations maternelles.

— *Ja, ganz gewiss !* se mit à dire la Générale. Prends aussi une bouteille de sirop de reinettes, bien chaud, enveloppé dans un bas de laine. Et un morceau de toile cirée qu'il étendra sur les branches pour se protéger de l'humidité… Mais où peut-il être pour l'instant, pauvre petit ? Espérons que tu réussiras à le trouver.

Je sortis sous la pluie, chargé de paquets, abrité sous un énorme parapluie vert, et tenant sous mon bras un autre parapluie pour Côme.

J'avais beau siffler notre signal, le ruissellement sans fin de la pluie sur les arbres était seul à me répondre. Il faisait sombre ; hors du jardin, je ne savais où aller ; je faisais quelques pas au hasard sur des pierres glissantes, dans des prairies fangeuses, entre des flaques. Je sifflais, et pour me faire entendre de plus haut je renversais mon parapluie en arrière : l'eau me fouettait la figure et noyait le sifflement sur mes lèvres. Je voulais me diriger vers certaines terres communales couvertes d'arbres très hauts où je pensais vaguement qu'il pouvait s'être bâti un refuge ; mais, dans cette obscurité, je me perdis et restai planté là à serrer dans mes bras mes parapluies et mes paquets : seule la bouteille de sirop enveloppée dans le bas de laine me donnait un peu de chaleur.

Et voilà qu'au-dessus de moi, dans le noir, j'aperçus, au milieu des arbres, une lueur qui ne pouvait venir ni de la lune ni des étoiles. J'eus l'impression qu'on répondait à mon sifflet.

— Cô-ô-me !

— Blai-ai-se ! fit une voix tout en haut, dans la pluie.

— Où es-tu ?

— Ici ! Je viens à ta rencontre ; mais dépêche-toi, je suis trempé !

Nous nous retrouvâmes. Emmitouflé dans une couverture, il descendit jusqu'à la fourche basse d'un saule pour me montrer comment il fallait monter, à travers un enchevêtrement compliqué de ramifications, jusqu'au hêtre au tronc élevé d'où venait la lumière. Je lui donnai tout de suite un des deux parapluies et une partie des paquets ; nous essayâmes de grimper avec nos parapluies ouverts, mais c'était impossible et nous nous mouillions tout autant. Quand je finis par arriver là où il me conduisait, je ne vis rien qu'une clarté à travers les parois d'une tente.

Côme souleva un pan de toile et me fit entrer. À la lueur de la lanterne, je découvris une sorte de petite pièce couverte et fermée de tous côtés par des rideaux et des tapis ; au centre passait le tronc du frêne ; en guise de parquet, des planches reposaient sur les branches maîtresses. Au premier instant, j'eus l'impression de pénétrer dans un palais ; mais je ne tardai pas à m'apercevoir que ce palais était instable ; le poids de deux enfants en compromettait l'équilibre et Côme dut aussitôt s'évertuer à réparer des voies d'eau et des affaissements. Il employa les deux parapluies, grands ouverts, pour obvier à deux trous du plafond ; mais l'eau coulait par maints autres interstices ; nous étions tous les deux trempés. Quant à la température, autant se trouver à l'extérieur. Pourtant, il avait amassé là une telle quantité de couvertures qu'on pouvait s'enterrer dessous en ne tenant que la tête dehors. La lanterne en oscillant donnait une lumière incertaine ; les branches et les feuilles projetaient sur le mur et sur le plafond de cette étrange construction des ombres enchevêtrées. Côme buvait à grandes gorgées son sirop de reinettes tout en faisant :

— Pouah ! Pouah !

— C'est une belle maison, dis-je à Côme.

— Oh ! Elle est encore provisoire, se hâta-t-il de répondre. Je dois l'étudier plus à fond.

— Tu l'as construite toi-même tout entière ?

— Et avec qui d'autre ! C'est mon secret.

— Je pourrai y venir ?

— Non. Tu montrerais le chemin.

— Papa a dit qu'il ne te ferait plus chercher.

— Il faut qu'elle reste secrète, malgré tout.

— À cause de ces gamins voleurs ? Est-ce qu'ils ne sont pas tes amis ?

— Quelquefois oui, quelquefois non.

— Et la petite fille au poney ?

— Qu'est-ce que cela peut te faire ?

— Je voulais dire : est-ce que c'est une amie, est-ce que vous avez joué ensemble ?

— Quelquefois oui, quelquefois non.

— Pourquoi quelquefois non ?

— Quelquefois parce que c'est moi qui ne veux pas, quelquefois parce que c'est elle.

— Et elle, tu la ferais monter ici ?

Côme, le visage sombre, s'efforçait de retendre une natte recroquevillée sur une branche.

— … Si elle venait, oui, je la ferais monter, dit-il gravement.

— C'est elle qui ne veut pas ?

Côme s'étendit.

— Elle est partie.

— Dis-moi, fis-je à mi-voix. Vous êtes fiancés ?

— Non, répondit mon frère. Et il s'enferma dans un long silence.

Le lendemain, comme il faisait beau, on décida que Côme reprendrait ses leçons avec l'abbé Fauchelafleur. On ne spécifia pas comment. Le Baron invita simplement et quelque peu brusquement l'Abbé (« Au lieu de rester là à regarder les mouches, *l'Abbé…* ») à partir à la recherche de mon frère, et à lui faire traduire un peu de Virgile. Ensuite il eut peur d'avoir mis l'Abbé dans un trop grand embarras, et chercha à lui faciliter les choses ; il me dit :

— Va dire à ton frère qu'il doit se trouver au jardin dans une demi-heure, pour sa leçon de latin.

Il le dit du ton le plus naturel qu'il put, un ton qu'il avait résolu d'adopter : Côme pouvait bien vivre dans les arbres, tout devait continuer comme avant.

Et la leçon eut lieu. Mon frère installé à califourchon sur une branche d'orme, les jambes pendantes, et l'Abbé au-dessous, sur l'herbe, assis sur un petit tabouret, répétaient en chœur les hexamètres. Moi, je jouais aux alentours et les perdis quelque temps de vue ; quand je revins, l'Abbé était monté dans l'arbre ; avec ses longues jambes maigres couvertes de bas noirs, il essayait de se hisser jusque sur une fourche ; Côme, pour l'aider, le soutenait par le coude. Ils trouvèrent une position commode pour le vieil homme et, penchés sur le livre, scandèrent ensemble un passage difficile. Mon frère paraissait faire montre d'un grand zèle.

Puis, je ne sais comment cela se passa, mais l'élève se sauva. L'Abbé devait avoir des distractions, là-haut, et profiter de cette occasion pour regarder dans le vide. Le fait est que le vieux prêtre noir se retrouva seul dans les branches, son livre ouvert sur ses genoux, regardant voler un papillon blanc et le suivant des yeux, bouche bée. Quand le papillon disparut, l'Abbé s'aperçut qu'il se trouvait loin de la terre et prit peur. Il étreignit le tronc, et se mit à crier : « *Au secours ! Au secours* » jusqu'à ce que des gens viennent avec une échelle. Tout doucement, il se calma et descendit.

IX

En somme, malgré sa fameuse fugue, Côme vivait auprès de nous comme avant, ou peu s'en faut. C'était un solitaire qui ne fuyait pas les hommes. Au contraire, on eût dit qu'il ne pouvait s'en passer. Il se postait là où des paysans piochaient, retournaient le fumier, fauchaient un pré, et leur donnait poliment le bonjour. Eux levaient la tête, ahuris ; il leur faisait comprendre aussitôt où il se trouvait : notre vieille manie de nous cacher pour faire des farces aux passants, quand nous montions ensemble dans les arbres, l'avait complètement quitté. Les premiers temps, les paysans qui le voyaient franchir de telles distances sur ses branches ne savaient trop quel parti adopter, se demandant s'il fallait lui tirer leur chapeau comme on fait devant un notable ou le houspiller comme un morveux. Ensuite, ils s'habituèrent et commencèrent d'échanger avec lui des propos sur leurs travaux, sur le temps ; ils semblaient même apprécier son jeu, un jeu ni meilleur ni pire que tant d'autres auxquels ils voyaient se livrer les riches.

Côme restait arrêté des demi-heures dans un arbre pour les regarder travailler et les interroger sur les engrais ou les semences ; il n'avait jamais eu l'occasion de rien faire de tel tant qu'il circulait à terre : une espèce de honte l'avait jusqu'alors empêché d'adresser la parole aux villageois et aux domestiques. À présent, il les informait de ce que le sillon qu'ils étaient occupés à tracer était ou n'était pas droit, de ce que les tomates étaient déjà mûres dans le champ du voisin ; ou bien il s'offrait à faire pour eux de petites commissions, par exemple aller dire à la femme d'un faucheur que celui-ci avait besoin d'une pierre à aiguiser, ou avertir qu'on détournât l'eau pour arroser un jardin. Et si, en se déplaçant pour des missions semblables, il voyait un vol de moineaux se poser dans un champ de blé, il faisait du tapage et agitait sa toque afin de les mettre en fuite.

Dans ses tournées solitaires à travers bois, les rencontres humaines étaient plus rares, mais de nature à frapper l'esprit ; il voyait là des gens que nous ne fréquentions jamais. En ce temps-là, toute une population de pauvres nomades campait dans les forêts : des charbonniers, des chaudronniers, des souffleurs de verre, des familles poussées loin de leurs champs par la faim cherchaient à gagner leur pain par des métiers précaires… Ces gens installaient leurs ateliers en plein air et dressaient, pour dormir, de petites cabanes de branchages. Tout d'abord, ce garçon couvert de fourrure qui passait sur les arbres leur fit peur, surtout aux femmes qui le prenaient pour un farfadet ; par la suite, ils lièrent amitié avec lui : Côme restait des heures et des heures à les regarder travailler et, le soir, tandis qu'eux s'asseyaient autour d'un feu, lui s'installait sur une branche voisine, pour écouter leurs récits.

Les charbonniers, sur leur terre-plein couleur de cendre, étaient les plus nombreux. *Hura ! Hota !* hurlaient-ils ; comme ils venaient de Bergame, on ne comprenait pas leur parler. C'étaient les plus forts, les plus fermés, et les plus étroitement unis : leur population se propageait dans tous les bois, avec des parentés, des liens, des querelles. Parfois, Côme servait d'agent de liaison entre deux groupes : il donnait des nouvelles, on le chargeait de commissions. Il lui fallait se souvenir de leurs bizarres sons aspirés et chercher à les répéter, comme ces cris d'oiseaux qui l'éveillaient au matin.

Si le bruit s'était désormais répandu qu'un fils du baron du Rondeau ne descendait pas des arbres depuis des mois, notre père tâchait encore de conserver le secret avec ceux qui venaient de loin. Les comtes d'Estomac, se rendant en France (ils avaient des propriétés dans la baie de Toulon), voulurent s'arrêter chez nous. Je ne sais pas quel intérêt il y avait là-dessous, la revendication de certains biens, ou la confirmation d'une curie à un fils évêque — l'appui du baron du Rondeau en tout cas leur était nécessaire. Et notre père, imaginez un peu, construisait des montagnes de projets sur cette alliance, qui devait servir ses prétentions dynastiques sur Ombreuse.

Il y eut un dîner à mourir d'ennui tant ces gens firent de salamalecs ; ils avaient avec eux leur fils, un muscadin, un pisse-vinaigre en perruque.

Le Baron présenta ses fils — c'est-à-dire me présenta — et ajouta :

— Ma fille Baptiste, la pauvre, je ne sais si vous pourrez la voir ; elle vit si retirée ; elle est très pieuse…

Là-dessus, cette idiote se présente, portant son bonnet de nonne, mais toute harnachée de petits volants et de rubans, la figure enfarinée, gantée de mitaines. Il faut la comprendre, aussi : depuis l'histoire du marquis de la Pomme, elle n'avait plus vu un homme tant soit peu jeune, valets et rustres mis à part. Le jeune comte d'Estomac, aussitôt, de se prodiguer en courbettes ; elle répondait par des gloussements hystériques. Et le Baron qui, dès longtemps avait fait une croix sur sa fille, de mouliner à nouveau des projets.

Le Comte, lui, restait indifférent. Il demanda :

— Mais n'aviez-vous pas un autre garçon, *Monsieur* Arminius ?

— Si, dit mon père, l'aîné. Le hasard veut qu'il soit à la chasse.

Il ne mentait pas ; à cette époque-là, Côme passait ses journées dans le bois, armé d'un fusil, à l'affût des lièvres et des grives. Le fusil, c'est moi qui le lui avais procuré, un fusil léger, celui dont Baptiste se servait contre les rats : depuis quelque temps, abandonnant ses battues, elle l'avait accroché à un clou.

Le Comte commença à s'informer du gibier qu'on trouvait dans les environs. Le Baron ne répondait que d'une façon très générale, car, dépourvu comme il était de patience et d'attention au monde extérieur, il ne chassait pas. J'intervins, bien qu'il me fût interdit de me mêler à la conversation des grands.

— Mais qu'en sais-tu, toi, mon petit ? fit le Comte.

— C'est moi qui vais ramasser les bêtes abattues par mon frère, et les lui porte sur les...

Mon père m'interrompit :

— Qui t'a donné la parole, toi ? Va jouer.

Nous nous trouvions dans le jardin ; c'était le

soir, un soir d'été ; il faisait encore clair. Et voici que venait Côme, bien tranquille, par les platanes et par les ormes, sa toque en peau de chat sur la tête, son fusil en bandoulière, une broche sur l'autre côté, et ses guêtres sur les jambes.

— Hé là ! Hé là ! fit le Comte en se levant et en tournant la tête pour mieux voir, très amusé. Qui est là ? Qui vient là-haut dans les arbres ?

— Qu'est-ce qu'il y a ? Je ne sais... ce sera une impression que vous aurez eue... fit notre père sans regarder dans la direction indiquée mais en cherchant les yeux du Comte comme pour s'assurer qu'il y voyait bien.

En attendant, Côme était arrivé juste au-dessus d'eux, immobile, les jambes ouvertes en travers d'une fourche.

— Ah ! Mais c'est mon fils. Oui, c'est Côme. Ce sont des enfants, voyez-vous. Il a grimpé là-haut pour nous faire une surprise.

— C'est l'aîné ?

— Oui, le plus grand de mes deux garçons ; mais pas de beaucoup, vous savez ; ce sont encore deux enfants ; ils jouent...

— Tout de même, il est habile pour marcher comme ça sur les branches... Et avec tout cet arsenal sur lui.

— Eh, ils s'amusent !

Un terrible effort de mauvaise foi le fit devenir tout rouge :

— Qu'est-ce que tu fais là-haut ? Hein ? Veux-tu bien descendre ! Viens présenter tes respects à monsieur le Comte.

Côme ôta son bonnet en peau de chat :

— Monsieur le Comte, je vous présente mes respects.

— Ha ! ha ! ha ! riait le Comte. Très, très bien ! Laissez-le là-haut, laissez-le là-haut, Monsieur. Bravo, pour le garçon qui marche dans les arbres !

Et il riait encore.

Et ce dindon de jeune Comte :

— C'est original, ça. C'est très original !

Il ne pouvait rien trouver d'autre.

Côme s'assit sur sa fourche. Notre père changea de conversation et se mit à parler, à parler, pour tâcher de distraire le Comte. Mais, de temps en temps, le Comte levait les yeux, et mon frère était toujours là-haut, dans cet arbre ou dans un autre, nettoyant son fusil, graissant ses guêtres, enfilant un gilet de flanelle parce que la nuit tombait.

— Oh, mais regardez ! Il sait tout faire là-haut, ce jeune homme ! Oh, comme ça me plaît ! Oh ! Je veux raconter cette histoire à la Cour, la première fois que j'irai. Je veux la raconter à mon fils l'Évêque ! Et à ma tante la Princesse !

Mon père suffoquait. De plus, il avait un autre

souci : il ne voyait plus sa fille, et le jeune Comte avait lui aussi disparu.

Côme, qui s'était éloigné pour faire une tournée d'inspection, revint hors d'haleine.

— Elle lui a donné le hoquet ! Elle lui a donné le hoquet !

Le Comte devint soucieux.

— Oh ! comme c'est fâcheux ! Mon fils souffre fréquemment du hoquet ! Va, mon bon jeune homme, va voir si ça lui passe. Et dis-leur de revenir.

Côme bondit, puis revint, encore plus essoufflé que la première fois :

— Ils courent l'un après l'autre ! Elle veut lui mettre un lézard vivant sous sa chemise, pour lui faire passer son hoquet ! Lui ne veut pas !

Et il partit de nouveau pour voir la suite.

Ainsi passa la soirée ; une soirée semblable aux autres, en vérité : Côme, du haut des arbres, participait comme clandestinement à notre vie ; mais cette fois-là, nous avions des hôtes et le bruit du bizarre comportement de mon frère se répandit dans toutes les Cours d'Europe, à la grande honte de notre père. Honte sans raison aucune : le comte d'Estomac emporta une impression très favorable de notre famille, et c'est ainsi que notre sœur Baptiste se fiança au jeune Comte.

X

Les oliviers, dans leur cheminement tortueux, offraient à Côme des routes faciles et unies : ce sont des arbres accueillants et, malgré la rudesse de leur écorce, amicaux pour qui y passe ou s'y veut arrêter. En revanche, ils n'ont que peu de grosses branches et ne présentent guère de variété à explorer. Dans les figuiers, au contraire, il faut toujours vérifier la solidité du bois, mais on n'en a jamais fini de rôder. À l'abri de leur pavillon de feuilles, Côme voyait le soleil transparaître au travers des nervures, regardait les fruits verts se gonfler peu à peu, flairait la sève qui filtre à l'intérieur des pédoncules. Le figuier vous assimile, vous imprègne de sa gomme, du grondement de ses bourdons ; Côme, après un moment, avait l'impression de devenir figue lui-même : il se sentait mal à son aise, et s'en allait. On vit bien dans le dur sorbier, dans le mûrier ; dommage qu'ils soient si rares. On peut en dire autant des noyers. Moi-même, et c'est tout dire, quand je voyais mon frère se perdre dans un interminable vieux noyer, comme dans un palais aux nombreux étages et aux pièces multiples, j'avais envie de l'imiter et d'aller habiter là-haut, tant sont convaincantes la force et la certitude que cet arbre met à être un arbre, son obstination à se dresser, lourd et dur, une obstination qu'il exprime jusqu'au bout de ses feuilles…

Côme se tenait volontiers dans le feuillage ondulé des chênes verts (qu'en parlant de notre parc j'ai pompeusement nommés des yeuses, sans doute sous l'influence du noble langage recherché de notre père) ; il aimait leur écorce crevassée qu'il enlevait par plaques, du bout des doigts, quand il était préoccupé, non pour faire instinctivement du mal, mais comme pour aider l'arbre dans son long labeur de renouvellement. De même, il écaillait l'écorce blanche des platanes et mettait à nu des couches de vieil or moisi. Il aimait le tronc bossué de l'orme, dont chaque loupe pousse, avec de tendres rejetons, des touffes de feuilles dentelées et des samares de papier. Mais on n'y circule pas facilement ; les branches remontent, si fines et si serrées qu'elles ne permettent guère de passer. Parmi les arbres de la forêt, Côme préférait les hêtres et les chênes ; les étages du pin, trop rapprochés, minces et tout chargés d'aiguilles, ne laissent ni place ni prise ; quant au châtaignier, avec sa feuille épineuse, ses bogues, son écorce, ses branches toujours hautes, il semble fait exprès pour éloigner.

Ces distinctions, ces amitiés, Côme les fit avec le temps ou plutôt il en prit conscience peu à peu : mais dès ces premiers jours, elles commençaient de s'imposer à lui avec la force d'un instinct naturel. Le monde désormais s'était transformé : il était fait de ponts étroits et incurvés tendus dans le vide, d'écorces où nœuds, écailles et rides semaient leurs rugosités ; il baignait dans une lumière verte qui changeait avec l'épaisseur et la consistance du rideau des feuilles tremblant au bout de leur pédoncule, sous le moindre souffle d'air, ou ondoyant comme une voile lorsque l'arbre s'inclinait. Notre monde à nous se nichait dans les bas-fonds, nous avions des silhouettes bizarres et ne comprenions assurément rien de ce qu'il percevait chaque nuit : le travail du bois qui gonfle de ses cellules les cercles marquant les années au cœur des troncs ; les moisissures qui dilatent leurs plaques au vent du nord ; le frisson des oiseaux endormis qui blottissent leur tête au plus doux de l'aile, l'éveil de la chenille et l'éclosion de la pie-grièche. Il est un moment où le silence de la campagne se forme, au creux de l'oreille, d'une menue poussière de bruits : un croassement, un glapissement, un froissement furtif dans les herbes, un clapotis dans l'eau, un piétinement entre terre et cailloux, et, dominant tout autre son, le crissement des cigales… Les bruits se mêlent l'un à l'autre, l'ouïe parvient toujours à en discerner de nouveaux, comme, sous les doigts qui cardent un flocon de laine, chaque nœud se révèle fait de brins plus fins, plus impalpables encore. Les grenouilles ne cessent de coasser et cette basse continue ne trouble pas plus le fourmillement sonore que la continuelle palpitation des étoiles ne change la lumière de la nuit. Mais que s'élève ou que passe le vent, tous les bruits aussitôt se transforment et se renouvellent. Seul reste, au plus profond de l'oreille, l'ombre d'un mugissement ou d'un murmure — celui qui vient de la mer.

L'hiver arriva. Côme se confectionna une grosse casaque de fourrure, en cousant tout seul les peaux de plusieurs bêtes qu'il avait chassées : des lièvres, des renards, des martres et des furets. Il portait toujours sur la tête sa toque de chat sauvage. Il se fit également une culotte en poil de chèvre, avec un fond et des genoux de cuir. Pour les souliers, il arriva à la conclusion que, sur les arbres, rien ne vaut des pantoufles. Et il s'en fit une paire, de je ne sais quelle peau, peut-être bien du blaireau.

Ainsi se défendait-il du froid. Il faut dire qu'en ce temps-là, nos hivers étaient fort doux ; nous ne subissions pas encore ces froids dont on dit que Napoléon est allé les dénicher en Russie et qu'ils l'ont poursuivi jusqu'ici. Tout de même, passer les nuits d'hiver à la belle étoile, ce n'était pas le paradis.

Pour la nuit, Côme avait trouvé le système de l'outre fourrée. Plus de tente ni de cabane, mais une peau dont le pelage était tourné à l'intérieur, suspendue à une branche. Il se coulait là-dedans, y disparaissait entièrement, et y dormait pelotonné comme un petit enfant. Un bruit insolite traversait-il la nuit ? Le bonnet fourré de Côme surgissait à l'ouverture du sac, puis le canon de son fusil, puis ses yeux écarquillés. (On prétendait que ses yeux brillaient à présent dans le noir comme ceux des chats et des hiboux ; mais pour ma part, je n'ai jamais rien constaté de tel.)

Le matin, au chant du geai, on voyait deux poings sortir du sac ; les poings se levaient, les bras s'ouvraient et s'étiraient interminablement, entraînant au-dehors une figure qui bâillait, un torse chargé d'un fusil et d'une poire à poudre, enfin des jambes arquées (à force de se tenir et de marcher à croupetons ou recroquevillé, il commençait d'avoir des jambes torses). Les jambes émergeaient, se dégourdissaient, Côme remuait le dos, se grattait un peu sous sa casaque de fourrure, et pouvait commencer enfin sa journée, frais et dispos.

Il allait d'abord à sa fontaine ; car il avait une fontaine à lui, une fontaine suspendue de son invention, ou, pour mieux dire, construite en aidant la nature. Près d'une cascade, par laquelle un ruisseau franchissait un surplomb, un chêne dressait ses hautes branches. D'un morceau de peuplier, long d'environ deux mètres, Côme avait fait une sorte de gouttière, amenant l'eau de la cascade dans les branches du chêne ; de la sorte, il pouvait boire et se laver. Qu'il se lavât, je puis le garantir parce que je l'ai vu faire plusieurs fois. Pas beaucoup, ni même tous les jours, mais enfin il se lavait, et il avait du savon. Quand la fantaisie l'en prenait, il faisait même sa lessive ; il avait transporté un baquet sur le chêne, tout exprès. Pour faire sécher ses effets, il tendait ensuite des cordes entre deux branches.

En somme, Côme parvenait à tout faire dans les arbres. Il avait même trouvé le moyen de faire rôtir son gibier à la broche, et toujours sans descendre… Voici comment il s'y prenait : il allumait une pomme de pin avec un briquet et la lançait à terre, dans un âtre en pierres lisses que je lui avais installé. Sur la pomme, il laissait tomber des brindilles et des branches de fagots ; au moyen d'une pelle et de pincettes attachées à un long bâton, il réglait ensuite la flamme pour qu'elle atteignît la broche, suspendue entre deux branches. Tout cela demandait de l'attention : dans les bois, on a vite fait de provoquer un incendie. Ce n'est donc pas par hasard que le foyer avait été installé sous le chêne, près de la cascade ; en cas de danger, on disposerait d'autant d'eau qu'on en voudrait.

En mangeant une partie du produit de ses chasses et en troquant le reste contre les fruits et les légumes des paysans, Côme vivait tout à fait bien, sans plus avoir besoin que notre maison lui fournît quoi que ce fût. Un jour, nous apprîmes qu'il buvait chaque matin son lait frais : il avait lié amitié avec une chèvre qui grimpait dans une fourche d'olivier — un endroit facile, à deux pieds de terre — ou plus exactement appuyait là ses deux pattes de derrière ; lui, descendait jusqu'à la fourche avec un seau et trayait la bête. Il avait passé le même accord avec une poule, une bonne grosse poule rouge de Padoue. Il lui avait installé un nid caché, au creux d'un tronc, et trouvait là un jour sur deux un œuf ; il y pratiquait deux trous d'épingle et le gobait.

Autre problème : faire ses besoins. Au début, il n'y regardait pas de si près : ici ou là, le monde est grand, il faisait là où il se trouvait. Puis il s'avisa que ce n'était pas bien agir. Il découvrit sur les bords d'un torrent, la Merdance, au point le plus propice et le plus écarté, un aulne qui faisait saillie, avec une fourche sur laquelle on pouvait se tenir très commodément assis. La Merdance était une rivière obscure, au cours rapide, cachée sous les roseaux, et les villages voisins y faisaient déboucher leurs eaux usées. Le jeune Laverse du Rondeau vivait en civilisé, respectueux de lui-même comme de son prochain.

Cependant, la vie d'un chasseur n'est pas tout à fait humaine tant qu'il ne peut compter sur le concours d'un chien. J'étais bien là pour me jeter dans les buissons et les ronces afin de chercher la grive, la bécasse et la caille atteintes en plein ciel par son tir, ou les renards qu'après toute une nuit passée à l'affût il rencontrait parfois, leur queue pointant juste entre les bruyères. Mais je ne pouvais que rarement me sauver et le rejoindre dans les bois ; tout me retenait : mes leçons avec l'Abbé, mes heures d'étude, la messe que je devais servir, les repas qu'il me fallait prendre avec mes parents ; cent devoirs familiaux auxquels je me soumettais parce que, au fond, la phrase que j'entendais constamment répéter : « Dans une famille, un seul rebelle suffit » ne manquait pas de raison, elle marqua toute ma vie de son empreinte.

Donc, Côme allait presque toujours seul à la chasse, et, pour récupérer son gibier (quand il n'avait pas la chance de voir un loriot jaune rester accroché aux branches par ses ailes raidies), il usait d'engins de pêche : des lignes faites de ficelles, avec de gros hameçons ou des crochets ; mais il n'arrivait pas toujours à remonter sa proie, et plus d'une bécasse pourrit, perdue au fond d'un roncier, toute noire de fourmis.

J'ai parlé seulement des tâches du chien retriever parce que Côme, en ce temps-là, pratiquait presque uniquement la chasse à l'affût, passant des matinées ou des nuits entières perché sur une branche, attendant qu'une grive vînt se poser sur une cime ou qu'un lièvre fît son apparition au milieu d'une clairière. Autrement, il rôdait au hasard, guidé par le chant des oiseaux ou cherchant à repérer les pistes les plus probables des bêtes à poil. Quand il entendait des limiers aboyer derrière un lièvre ou un renard, il savait qu'il lui fallait prendre le large : ce n'était pas une bête pour un chasseur solitaire et occasionnel comme lui. Respectueux des règles comme il l'était, jamais il ne levait son fusil sur le gibier poursuivi par les chiens d'autrui, même si, de ses infaillibles postes de vigie, il pouvait le premier le découvrir et le viser. Il attendait le chasseur, qui survenait sur le sentier, haletant, l'oreille aux aguets, l'œil égaré ; et il lui indiquait de quel côté la bête s'était dirigée.

Un jour, il vit courir, vague rouge au milieu de l'herbe verte, halètement farouche, moustaches hérissées, un renard. L'animal traversa le pré et disparut dans les bruyères. Derrière lui, *Ouah !*, les chiens.

Ils surgirent au galop, humant la terre de leur truffe, mais par deux fois, ils perdirent la trace du renard et tournèrent à angle droit.

Ils étaient déjà éloignés quand, avec un petit glapissement : *Hui, hui !* on vit quelque chose fendre l'herbe ; ses sauts paraissaient plutôt ceux d'un poisson que d'un chien : on aurait dit qu'un dauphin nageait dans le pré en laissant affleurer un museau plus pointu et des oreilles plus pendantes que celles des chiens de meute. L'arrière-train était vraiment d'un animal aquatique : la bête avançait comme en barbotant à l'aide de nageoires ou de palmes. On ne lui voyait pas de pattes et elle était fort longue. Enfin elle déboucha dans un espace libre : c'était un basset.

Il avait certainement dû faire bande avec la meute et rester en arrière, jeune comme il était, presque un chiot. Pendant ce temps, le cri de la meute était devenu un *Bouaf !* de dépit : les chiens ayant perdu la piste, leur course compacte se ramifiait en un réseau de recherches olfactives tout autour d'une clairière de laîches ; ils étaient trop impatients de retrouver le filet d'odeur perdu pour bien le chercher ; leur élan était retombé et déjà certains en profitaient pour lever la patte contre une pierre.

Le résultat fut que le basset, haletant et trottinant le museau levé, les rattrapa avec des manifestations de triomphe parfaitement injustifiées. Et toujours sans la moindre justification, il les provoqua par des glapissements très malins : *Huai ! Huai !*

Sur le moment, les limiers : *Haourk !* grognèrent contre lui, abandonnant pour un instant leur recherche, et se tinrent en arrêt, ouvrant de larges gueules prêtes à mordre : *Grrrr !* Mais ce fut un intérêt de courte durée : déjà la meute courait plus loin.

Côme suivait le basset qui dirigeait ses pas au hasard ; l'autre, en serpentant, le nez distrait, aperçut le garçon dans un arbre et remua la queue. Côme était convaincu que le renard restait caché par là. La meute s'était dispersée ; on l'entendait de temps en temps passer sur les buttes avoisinantes, avec des aboiements entrecoupés et sans motif, stimulée par les cris étouffés des chasseurs. Côme lança au basset :

— Vas-y ! Vas-y ! Cherche !

Le petit chien se précipita pour flairer de-ci delà, se retournant de temps en temps pour lever les yeux dans la direction du garçon

— Vas-y ! Vas-y !

Côme, qui ne voyait plus le chien, entendit des buissons s'ouvrir avec violence ; puis il y eut une explosion : *Ah ! ouach ouach ouach ! Hi-ahi ! Hi-ahi ! Hi-ahi !* Le basset avait levé le renard.

La bête traversa le pré en courant. Est-il permis de tirer un renard levé par le chien d'un autre ? Côme laissa passer l'animal sans tirer. Le basset leva le museau vers lui, avec le regard des chiens déçus, non sans raison, par les caprices des hommes et se précipita de nouveau, museau bas, à la poursuite du renard.

— *Hi ahi ! Hi ahi ! Hi ahi !* Il fit faire au renard un tour entier. Les voilà qui revenaient. Côme devait-il tirer ou ne le devait-il pas ? Il ne tira pas. Le basset leva vers lui un regard douloureux. Il n'aboyait plus, sa langue pendait plus bas que ses oreilles ; il n'en pouvait plus, mais il continuait de courir.

Sa levée avait désorienté la meute et les chasseurs. Un vieillard apparut sur le sentier, armé d'une lourde arquebuse :

— Hé là ! dit Côme, il est à vous ce basset ?

— Qu'il te mange le cœur, à toi et à tous les tiens ! cria le vieux qui semblait de mauvaise humeur. Avons-nous l'air de gens qui chassent avec des bassets ?

— Alors je peux tirer sur ce qu'il lève ? insista Côme, qui décidément tenait à être en règle.

— Tire ce que tu veux, et que le diable t'emporte ! répondit l'homme en s'éloignant.

Le basset ramenait le renard. Côme tira et atteignit son but. Il avait désormais un chien. Il lui choisit pour nom : Optimus Maximus.

Optimus Maximus était un chien perdu qui s'était joint à la meute par passion juvénile. D'où venait-il ? Pour le savoir, Côme se laissa conduire par lui.

Le basset, rasant le sol, traversait haies et fossés, puis se retournait pour s'assurer que le jeune garçon, là-haut, parvenait bien à le suivre. Son itinéraire était si peu banal que Côme ne reconnut pas tout de suite le terme de leur équipée. Quand il comprit, son cœur bondit : ils avaient pénétré dans le jardin des Rivalonde.

La villa était fermée, les persiennes cadenassées : une seule, celle d'une lucarne, claquait au vent. Le jardin, abandonné, sans soins, semblait plus que jamais une forêt d'un autre monde. Dans les allées, maintenant envahies par les mauvaises herbes, dans les corbeilles embroussaillées, Optimus Maximus évoluait, comme chez lui, tout heureux, et poursuivait les papillons.

Il disparut dans un buisson, et revint tenant un ruban dans sa gueule. Le cœur de Côme battit plus vite.

— Qu'est-ce que c'est, Optimus Maximus ? À qui c'est ? Dis !

Optimus Maximus remuait la queue.

— Apporte, Optimus Maximus ! Apporte !

Descendant sur une branche basse, Côme prit de la bouche du chien ce petit lambeau déteint qui certainement avait noué les cheveux de Violette. Bien mieux, Côme avait maintenant l'impression de revoir Optimus Maximus, encore tout petit chiot, sortant d'un panier porté par la fillette blonde, à qui probablement on venait de le donner.

— Cherche, Optimus Maximus ! Cherche ! Le basset se jeta au milieu des bambous et ramena d'autres souvenirs : sa corde à sauter, les fragments d'un cerf-volant, un éventail.

Au faîte du plus grand arbre du jardin, mon frère grava, de la pointe de son épée, *Violette* et *Côme*, puis, plus bas, sûr que cela ferait plaisir à la fillette, même si elle donnait au chien un autre nom, *Basset Optimus Maximus*.

À partir de ce jour-là, quand on voyait le garçon dans les arbres, on était sûr qu'en abaissant le regard, devant lui ou de côté, on découvrirait le basset Optimus Maximus qui trottinait ventre à terre. Côme lui avait appris la quête, l'arrêt, le rapport, tous les travaux des chiens de chasse : il n'y avait pas de bête du bois qu'ils n'eussent levée ensemble. Pour rapporter le gibier, Optimus Maximus hissait ses deux pattes de devant le plus haut qu'il pouvait ; Côme descendait prendre dans sa gueule un lièvre ou une perdrix, et lui faisait une caresse. C'étaient là toutes leurs familiarités. Mais il y avait de l'un à l'autre, entre la terre et les branches, un dialogue, une intelligence continuels, des aboiements, des monosyllabes, des claquements de langue et de doigts. Cette présence nécessaire de l'homme au chien et du chien à l'homme ne leur faisait jamais défaut ; et, l'un différant de tous les hommes comme l'autre de tous les chiens, ils pouvaient se dire heureux, en tant qu'homme et en tant que chien.

XI

Pendant une longue période de son adolescence, la chasse fut tout le monde de Côme. Ajoutons-y la pêche : une ligne à la main, il attendait anguilles et truites au bord des étangs formés ici et là par le torrent. On en venait à penser qu'il avait désormais des sens et des instincts différents des nôtres, et qu'en se couvrant de peaux tannées, il avait changé de nature, complètement. Et certes, le contact continuel des écorces, le spectacle mouvant des plumes, des pelages, des écailles, toute la gamme de couleurs répandue sur la forêt, la circulation dans les feuilles d'une autre espèce de sang, vert et fluent, le jeu de formes vivantes aussi éloignées des nôtres qu'un tronc d'arbre, un bec de grive ou une branchie de poisson, et ces ultimes retranchements d'un monde encore sauvage, à l'intérieur desquels il avait si profondément pénétré — tout avait dû lui modeler une âme neuve et lui faire perdre jusqu'à l'apparence d'un homme. Pourtant, il n'en était rien. Et quels que fussent les talents que mon frère avait puisés dans sa familiarité avec les arbres ou dans sa lutte contre les animaux, il fut toujours clair pour moi que sa place restait en deçà de la barrière, de notre côté, malgré tout.

Bien sûr, et sans qu'il le voulût, il négligeait certaines habitudes et finissait par les perdre. Ainsi, pendant les premiers mois, il essaya de nous accompagner chaque dimanche à la grand-messe. Au moment où nous sortions à la queue leu leu, en tenue de cérémonie, nous le trouvions sur ses branches. Il avait même fait effort pour s'endimancher, lui aussi : il avait exhumé son habit, ou remplacé sa toque de fourrure par son ancien tricorne. Nous nous mettions en route, lui nous suivait dans la ramure et c'est ainsi distribués que nous débouchions sur le parvis, aux yeux de tous les Ombreusiens (lesquels ne tardèrent pas à s'y habituer, au grand soulagement de notre père) : nous autres compassés, lui sautant dans les airs, spectacle étrange, surtout en hiver, lorsque les arbres étaient nus.

Nous pénétrions dans la cathédrale et nous nous asseyions à notre banc de famille : lui restait audehors et se postait dans une yeuse épaulée à une nef latérale, juste à la hauteur d'une grande fenêtre. De notre banc, nous voyions à travers les vitraux se dessiner entre deux branches la silhouette de

Côme, son chapeau sur la poitrine et la tête baissée. Mon père se mit d'accord avec un sacristain pour qu'on laissât, tous les dimanches, cette fenêtre entrouverte : mon frère pourrait suivre la messe de son arbre. Avec le temps, nous cessâmes pourtant de le voir. On referma la fenêtre : elle causait des courants d'air.

Bien des choses auxquelles il aurait, jusque-là, attaché de l'importance, avaient cessé de l'intéresser. Au printemps, on célébra les fiançailles de notre sœur. Qui l'aurait dit, un an plus tôt ? Les d'Estomac revinrent avec le jeune Comte et ce fut l'occasion d'une grande fête. Toutes les pièces de notre maison étaient illuminées : la noblesse des alentours était là au grand complet. On dansait. Qui pensait encore à Côme ? À vrai dire, nous y pensions tous. De temps en temps, je regardais par les fenêtres pour voir s'il arriverait ; notre père se montrait triste ; au milieu de cette fête de famille, sa pensée allait certainement à celui qui s'en était exclu ; la Générale dirigeait toute la cérémonie comme on commande une place d'armes, elle voulait seulement oublier le chagrin que lui causait l'absence de son fils. Baptiste elle-même, Baptiste qui faisait des pirouettes, Baptiste méconnaissable depuis qu'elle avait quitté sa tenue monacale pour s'affubler d'une espèce de massepain en guise de perruque et de *grands paniers* incrustés de coraux (je me demande quelle couturière avait bien pu les échafauder), Baptiste, je l'aurais parié, pensait à lui.

Je sus plus tard qu'il était là, lui aussi, sans qu'on le vît, blotti dans l'ombre, au sommet d'un platane, dans le froid : il voyait les fenêtres brillantes de lumière, les pièces joyeusement ornées, des gens en perruque qui dansaient. Quelles pensées pouvaient bien lui traverser l'esprit ? Regrettait-il au moins un peu notre vie ? Court était le pas qui le séparait de notre monde, et le retour eût été facile : y songeait-il ? J'ignore ce qu'il pensait, ce qu'il attendait. Je sais seulement qu'il demeura là tout le temps de la fête, et même après, jusqu'à ce que, l'un après l'autre, tous les candélabres se fussent éteints et qu'il ne restât plus aucune fenêtre éclairée.

Donc, bonnes ou mauvaises, les relations n'étaient pas rompues entre Côme et notre famille. Elles se resserrèrent même avec quelqu'un qu'il ne commença vraiment à connaître qu'à ce moment-là ; je veux parler du Chevalier Avocat Æneas-Sylvius Carrega. Cet homme falot, fuyant, dont on ne parvenait jamais à savoir où il était ni ce qu'il faisait, Côme découvrit que, seul de toute la famille, il avait un grand nombre d'occupations et ne faisait jamais rien en vain.

Il sortait, parfois même à l'heure la plus chaude de l'après-midi, son fez sur l'occiput, trébuchant dans sa tunique qui traînait jusqu'à terre, et disparaissait, comme englouti par les crevasses du terrain, les haies, ou les murs de pierre. Même Côme qui montait constamment la garde (non plus par jeu, mais par instinct : son œil semblait désormais embrasser l'horizon tout entier, sans rien laisser échapper), même Côme finissait par le perdre de vue. Quelquefois, le garçon courait de branche en branche du côté où l'Avocat avait disparu, mais sans jamais réussir à comprendre le chemin que l'autre avait pris. Pourtant, dans les parages, on trouvait toujours des abeilles, comme un signe mystérieux. Côme en conclut que la présence du Chevalier avait quelque lien avec celle des abeilles et que pour le retrouver, il fallait suivre leur vol. Mais comment faire ? Les bourdonnements s'éparpillaient autour de chaque fleur. Il ne fallait pas se laisser distraire par les insectes isolés ou s'égarer dans les détours, mais suivre l'invisible voie aérienne le long de laquelle les allées et venues des abeilles devenaient toujours plus nombreuses, jusqu'à former, derrière une haie, un nuage dense qui s'élevait dans l'air comme une colonne de fumée. Là-dessous, on trouvait les ruches, une ou plusieurs, alignées sur une planche ; et tourné vers elles, perdu dans le grouillement des abeilles, le Chevalier.

L'apiculture était l'une des activités secrètes de notre oncle naturel. Secrète jusqu'à un certain point, car lui-même apportait à table, de temps à autre, un rayon ruisselant de miel, tout frais sorti de la ruche. Mais il récoltait uniquement au-dehors de notre propriété, et dans des lieux qu'il voulait visiblement tenir cachés. Par cette précaution, il voulait sans doute soustraire le revenu d'une industrie personnelle à la poche percée de l'administration familiale, ou peut-être — l'homme certainement n'était pas avare, et puis, que pouvait bien lui rapporter un peu de cire et de miel ? — se réserver un domaine où son frère le Baron ne viendrait pas fourrer son nez ; peut-être encore avait-il à cœur de ne pas mélanger le petit nombre de choses qu'il aimait, comme l'apiculture, avec le grand nombre de choses qu'il n'aimait pas, comme l'administration.

Quoi qu'il en soit, le fait est que notre père ne lui aurait jamais permis d'installer ses abeilles près de la maison : il avait, quant à lui, une peur déraisonnable des piqûres. Quand il rencontrait par hasard une abeille ou une guêpe dans le jardin, il se livrait à une course absurde au long des allées, enfonçant à deux mains sa perruque sur sa tête, comme pour se protéger du bec d'un aigle. Une fois, dans son agitation, il fit voler sa perruque ; il eut un tel sursaut que l'abeille effrayée se précipita sur lui et enfonça son dard dans ce crâne chauve. Il passa trois jours à presser sur sa tête des mouchoirs imbibés de vinaigre : le Baron était fier et fort dans les cas graves, mais une légère écorchure ou un petit bouton le rendaient fou.

Donc, Æneas-Sylvius Carrega avait disséminé ses abeilles un peu par-ci, un peu par-là, dans toute la vallée d'Ombreuse : les propriétaires lui permettaient, pour un peu de miel, d'entretenir une ou deux ruches sur leurs terres et il allait constamment par monts et par vaux, tournicotant et gesticulant autour des abeilles si étrangement qu'on se demandait si de petites pattes d'insecte ne lui tenaient pas lieu de mains, d'autant que, pour éviter d'être piqué, il se gantait souvent de mitaines noires. Il portait, au-dessous de son fez, un voile noir que son haleine tour à tour collait contre sa bouche et soulevait. Et il transportait un engin qui répandait de la fumée, pour éloigner les insectes pendant qu'il fouillerait les ruches. Tout cela, grouillements d'abeilles et nuage de fumée, fit sur Côme l'effet d'un enchantement : son oncle allait-il disparaître, s'évaporer, s'abolir, pour renaître différent, ailleurs, en un autre temps ? Hélas, l'Avocat n'était qu'un piètre magicien : il ressortait de son nuage toujours semblable à lui-même, et suçant à l'occasion une piqûre à son doigt.

C'était le printemps. Un matin, Côme crut reconnaître dans l'air une espèce de folie ; un son vibrait qu'il n'avait jamais entendu, un bourdonnement, mais dense comme un grondement de tonnerre. L'espace était traversé d'un nuage de grêle qui, au lieu de tomber, se déplaçait horizontalement et tourbillonnait lentement autour d'une colonne plus épaisse. Il y avait là des centaines d'abeilles. Autour d'elles, la verdure, les fleurs, le soleil : et Côme, qui ne comprenait pas ce qui se passait, se sentit pris d'une excitation fébrile :

— Les abeilles se sauvent, monsieur le Chevalier Avocat ! Les abeilles se sauvent ! se mit-il à crier, en courant à travers les arbres à la recherche de Carrega.

— Elles ne se sauvent pas : elles essaiment.

Le Chevalier avait surgi au-dessous de Côme comme un champignon, et lui faisait signe de se taire. L'instant d'après, il avait disparu. Où pouvait-il être passé ?

C'était donc la période de l'essaimage : une reine quittait son ancienne ruche et son essaim la suivait. Côme regarda autour de lui. Le Chevalier Avocat réapparut sur le seuil de la cuisine, tenant en main une poêle et un chaudron. Il les tapait l'une contre l'autre, produisant un deng ! deng ! très aigu qui crevait le tympan et s'éteignait en une vibration si longue, si fatigante qu'on avait envie de se boucher les oreilles. Le Chevalier Avocat suivit l'essaim d'abeilles en frappant sur ses cuivres tous les trois pas. À chaque éclat sonore, l'essaim semblait subir une secousse ; d'un coup, on le voyait s'abaisser, puis remonter ; son bourdonnement s'assourdissait, son vol se faisait plus incertain. Côme ne voyait pas bien ce qui se passait, mais il lui semblait qu'à présent l'essaim convergeait vers un point du feuillage et s'y arrêtait. Carrega, pendant ce temps, continuait de taper sur son chaudron.

— Mais qu'arrive-t-il donc, monsieur le Chevalier ? Que faites-vous ?

— Vite ! bafouilla l'autre. L'essaim s'est arrêté dans un arbre, vas-y ; mais attention : ne le dérange pas avant que je ne sois arrivé !

Les abeilles descendaient sur un grenadier. Côme s'y porta et commença par ne rien voir. Puis, brusquement, il découvrit, pendu à une branche, un gros fruit en forme de pigne : un amas d'abeilles, accrochées les unes aux autres, que de nouveaux individus venaient toujours grossir.

Côme, à la cime du grenadier, retenait son souffle. Plus la grappe d'abeilles accrochée au-dessous de lui se gonflait, et plus elle paraissait légère, suspendue qu'elle était à un fil, moins encore : aux pattes ténues d'une vieille reine. Combien subtiles aussi semblaient toutes ces ailes bruissantes dont le gris diaphane s'étalait sur les stries noires et jaunes des corps.

Le Chevalier arriva en sautillant, une ruche entre les mains. Il la retourna et la tendit sous la grappe.

— Donne un petit coup sec, cria-t-il.

Côme secoua à peine le grenadier. L'essaim fait de milliers d'abeilles se détacha comme une feuille et tomba dans la ruche, que le Chevalier boucha d'une planche.

— Voilà qui est fait, conclut-il.

Ainsi naquit, entre Côme et le Chevalier Avocat, une entente, une collaboration, on aurait dit une amitié si le mot ne sonnait étrangement, appliqué à d'aussi peu sociables personnages.

Æneas-Sylvius et mon frère en arrivèrent même à se rencontrer sur le terrain de l'hydraulique. Cela peut paraître étrange : un homme qui vit dans les arbres n'a guère affaire à des puits et à des canaux ; mais je vous ai déjà parlé du système de fontaine suspendue que Côme avait inventé. Le Chevalier Avocat, par ailleurs si distrait, notait la moindre variation du régime des eaux dans toute la campagne environnante. Dissimulé derrière des troènes, en amont de la cascade, il surprit Côme en train de tirer sa gouttière à travers les branches du chêne (mon frère l'y rangeait quand elle ne lui servait pas, ayant, comme les sauvages, accoutumé de tout cacher), de la caler entre une fourche de l'arbre et les pierres du surplomb, et d'y boire.

À ce spectacle, Dieu sait ce qui se passa dans la tête du Chevalier. Il fut emporté dans un de ses rares moments d'euphorie, passa devant les troènes, battit des mains, exécuta deux ou trois bonds, comme s'il sautait à la corde, fit jaillir une gerbe d'eau : peu s'en fallut qu'il ne descendît avec la cascade, et ne volât au bas du précipice. Puis il commença d'expliquer au garçon une idée qui lui venait ; l'idée était confuse ; les explications plus confuses encore. D'habitude, le Chevalier Avocat parlait en dialecte, par modestie plutôt que par ignorance de l'italien ; mais dans ses soudains moments d'excitation, il passait directement du dialecte au turc, sans même s'en apercevoir, et l'on ne comprenait plus rien du tout.

L'idée lui était venue d'un aqueduc suspendu, qui passerait de branche en branche, atteindrait l'autre versant, très aride, de la vallée et permettrait de l'irriguer. Côme, secondant aussitôt son projet, lui suggéra d'user en certains points de conduites perforées pour faire pleuvoir sur les semis. Ce perfectionnement plongea littéralement le Chevalier en extase.

Il courut se terrer dans son cabinet, et couvrit

des feuilles et des feuilles de projets. Côme se mit à l'ouvrage de son côté : toute action passant par les arbres le séduisait et lui semblait investir sa position d'une importance et d'une autorité nouvelles ; en la personne d'Æneas-Sylvius Carrega, il eut l'impression de trouver un allié inattendu. Ils se donnaient rendez-vous dans des arbres bas, où l'avocat montait à l'aide d'un escabeau, les bras encombrés de rouleaux de dessins, et discutaient, des heures durant, les développements de plus en plus compliqués de leur aqueduc.

Mais on n'en arriva jamais au stade de la réalisation. Æneas-Sylvius se fatigua, espaça ses entretiens avec Côme et ne compléta jamais ses dessins. Au bout d'une semaine, il avait tout oublié. Côme n'en fut pas fâché : il s'était vite aperçu que ce grand projet introduisait dans sa vie une ennuyeuse complication, et rien de plus.

Dans le domaine de l'hydraulique, notre oncle naturel aurait manifestement pu faire bien davantage. La passion, il l'avait ; l'intelligence nécessaire à cette science ne lui faisait pas défaut ; mais il était incapable de rien réaliser ; son énergie était comme une eau mal canalisée qui, après quelques détours, se laisse absorber par un terrain poreux. Situation dont il est assez facile de deviner la raison : tandis qu'il était libre de se consacrer à l'apiculture pour son propre compte, seul et presque en secret, en se payant de temps en temps le luxe d'offrir un rayon de miel que nul ne lui avait commandé, il ne pouvait au contraire effectuer ses travaux de canalisation sans tenir compte des intérêts des uns et des autres, sans subir les conseils et les ordres du Baron ou de quiconque avait recours à ses services. Timide et irrésolu comme il l'était, il ne s'opposait jamais à la volonté des autres mais se dégoûtait vite de l'opération, et abandonnait.

On pouvait le voir, à n'importe quelle heure, au milieu d'un champ, accompagné d'hommes armés de pioches et de pelles, muni d'une toise et d'une carte roulée, donner des ordres pour le percement d'un canal et arpenter le terrain d'un pas qu'il allongeait d'une manière démesurée, parce qu'il l'avait très court. Il faisait creuser à un endroit, puis à un autre, suspendait les travaux et prenait de nouvelles mesures. Le soir venait, on arrêtait tout et il était rare qu'il décidât le lendemain de reprendre le travail à la même place. On ne le revoyait plus d'une semaine.

Sa passion de l'hydraulique se nourrissait de ses aspirations, de ses impulsions, de ses désirs les plus intimes. Un souvenir occupait son cœur : celui des magnifiques terres irriguées du Sultan ; dans ces vergers et ces jardins de rêve, il avait dû être heureux, pour la seule fois de sa vie. Il comparait continuellement la campagne d'Ombreuse aux champs de Barbarie ou de Turquie, et il brûlait de l'amender pour y retrouver ses souvenirs. Son art étant l'hydraulique, c'est dans ce domaine qu'il concentrait son désir de changement. Désir impossible : continuellement, il venait se heurter à une réalité différente, et se réveillait déçu.

Il pratiquait aussi la rhabdomancie, mais en se cachant : à l'époque, ces bizarres pratiques pouvaient encore entraîner l'accusation de sorcellerie. Côme le surprit un jour, dans un pré, en train de faire des pirouettes tout en tendant devant lui une baguette fourchue. Cela aussi devait n'être qu'une tentative : car il n'en résulta rien.

Comprendre le caractère d'Æneas-Sylvius Carrega eut, pour Côme, l'avantage de l'éclairer sur maints aspects de la condition des solitaires. Leçon dont il profita par la suite. Je dirais même que l'image falote du Chevalier Avocat l'accompagna partout, pour lui rappeler ce qu'il peut advenir d'un homme, quand il veut faire son destin dans son coin. Moyennant quoi, il réussit à ne jamais lui ressembler.

XII

Certaines nuits, Côme était éveillé par des hurlements :

— À l'aide ! Les brigands ! Attrapez-les !

Par ses chemins d'arbres, il se dirigeait en hâte vers le lieu d'où provenaient les cris. Parfois, c'était une masure de tout petits propriétaires : une pauvre famille à demi nue se tenait là dehors et s'arrachait les cheveux.

— Pauvres de nous ! Pauvres de nous ! Jean des Bruyères est venu, il nous a pris tout le produit de la récolte !

Les gens s'assemblaient.

— Jean des Bruyères ? C'était lui ? Vous l'avez vu, vraiment ?

— Bien sûr que c'était lui ! Il portait un masque ; il tenait un pistolet long comme ça ; deux hommes masqués l'accompagnaient, mais c'était lui qui commandait.

— Où est-il maintenant ? De quel côté a-t-il fui ?

— Ah bien, ouiche, attraper Jean des Bruyères ! Dieu sait où il se trouve, à l'heure qu'il est !

D'autres fois, un passant était abandonné au beau milieu du chemin, dépouillé de tout : cheval, bourse, manteau, bagage.

— À l'aide ! Au voleur ! Jean des Bruyères !

— Mais comment ça s'est-il passé ? Racontez-nous ça !

— Il a bondi de là, noir, tout barbu, le fusil en joue, j'ai cru mourir de peur.

— Courons vite ! De quel côté s'est-il sauvé ?

— Par ici. Non... Par là, peut-être ! Il filait plus vite que le vent.

Côme s'était mis en tête de voir enfin Jean des Bruyères. Il parcourait le bois en long et en large, courant les lièvres, guettant les oiseaux, excitant son basset : « Cherche, Optimus Maximus, cherche ! » Mais ce qu'il brûlait de dénicher, c'était le bandit en personne. Non pour lui dire ou pour lui faire quoi que ce fût : uniquement pour voir en face un personnage aussi fameux. Il n'y était pourtant jamais arrivé, même en rôdant des nuits entières. Il ne sera pas sorti cette nuit, pensait Côme ; mais le matin suivant, sur l'un ou l'autre versant de la vallée, un rassemblement se formait devant une maison ou au tournant d'une route : les paysans commentaient une nouvelle rapine. Côme accourait, tendant l'oreille pour écouter ces histoires.

— Et toi qui te tiens toujours dans les arbres du bois, lui demanda-t-on une fois, tu ne l'as jamais vu, Jean des Bruyères ?

Côme se sentit mourir de honte.

— Je… Je crois bien que non.

— Comment veux-tu qu'il l'ait rencontré ? intervint un autre. Jean des Bruyères a des cachettes que personne ne peut trouver ; et les chemins qu'il prend, personne ne les connaît.

— Avec la prime promise à qui l'attrapera, dit un troisième, celui qui le prendra sera à l'aise pour la vie !

— Ouais : mais tous ceux qui savent où il se cache ont des comptes à régler avec la justice ; et s'ils se font remarquer, ils se feront pendre avec lui !

— Jean des Bruyères ! Jean des Bruyères ! Après tout, est-ce bien lui qui commet tous les crimes ?

— Il peut toujours courir ! Avec toutes les imputations qui pèsent sur lui, quand bien même il arriverait à prouver son innocence dans dix affaires, on l'aurait déjà pendu pour la onzième !

— Il a fait du brigandage dans tous les bois de la côte.

— Dans sa jeunesse, il a été jusqu'à tuer le chef de sa propre bande.

— Même les bandits, pour finir, l'ont banni.

— Et il est venu se réfugier sur notre territoire…

— C'est que nous sommes de trop braves gens, nous autres !

Côme s'en allait commenter chacune de ces nouvelles avec les chaudronniers. Parmi les familles qui campaient dans le bois, il y avait, en ce temps-là, toute une engeance d'ambulants louches : chaudronniers, rempailleurs de chaises, chiffonniers, tous gens qui vont rôder dans les maisons pour étudier, le matin, le vol qu'ils feront le soir. En fait d'ateliers, le bois abritait surtout leurs refuges secrets, et les cachettes des receleurs.

— Vous savez, cette nuit, Jean des Bruyères a attaqué une berline !

— Vraiment ? Après tout, rien n'est impossible.

— Il a arrêté les chevaux en plein galop, en les prenant par le mors.

— Ça, alors, ce n'était sûrement pas lui ; à moins qu'au lieu de chevaux, on n'ait attelé des grillons…

— Qu'est-ce que vous racontez ? Vous croyez que ce n'était pas Jean des Bruyères ?

— Mais si, mais si ; quelles idées vas-tu lui mettre en tête, toi ? Bien sûr, que c'était Jean des Bruyères !

— Jean des Bruyères n'est-il pas capable de tout ?

— Ha ! Ha !

En entendant parler du brigand sur ce ton-là,

Côme ne savait plus que penser. Il quittait la place pour aller écouter ce qui se disait dans un autre campement de vagabonds.

— Dites-moi, d'après vous, la berline de cette nuit, c'est un coup de Jean des Bruyères, non ?

— Quand les coups réussissent, c'est toujours Jean des Bruyères qui les fait. Tu ne le savais pas ?

— Pourquoi : quand ils réussissent ?

— Parce que, quand ils ratent, là, tu peux être sûr que c'est bien lui.

— Ha ! Le benêt ! Ha ! Ha !

Côme n'y comprenait plus rien.

— Jean des Bruyères, un benêt ?

Les autres s'empressaient de changer de ton :

— Mais non, mais non : c'est un terrible brigand et il fait peur à tout le monde !

— Vous l'avez vu, vous ?

— Nous ? Personne ne l'a vu.

— Mais vous êtes sûrs qu'il existe ?

— Ça, c'est pas mal ! Bien sûr qu'il existe. Mais même s'il n'existait pas…

— S'il n'existait pas ?

— … qu'est-ce que ça changerait ? Ha ! Ha !

— Pourtant, tout le monde dit…

— Et il faut bien qu'on le dise : c'est toujours Jean des Bruyères qui vole ou qui tue, toujours, le terrible brigand ! Il ferait beau voir que quelqu'un en doute !

— Mais toi, garçon, tu aurais le courage de le mettre en doute ?

Côme conclut de tout cela que la peur qu'on avait de Jean des Bruyères en bas, dans la vallée, faisait place, au fur et à mesure qu'on remontait vers les bois, au scepticisme et même à une franche ironie.

Puisque les gens avertis n'avaient cure du brigand, l'envie de connaître celui-ci lui passa.

Ce fut alors qu'il le rencontra.

Côme se trouvait sur un noyer, un après-midi, en train de lire. Depuis quelque temps, les livres lui étaient redevenus nécessaires : c'est ennuyeux, à la longue, de rester toute la journée, le fusil épaulé, à attendre un pinson.

Donc, il lisait le *Gil Blas* de Lesage, tenant d'une main le volume, de l'autre son fusil. Optimus Maximus, qui n'aimait pas voir son maître lire, tournait autour de lui en cherchant un moyen de le distraire : aboyer contre un papillon, par exemple, avec l'espoir que Côme épaulerait son fusil.

Sur le chemin qui descendait de la montagne, on vit apparaître en courant, tout essoufflé, un homme barbu et mal mis, sans armes : derrière lui, deux sbires, le sabre au clair, criaient :

— Arrêtez-le ! C'est Jean des Bruyères ! Cette fois, nous l'avons déniché !

Le brigand avait légèrement distancé ses poursuivants ; mais s'il continuait à courir de ce pas embarrassé, en homme qui a peur de se tromper de route ou de tomber sur une embûche, il ne tarderait pas à les retrouver sur ses talons. Le noyer de Côme n'offrait aucune prise, mais le jeune garçon avait là une de ces cordes qu'il emportait toujours avec lui, pour triompher des passages difficiles. Il en jeta un bout à terre et noua l'autre à la branche. Le brigand, quand il vit tomber cette corde presque sous son nez, se tordit les mains d'incertitude, puis s'accrocha à la corde et y grimpa prestement : c'était un de ces hésitants impulsifs ou de ces impulsifs hésitants, comme on voudra, qui semblent bien incapables de saisir l'instant propice et qui jamais, pourtant, ne le laissent passer.

Quand les gendarmes arrivèrent, la corde était remontée et Jean des Bruyères siégeait à côté de Côme dans les frondaisons du noyer. Le chemin en cet endroit divergeait. Les gendarmes prirent l'un à droite, l'autre à gauche, puis se rejoignirent et ne surent plus où aller. Et voilà qu'ils tombèrent sur Optimus Maximus, qui remuait la queue dans les parages.

— Hé ! dit l'un des gendarmes à l'autre. N'est-ce pas là le chien du fils du Baron, celui qui vit dans les arbres ? Si le garçon se trouve par ici, il pourra nous renseigner.

— Je suis en haut ! cria Côme.

Il n'était plus dans le noyer. Il s'était rapidement transporté sur un châtaignier, juste en face ; les sbires levèrent aussitôt les yeux dans sa direction, sans se mettre en peine d'inspecter les arbres d'alentour.

— Bonjour, Votre Seigneurie, firent-ils. N'auriez-vous pas vu courir, par hasard, le brigand Jean des Bruyères ?

— Je ne sais pas qui c'était, dit Côme, mais si celui que vous cherchez est un petit homme qui courait, il a pris du côté du torrent.

— Un petit homme ? Il est grand à faire peur !

— Bah ! D'en haut, vous paraissez tous petits.

— Mille mercis, Votre Seigneurie ! Et ils descendirent dans la direction du torrent.

Côme retourna sur son noyer et reprit la lecture de *Gil Blas*. Jean des Bruyères étreignait toujours sa branche, le visage très pâle au milieu d'une chevelure et d'une barbe aussi hérissées et rousses que des bruyères, vraiment : des feuilles sèches, des bogues de châtaignes et des aiguilles de pin s'étaient prises dans cette toison. Le fugitif dévisageait Côme de ses yeux verts, éperdus et tout ronds. Pour être laid, il était laid.

— Ils sont partis ? se décida-t-il à demander.

— Oui, oui, répondit Côme, affable. Vous êtes le brigand Jean des Bruyères ?

— Comment me connaissez-vous ?

— Comme ça… De réputation.

— Et vous, vous êtes le garçon qui ne descend jamais des arbres ?

— Tiens, comment le savez-vous ?

— Ben, moi aussi. Le bruit qui court…

Ils se regardèrent, d'un air poli, comme deux personnages considérables qui se sont rencontrés par hasard et se félicitent de ne pas être inconnus l'un de l'autre.

Côme, ne trouvant plus rien à dire, s'était remis à lire.

— Que lisez-vous de beau ?

— Le *Gil Blas* de Lesage.

— C'est bien ?

— Mais oui.

— Vous êtes loin de la fin ?

— Pourquoi ? Une vingtaine de pages.

— Quand vous aurez fini, je voudrais vous demander de me le prêter, fit l'autre en souriant d'un air un peu confus. Vous savez, je passe mes journées à me cacher : alors je ne sais plus quoi faire. Si j'avais un livre de temps en temps, comme ça. Une fois, j'ai arrêté une voiture dans laquelle il n'y avait pas grand-chose ; mais j'y ai trouvé un livre : je l'ai pris. Je l'ai emmené là-haut, caché sous ma casaque ; j'aurais bien donné tout le reste du butin contre ce livre. Le soir, j'allume ma lanterne, je me prépare à lire… c'était du latin ! Je ne comprenais pas un mot. (Il hocha la tête.) Le latin, voyez-vous, je ne le sais pas…

— Mais c'est que c'est dur, le latin ! fit Côme, non sans s'apercevoir que, malgré lui, il prenait un air protecteur. Celui que je lis là, c'est du français.

— En français, en toscan, en provençal, en castillan, je comprends tout, dit Jean des Bruyères. Et même un peu en catalan : *Bon dia ! Bona nit ! Està la mar molt alborotada.*

Une demi-heure plus tard, Côme avait fini son livre. Jean des Bruyères l'emporta.

Ainsi commencèrent les relations de mon frère et du brigand. Aussitôt que Jean des Bruyères avait fini un livre, il le rapportait à Côme, en prenait un autre à la place, et courait se tapir dans sa cachette, pour se plonger dans la lecture.

Les livres, c'était moi qui les procurais à Côme ; je les prenais dans la bibliothèque paternelle. Mon frère se mit à les garder plus longtemps parce qu'après les avoir lus, il les portait à Jean des Bruyères, et souvent, ils revenaient avec une reliure éraflée, tachés de moisi et portant des traces de bave d'escargot. Dieu sait où le brigand les mettait !

À jours fixes, Côme et Jean des Bruyères se donnaient rendez-vous dans un arbre. Ils y échangeaient les livres et c'était tout : le bois était constamment battu par les sbires et même cette simple opération n'allait pas sans grand danger pour tous deux ; mon frère aurait été bien incapable de justifier son amitié avec ce criminel ! Mais Jean des Bruyères était pris d'une telle folie de lecture qu'il dévorait roman sur roman. Comme il passait toutes ses journées caché, il avalait en un jour d'énormes volumes qui avaient occupé mon frère pendant une semaine. Dès lors, pas de quartier : il lui en fallait un autre ; s'il n'était pas au jour fixé, il battait la campagne à la recherche de Côme, épouvantant les familles des hameaux, et mettant à ses trousses toute la force publique d'Ombreuse.

Très vite, les livres que j'arrivais à procurer à Côme, constamment talonné par les demandes du brigand, ne suffirent plus. Il fallut trouver d'autres fournisseurs. Côme fit la connaissance d'un certain Orbecque, marchand de livres juif qui lui procura des œuvres en plusieurs tomes. Côme venait frapper à sa fenêtre sur les branches d'un caroubier et lui apportait en échange des lièvres, des grives ou des perdrix qu'il venait de chasser.

Jean des Bruyères, pour comble, avait ses goûts. On ne pouvait pas lui donner un livre au hasard, sinon il revenait dès le lendemain trouver Côme afin de le faire changer. Mon frère était à l'âge où l'on prend goût à des lectures un peu plus substantielles ; mais il lui fallait faire attention, depuis que Jean des Bruyères lui avait rapporté *les Aventures de Télémaque* en l'avertissant bien que s'il lui donnait une seconde fois un livre aussi ennuyeux, il scierait son arbre au-dessous de lui !

Côme songea à faire deux parts des livres qu'il voulait lire pour son propre compte, en toute tranquillité, et de ceux qu'il procurait au brigand. Rien à faire : il dut parcourir aussi ces derniers ; car Jean des Bruyères devenait de plus en plus exigeant, de plus en plus méfiant ; avant de prendre un livre, il voulait que Côme lui en racontât un peu le sujet ; et gare s'il le prenait en défaut ! Mon frère essaya de lui passer de petits romans d'amour : le brigand revint furieux en lui demandant s'il le prenait pour une femmelette. On n'arrivait jamais à deviner ce qu'il lui fallait.

En somme, avec Jean des Bruyères sans cesse à ses basques, la lecture devint l'occupation principale de Côme et le but de toute sa journée, au lieu du divertissement rapide et agréable qu'elle avait été d'abord. Et à force de manier les volumes, de les juger, de les comparer, d'en chercher toujours de nouveaux, entre les lectures faites pour le compte de Jean des Bruyères et son besoin croissant de lire pour lui-même, Côme prit une telle passion pour les lettres et pour l'ensemble des connaissances humaines que les heures du jour ne lui suffisaient plus ; il continuait encore à lire, la nuit venue, à la lueur d'une lanterne.

Enfin, un beau jour, il découvrit les romans de Richardson. Ils plurent à Jean des Bruyères. Quand il en avait fini un, il en voulait tout de suite un autre. Orbecque procura à Côme toute une pile de volumes : le brigand avait là pour un bon mois de lecture. Côme, ayant retrouvé la paix, se jeta sur les *Vies* de Plutarque.

Pendant ce temps, Jean des Bruyères, vautré sur sa couche, ses cheveux hérissés semés de feuilles sèches, son front plissé, ses yeux verts rougis par l'effort, lisait, lisait, lisait, en remuant la mâchoire pour épeler furieusement, dressant un doigt mouillé de salive tout prêt à tourner les pages. À la lecture de Richardson, une disposition dès longtemps latente de son âme se mit à le ronger : le désir de journées bien réglées et d'une vie casanière, de parentés, de sentiments familiaux, de vertu ; l'aversion pour les méchants et les vicieux. Tout ce qui l'entourait avait cessé de l'intéresser ou le remplissait de dégoût. Il ne sortait plus de sa tanière que pour courir vers Côme et se faire donner un nouveau volume, surtout quand il était resté au milieu d'une histoire en plusieurs tomes. Vivant ainsi replié sur lui-même, il ne se rendait pas compte de la tempête de ressentiments qui se préparait contre lui : même les habitants du bois, ses complices de jadis, en avaient maintenant assez de se trouver encombrés d'un brigand inactif qui attirait sur eux toutes les forces de police.

Autrefois, il avait vu se grouper autour de lui tout ce qui, dans les environs, avait quelque compte à régler avec la justice, qu'il s'agît de peu de chose, de ces petits larcins que commettent les rétameurs ambulants par exemple, ou qu'il fût question de véritables crimes, comme ceux de ses compagnons, les bandits. Même ceux qui ne prenaient pas part à ses coups, en profitaient d'une manière ou d'une autre : le bois se remplissait de recels et de contrebandes de toutes sortes qu'il fallait absorber ou revendre : quiconque hantait les parages trouvait là une occasion de trafic. Ceux qui cherchaient aventure pour leur propre compte se faisaient fort de son terrible nom pour effrayer leurs victimes et exiger d'elles le plus possible. Le pays vivait dans la terreur : dans n'importe quel chenapan, on voyait Jean des Bruyères ou quelque membre de sa bande, et l'on déliait les cordons de la bourse sans discuter autrement.

Mais ce beau temps était passé. Jean des Bruyères avait vu qu'il pouvait vivre de ses rentes, et peu à peu il était devenu stupide : il croyait que tout continuait comme avant, et au contraire les esprits avaient changé et son nom n'inspirait plus aucune crainte.

À qui servait, désormais, Jean des Bruyères ? Il se terrait pour lire des romans, la larme à l'œil, ne tentait plus le moindre coup, ne vous procurait plus la moindre marchandise : personne, dans le bois, ne faisait plus d'affaires, les sbires venaient chaque jour à sa recherche et fourraient au violon tout ce qui s'y rencontrait de suspect. Si l'on ajoute à cela la tentation que faisait naître sa tête mise à prix, il est donc clair que les jours de Jean des Bruyères étaient comptés.

Deux autres brigands, deux jeunes gens qu'il avait formés et qui ne pouvaient se résigner à perdre un chef de bande si glorieux, voulurent lui fournir l'occasion de se réhabiliter. C'étaient le Grand-Hugues et Beau-Loriot : maraudeurs pendant leur enfance, et, une fois devenus des jeunes gens, bandits de grand chemin.

Donc, ils s'en vinrent trouver Jean des Bruyères dans sa caverne. Il était là, étendu sur la paille.

— Oui, qu'y a-t-il ? fit-il sans lever les yeux de sa page.

— Nous avons quelque chose à te proposer, Jean des Bruyères.

— Hum… quoi ?

Et il continuait de lire.

— Tu sais où se trouve la maison du gabelou Constant ?

— Oui, oui… Hein ?… Qui est gabelou ?

Beau-Loriot et le Grand-Hugues échangèrent un regard contrarié. Tant qu'on ne lui ôterait pas ce maudit livre, le brigand refuserait de rien entendre.

— Ferme un moment ton livre. Écoute-nous.

Jean des Bruyères se mit à genoux, empoigna le volume à deux mains, et sembla vouloir le serrer contre sa poitrine en le gardant ouvert à la bonne page ; mais l'envie de lire était trop forte : tout en tenant le volume serré contre lui, il l'éleva suffisamment pour fourrer le nez dedans.

Beau-Loriot eut une idée. Une grosse araignée avait fait là sa toile. Beau-Loriot d'une main légère souleva l'une et l'autre et les jeta sur Jean des Bruyères, entre son livre et son nez. Le malheureux Jean était à ce point ramolli qu'il avait peur d'une araignée. Quand il sentit sur son nez cet enchevêtrement de pattes et de filaments gluants, avant même de comprendre ce que c'était, il poussa un petit cri d'horreur, laissa tomber le livre et balaya sa figure de ses mains, les yeux exorbités et la bouche baveuse.

Le Grand-Hugues se jeta à terre et réussit à s'emparer du livre avant que le brigand n'eût posé le pied dessus.

— Rends-moi ce livre ! dit Jean des Bruyères et il cherchait, d'une main, à se délivrer de l'araignée et de la toile, de l'autre à reprendre son livre au Grand-Hugues.

— Non. Tu vas nous écouter d'abord ! fit l'autre en cachant le livre derrière son dos.

— J'étais en train de lire *Clarisse Harlowe*. Rends-le-moi. J'étais au moment crucial.

— Tu vas nous écouter. Ce soir, nous portons une charge de bois chez le gabelou. Tu seras dans le sac à la place du bois. Et quand la nuit sera venue, tu sortiras…

— Mais moi, je veux finir *Clarisse* !

Il avait réussi à se dépêtrer des derniers débris de la toile et cherchait à lutter avec les jeunes gens.

— Écoute-nous… Quand la nuit sera venue, tu sortiras du sac et tu te feras livrer toutes les gabelles de la semaine ; Constant les garde dans un coffre-fort, au pied de son lit…

— Laissez-moi au moins finir mon chapitre. Soyez gentils.

Les jeunes gens se souvenaient de l'époque où Jean des Bruyères braquait deux pistolets sur l'estomac de quiconque osait le contredire. Ils se sentirent envahis d'une amère nostalgie.

— Tu prendras les sacs d'écus, c'est bien compris ? insistèrent-ils, tristement. Dès que tu nous les auras apportés, nous te rendrons ton livre, et tu pourras lire tant que tu voudras. On est d'accord ? Tu iras ?

— Non, je ne suis pas d'accord ! Et je n'irai pas !

— Ah, tu n'iras pas ? Ah, tu n'iras pas ! Eh bien, alors… Tu vas voir ! Et le Grand-Hugues prit une page à la fin du livre (« Non ! » hurla Jean des Bruyères), l'arracha (« Non… Arrête ! ») et en fit une boule, qu'il lança dans le feu.

— Aaaah ! Chien que tu es ! Tu n'as pas le droit d'agir ainsi ! Je ne saurai pas la fin. Et il poursuivait le Grand-Hugues pour lui reprendre le livre.

— Alors, tu iras chez le douanier ?

— Non, je n'irai pas !

Le Grand-Hugues arracha deux autres pages.

— Arrête ! Je n'en suis pas encore là ! Tu ne peux pas brûler ça !

Le Grand-Hugues les avait déjà jetées au feu.

— Brute ! Pas la *Clarisse* ! Non !

— Alors, tu iras ?

— Je…

Le Grand-Hugues jeta encore trois pages.

Jean des Bruyères s'assit et prit sa tête entre ses mains.

— J'irai, dit-il ; mais promettez-moi que vous m'attendrez devant la maison du gabelou avec le livre.

Le brigand fut caché dans un sac, un fagot sur la tête. Beau-Loriot prit le sac sur son dos. Derrière, venait le Grand-Hugues, portant le livre. De temps en temps, une ruade ou un grognement dans le sac montraient que Jean des Bruyères était près de se raviser ; alors, le Grand-Hugues lui faisait entendre le bruit d'une page arrachée : et Jean des Bruyères retrouvait aussitôt son calme.

En usant de ce système, déguisés en bûcherons, ils purent le porter à l'intérieur de la maison du gabelou et l'y laisser. Eux se postèrent à petite distance, derrière un olivier, attendant l'heure où il viendrait les rejoindre après avoir fait le coup.

Mais Jean des Bruyères était trop pressé : il sortit avant la nuit ; il y avait encore du monde dans la maison.

— Haut les mains ! lança-t-il.

Mais il n'était plus celui d'autrefois ; il lui semblait se voir lui-même du dehors et il se trouvait un peu ridicule.

— Haut les mains, dis-je !... Tous dans cette pièce, contre le mur !

Ah bien oui ! Il n'y croyait plus lui-même ; il débitait son histoire pour en finir.

— Vous y êtes tous ? Il ne s'était pas aperçu qu'une petite fille s'était sauvée.

Dans un travail de ce genre, chaque minute est capitale. Et il traîna en longueur. Le gabelou faisait l'idiot, ne trouvait pas la clef. Jean des Bruyères se rendait bien compte qu'on ne le prenait plus au sérieux. Et au fond, il se réjouissait qu'il en fût ainsi.

Il finit pourtant par sortir, les bras chargés de sacs d'écus, et courut à l'aveuglette vers l'olivier choisi pour le rendez-vous.

— Voilà tout ce qu'il y avait. Maintenant, rendez-moi *Clarisse* !

Quatre, sept, dix bras s'abattirent sur lui et le garrottèrent des épaules aux chevilles. Tout un peloton de sbires le souleva à bras tendus, ficelé comme un saucisson :

— *Clarisse*, tu la verras derrière les grilles !

Et ils l'emmenèrent en prison.

La prison était installée dans une petite tour au bord de la mer ; auprès d'elle poussait un fourré de pins maritimes. Du haut d'un de ces pins, Côme arrivait presque au niveau du cachot de Jean des Bruyères et voyait son visage appuyé contre la grille.

Le brigand se souciait peu des interrogatoires et du procès ; de toute façon, il serait pendu. Son tourment, c'étaient ces journées creuses qu'il passait en prison, sans rien lire, et ce roman qu'il avait dû laisser au beau milieu. Côme réussit à se procurer un autre exemplaire de *Clarisse* et l'apporta sur le pin.

— Où en étais-tu ?

— Quand Clarisse se sauve de la maison de rendez-vous !

Côme feuilleta un instant le livre.

— Ah, oui… voilà. Donc…

Et il commença de lire à haute voix, tourné vers la grille à laquelle les mains de Jean des Bruyères s'agrippaient.

L'instruction traîna. Le brigand résistait aux traits de corde ; pour lui faire avouer chacun de ses innombrables crimes, il fallait des journées entières. Chaque jour, avant et après son interrogatoire, Côme lui faisait la lecture. *Clarisse* une fois achevée, Côme, le sentant quelque peu attristé, jugea que la lecture de Richardson devait être déprimante pour un homme condamné à l'inaction : il préféra lui lire un roman de Fielding dont les péripéties mouvementées compenseraient en quelque façon la perte de sa liberté. Pendant que se déroulait son procès, Jean des Bruyères n'avait la tête qu'aux aventures de Jonathan Wild.

Le jour de l'exécution survint avant que le roman ne fût fini. C'est sur une charrette, en compagnie d'un moine, que Jean des Bruyères accomplit son dernier voyage de vivant. À Ombreuse, les pendaisons se faisaient dans les branches d'un grand chêne, au milieu de la place. La population faisait cercle tout autour.

À peine eut-on passé le nœud coulant que Jean des Bruyères entendit un sifflement dans les branches. Il leva la tête. Côme était là, tenant son livre fermé.

— Dis-moi comment ça finit, dit le condamné.

— Je regrette de te le dire, Jean, répondit Côme. Jonathan finit pendu haut et court.

— Eh bien, je vais en faire autant. Allons, adieu ! D'un coup de pied, il repoussa l'échelle, et s'étrangla.

Quand le corps eut cessé de se débattre, la foule s'en alla. Côme resta là jusqu'à la nuit, à cheval sur la branche à laquelle était accroché le pendu. Et chaque fois qu'un corbeau s'approchait du cadavre, cherchant à lui becqueter les yeux ou le nez, Côme agitait sa toque pour le chasser.

XIII

À fréquenter ce brigand, Côme avait pris pour la lecture et pour l'étude une passion démesurée, qui devait lui rester sa vie durant. Désormais, on le rencontrait le plus souvent un livre ouvert à la main, à cheval sur une branche confortable, ou bien penché sur une fourche comme sur une table d'écolier, avec un feuillet posé sur une planchette, son encrier enfoncé dans une cavité du tronc, et écrivant avec sa longue plume d'oie.

C'était lui, à présent, qui partait à la recherche de l'Abbé Fauchelafleur et qui réclamait des leçons. Il voulait se faire expliquer Tacite, Ovide, les corps célestes, et la chimie ; mais passé un peu de grammaire et de théologie, le vieux prêtre s'enfonçait dans un océan d'hésitations et de lacunes. Aux questions de son élève, il écartait les bras et levait les yeux au ciel.

— *Monsieur l'Abbé*, combien d'épouses peut-on avoir en Perse ? *Monsieur l'Abbé*, qui c'est, le

Vicaire Savoyard ? *Monsieur l'Abbé*, pourriez-vous m'expliquer le système de Linné ?

— *Alors... Maintenant... Voyons...* commençait l'Abbé, puis, arrivé là, il s'égarait, et renonçait à aller plus avant.

Mais Côme dévorait des livres de tout genre ; il passait la moitié de son temps à lire et l'autre moitié à chasser pour payer les notes du libraire Orbecque : il avait toujours quelque nouvelle histoire à raconter, lui. Sur Rousseau qui herborisait pendant ses promenades dans les forêts suisses, sur Benjamin Franklin captant la foudre à l'aide de cerfs-volants, sur le baron de la Hontan, qui vivait heureux parmi les Indiens d'Amérique.

Le vieux Fauchelafleur tendait l'oreille et s'étonnait, sans qu'on pût dire si c'était là véritable intérêt ou soulagement de se voir ainsi déchargé de sa fonction. Il acquiesçait ; et quand Côme l'interpellait d'un « Savez-vous bien comment il se fait que... », il confessait : *« Non ! Mais dites-le-moi ! »* Après que Côme avait fourni la réponse, il s'exclamait encore : *« Tiens ! Mais c'est épatant ! »* ou simplement *« Mon Dieu ! »* — ce qui pouvait passer pour traduire aussi bien son exultation devant ces nouvelles grandeurs de Dieu qui venaient de se révéler à lui, que son regret devant l'omniprésence du Mal, qui sous toutes ses formes dominait sans partage ce monde.

Côme brûlait de commenter les découvertes qu'il faisait dans les livres ; mais j'étais trop petit pour le comprendre et ses autres amis étaient tous illettrés ; pour s'épancher, il submergeait son vieux précepteur de questions et d'explications. On sait que, profondément conscient de la vanité de toutes choses, l'Abbé avait un tempérament accommodant et docile. Côme en profitait. Bientôt, le rapport de maître à disciple s'inversa. Mon frère avait pris tant d'autorité qu'il réussit à entraîner le vieillard, tout tremblant, dans ses pérégrinations sur les arbres. Il lui fit passer un après-midi entier dans les branches d'un marronnier du jardin des Rivalonde, à contempler les arbres rares et le reflet du couchant dans le bassin aux nénuphars ; lui, cependant, discourait sur les régimes monarchique et républicain, sur les variations du juste et du vrai dans les différentes religions, sur les rites chinois, le tremblement de terre de Lisbonne, la bouteille de Leyde et la doctrine sensualiste.

À l'heure de ma leçon de grec, on attendit en vain mon précepteur. On alerta toute la famille, on battit la campagne à sa recherche, on alla jusqu'à faire des sondages dans le vivier : on craignait que, distrait comme il l'était, il n'y fût tombé et ne se fût noyé. Il revint le soir en se plaignant d'un lumbago qu'il avait attrapé à rester assis pendant des heures dans une position aussi incommode.

Il ne faut pas oublier que, chez le vieux janséniste, les états d'acceptation passive alternaient avec des reprises de sa passion originelle pour la rigueur spirituelle. Si, dans un moment de conciliante distraction, il accueillait sans résistance n'importe quelle idée nouvelle ou libertine — l'égalité de tous les hommes devant la loi, la vertu des sauvages ou l'influence néfaste des superstitions — un quart d'heure après, en proie à un accès d'austérité et de rigorisme, il apportait aux idées qu'il venait d'accepter si légèrement son intime besoin de cohérence et de sévérité morale. Sur ses lèvres, les devoirs des citoyens libres et égaux ou les vertus de l'homme qui suit les commandements de la religion naturelle devenaient les règles d'une discipline impitoyable, les articles d'une foi fanatique ; hors de cela, il ne voyait qu'un sombre tableau de corruption ; tous les nouveaux philosophes étaient trop doux et trop superficiels, dans leur dénonciation du mal ; la voie de la perfection, bien qu'ardue, n'admettait ni compromis ni moyens termes.

Devant ces brusques sursauts de l'Abbé, Côme n'osait piper mot, de peur de se voir censuré pour illogisme et inconsistance ; le monde luxuriant qu'il s'efforçait de susciter en pensée se desséchait alors devant lui comme un cimetière de marbre. Heureusement que toute tension de sa volonté avait vite fait de fatiguer l'Abbé. Il se sentait épuisé ; on aurait dit que ses efforts pour disséquer chaque concept et le réduire à l'état d'essence pure le livraient lui-même à l'empire d'ombres impalpables, évanescentes ; il battait des paupières, poussait un soupir, passait au bâillement ; et rentrait dans son nirvâna.

Ainsi entraîné par les deux dispositions contraires de son âme, l'abbé Fauchelafleur consacrait désormais ses journées à suivre les études entreprises par Côme ; il faisait la navette entre les arbres de mon frère et la boutique d'Orbecque à qui il commandait des livres d'Amsterdam et de Paris. Il préparait ainsi son malheur. Le bruit qu'existait à Ombreuse un prêtre qui se tenait au courant des publications les plus sévèrement excommuniées de toute l'Europe arriva jusqu'au Tribunal ecclésiastique. Un après-midi, des policiers se présentèrent à la porte de notre villa pour perquisitionner dans la cellule de l'Abbé. Au milieu de ses bréviaires, ils trouvèrent les œuvres de Bayle. Les pages n'étaient pas encore coupées. Mais il n'en fallut pas davantage pour qu'on encadrât l'Abbé et qu'on l'emmenât.

La scène, en cet après-midi nuageux, était bien triste, je la revois telle que je l'aperçus, épouvanté, de la fenêtre de ma chambre. Je cessai d'étudier la conjugaison de l'aoriste, puisqu'il n'y aurait plus de leçon. Le vieux père Fauchelafleur s'éloignait le long de l'allée, entre les deux sbires armés ; il leva les yeux vers les arbres et frémit un instant, comme s'il voulait courir vers un orme et s'y hisser ; mais ses jambes le lâchèrent. Côme était à la chasse dans le bois, il ignorait toute l'affaire ; ils ne se dirent même pas adieu.

Nous ne pûmes rien faire pour aider l'Abbé. Notre père s'enferma dans sa chambre et refusa de manger : il avait peur de se faire empoisonner par les jésuites. L'Abbé passa le reste de ses jours entre la prison et le couvent, occupé à de continuelles abjurations. Il mourut sans avoir compris, après une vie tout entière consacrée à la foi, en quoi au juste il pouvait croire — mais s'efforçant d'y croire fermement, jusqu'à la fin.

Quoi qu'il en soit, l'arrestation de l'Abbé ne porta nul préjudice aux progrès de l'éducation de Côme. De cette époque date sa correspondance avec les plus grands philosophes et savants européens : il s'adressait à eux pour obtenir la solution de problèmes et d'objections, ou simplement pour le plaisir de discuter avec les meilleurs esprits tout en s'exerçant aux langues étrangères. Il est fâcheux que ses papiers, qu'il plaçait dans des cavités d'arbres connues de lui seul, n'aient jamais été retrouvés (ils ont fini moisis ou rongés par les écureuils) ; on y eût trouvé des lettres écrites de la main des plus fameux savants de ce siècle.

Pour ses livres, Côme construisit à différentes reprises des sortes de bibliothèques suspendues, qu'il mettait tant bien que mal à l'abri de la pluie et des rongeurs ; il les changeait continuellement de place, selon ses études et ses goûts du moment ; il considérait les livres un peu comme des oiseaux et ne voulait pas les voir immobilisés dans des cages. Sur le plus massif de ces rayonnages aériens, il alignait les tomes de l'*Encyclopédie* de Diderot et d'Alembert, au fur et à mesure qu'ils lui parvenaient par un libraire de Livourne. Pendant quelque temps, à force de vivre au milieu des livres, il avait eu quelque peu la tête dans les nuages, et s'était de moins en moins intéressé au monde dans lequel il évoluait ; la lecture de l'*Encyclopédie*, avec ses beaux articles *Abeille, Arbre, Bois, Jardin*, lui fit porter sur ce qu'il avait autour de lui un regard neuf. Parmi les livres qu'il se faisait envoyer, on vit désormais figurer des traités pratiques, dont un manuel d'arboriculture ; et il brûlait de mettre ses nouvelles connaissances à l'épreuve.

Le travail des hommes avait toujours intéressé Côme ; mais, jusque-là, sa vie dans les arbres, ses déplacements et ses chasses avaient répondu à des caprices solitaires et injustifiés, comme ceux d'un petit oiseau. À présent, il avait envie de faire quelque chose d'utile pour son prochain. Et cela encore, à bien y regarder, lui était venu en fréquentant le brigand ; le plaisir de se rendre utile, d'effectuer un service indispensable pour les autres.

Il apprit l'art de tailler les arbres, et proposa de s'employer dans les vergers. Il taillait bien et demandait peu : aussi n'y eut-il petit propriétaire ni fermier qui ne recourût à ses services. Il travaillait pendant l'hiver, lorsque les arbres dressent des labyrinthes irréguliers de branches dépouillées et semblent attendre seulement qu'on les ramène à des formes plus ordonnées pour se couvrir de fleurs, de feuilles et de fruits. On le voyait, dans l'air cristallin du matin, debout, les jambes ouvertes, dans les arbres bas et nus, lever son sécateur et zac ! zac ! faire voler d'un coup sûr branchettes inutiles et surgeons. Dans les parcs, il appliquait le même art aux massifs destinés à donner de l'ombrage et aux plantes ornementales ; il s'armait alors d'une courte scie. Dans les bois, il s'efforça de substituer à la cognée du bûcheron, tout juste bonne à assener des coups sur le tronc d'un chêne séculaire pour l'abattre de pied en cap, sa légère hachette qui ne s'attaquait qu'aux voûtes et aux sommets.

En somme, son amour des arbres, comme toutes les amours véritables, le rendit souvent cruel, impitoyable même : il trancha et il blessa, pour revigorer et pour façonner. En émondant, en éclaircissant, il envisageait toujours, outre l'intérêt du propriétaire, le sien propre : celui du passant qui doit rendre les routes praticables. Aussi faisait-il en sorte que les branches qui lui servaient de pont entre deux arbres fussent toujours épargnées ; mieux, la suppression des autres leur donnerait une nouvelle vigueur. Ainsi cette nature d'Ombreuse qu'il avait déjà trouvée si bénigne, il contribuait, par son art, à la rendre encore plus accueillante, en ami qu'il était de son prochain, de la nature et de lui-même. Parvenu à un âge avancé, il profita pleinement de cette manière d'opérer : la forme des arbres vint alors en aide à ses forces déclinantes. Il a suffi que surviennent ensuite des générations sans discernement, imprévoyantes dans leur avidité, incapables de s'attacher à rien, pas même à leur intérêt bien compris, et tout désormais a changé ; nul Côme désormais ne pourra plus cheminer de par les arbres.

XIV

Si le nombre de ses amis augmentait, Côme s'était également fait des ennemis. Depuis la conversion de Jean des Bruyères aux bonnes lectures et puis sa chute, les vagabonds du bois se trouvaient dans une piteuse situation. Une nuit que mon frère dormait dans une outre accrochée à un frêne, il fut réveillé par les aboiements de son basset. Il ouvrit les yeux et vit une lueur au-dessous de lui ; il y avait du feu juste au pied de l'arbre ; déjà les flammes léchaient le tronc.

Un incendie dans la forêt ! Qui avait bien pu l'allumer ? Côme n'avait même pas battu le briquet, ce soir-là. Il fallait que ce fût un tour des malfaiteurs ! Ils voulaient livrer la forêt aux flammes pour faire une razzia de bois, égarer en même temps les soupçons sur Côme et, qui plus est, le brûler vif.

Côme ne songea même pas à l'urgence du péril qui le menaçait ; son royaume, tout sillonné par ses chemins et semé par ses cachettes, était menacé de destruction : ce fut là toute sa terreur. Déjà Optimus Maximus fuyait les flammes, tout en se retournant à chaque instant pour lancer un jappement désespéré. Le feu se propageait dans les sous-bois.

Côme ne perdit pas courage. Sur le frêne dont il avait fait momentanément son refuge, il avait transporté, comme il faisait toujours, un grand nombre de provisions : entre autres, un petit baril d'orgeat, pour étancher la soif que lui donnait l'été. Il grimpa jusqu'au baril. Les écureuils et les chauves-souris en alarme se sauvaient à travers les branches, les oiseaux fuyaient leurs nids. Côme saisit le petit tonneau ; il se préparait à en ôter la bonde et à humecter le tronc du frêne, pour le sauver des flammes, quand l'idée lui vint que l'incendie était déjà en train de se propager dans l'herbe, dans les feuilles mortes, dans les arbustes, et allait se communiquer à tous les arbres d'alentour. Il décida de risquer le tout pour le tout : « Laissons brûler le frêne. Si j'arrive à mouiller la terre tout autour, là où les flammes ne sont pas encore parvenues, je peux éteindre l'incendie. » Ouvrant la bonde du petit tonneau, il dirigea des jets onduleux et circulaires sur le sol et sur les langues de feu les plus éloignées, qu'il éteignit. Le feu, pris au milieu d'un cercle d'herbes et de feuilles mouillées, cessa de se propager.

Du sommet de son frêne, Côme sauta dans un

hêtre tout proche. Il était temps : le tronc, brûlé à sa base, s'écroula d'un seul coup, formant un énorme bûcher, parmi la vaine agitation des écureuils.

L'incendie allait-il en rester là ? Déjà une volée d'étincelles et de flammèches se propageait alentour ; il faudrait plus qu'une éphémère barrière de feuilles mouillées pour l'arrêter.

— Au feu ! Au feu ! se mit à crier Côme de toutes ses forces. Au feeeuuuu !

— Qu'y a-t-il ? Qui crie ? répondirent des voix.

Il y avait près de là une meule de charbon de bois ; une équipe de Bergamasques, des amis de Côme, dormait dans une baraque.

— Au feeeuuuu ! Aleeeerte !

Bientôt toute la montagne retentissait de cris. Les charbonniers éparpillés dans le bois se hélaient les uns les autres, en leur incompréhensible dialecte. Ils accoururent de toutes parts et l'incendie fut étouffé.

Cette première tentative d'incendie criminel et d'attentat contre sa vie aurait dû avertir Côme qu'il lui fallait se tenir loin du bois. Au lieu de cela, il chercha comment on pouvait s'y préserver des incendies. On était en été, un été chaud et sec. Depuis une semaine, un incendie démesuré brûlait les bois de la côte, vers la Provence. La nuit, on en voyait les lueurs, en haut, sur la montagne, comme un reflet persistant après le coucher du soleil. Dans une pareille aridité, arbres et plantes constituaient une immense amorce. Les vents semblaient devoir pousser les flammes de notre côté, à supposer qu'aucun incendie fortuit ou criminel n'eût auparavant éclaté par ici et rejoint l'autre, pour former un unique brasier tenant toute la côte. Devant ce danger, Ombreuse vivait dans la terreur, comme une forteresse au toit de paille attaquée par des incendiaires. Le ciel lui-même semblait chargé de feu : chaque nuit, une pluie serrée d'étoiles filantes traversait le firmament, et nous nous attendions à les voir fondre sur nous.

Au cours de ces journées d'épouvante générale, Côme se constitua une réserve de barils, les remplit d'eau et les hissa au sommet des arbres les plus grands et les plus haut placés. « Cela ne sera pas très utile, mais on a vu que ça pouvait tout de même servir », pensait-il. Il étudiait le régime des torrents qui traversaient le bois, à moitié secs, et des sources qui ne donnaient plus qu'un filet d'eau. Il s'en fut consulter le Chevalier Avocat.

— Mais oui ! s'écria Æneas-Sylvius Carrega en se frappant le front. Des réservoirs ! Des digues ! Il faut faire des projets ! Sur quoi, il se répandit en petits cris et sautillements d'enthousiasme, cependant qu'une myriade d'idées se bousculaient dans son esprit.

Côme le chargea des calculs et des dessins ; il intéressa à l'entreprise les propriétaires de bois, les exploitants des forêts domaniales, les bûcherons, les charbonniers. Tous réunis, sous la direction du Chevalier Avocat (ou plus exactement, le Chevalier Avocat contraint de les diriger tous sans prendre une minute de distraction), ils construisirent des réserves d'eau un peu partout : quel que fût le point où éclaterait l'incendie, on saurait où placer les pompes. D'en haut, Côme supervisait les travaux.

Cela ne suffisait pas encore : il fallait organiser un corps de pompiers, mettre sur pied des équipes capables, en cas d'alarme, de faire immédiatement la chaîne pour se passer les seaux de main en main et dompter l'incendie avant qu'il ne se fût propagé. On créa une sorte de milice qui faisait des tours de garde et des inspections nocturnes. Côme recrutait les hommes parmi les paysans et les artisans d'Ombreuse. Immédiatement, comme dans toute association, il naquit, parmi les équipes, un esprit de corps et une émulation, en vertu de quoi elles se sentaient prêtes à faire de grandes choses. Côme, pour sa part, sentit en lui une force, un contentement nouveaux : il s'était découvert des aptitudes de rassembleur et de chef. Il sut, pour son bonheur, ne pas en abuser ; il ne se voulut meneur d'hommes qu'un très petit nombre de fois au cours de sa vie, toujours dans des circonstances exceptionnelles, et chaque fois avec succès.

Il comprit que les associations renforcent l'homme, mettent en relief les dons de chacun et donnent une joie qu'on éprouve rarement à vivre pour son propre compte : celle de constater qu'il existe nombre de braves gens, honnêtes et capables, tout à fait dignes de confiance. (Lorsqu'on ne vit que pour soi, on voit le plus souvent les gens sous leur autre face, celle qui nous force à tenir constamment la main sur la garde de notre épée.)

Donc, l'été des incendies fut un bon été ; il existait un problème commun, tout le monde avait à cœur de le résoudre, et chacun le faisait passer avant ses intérêts personnels. On était payé de toutes ses peines par la satisfaction de se trouver en accord avec tant d'excellentes personnes et d'avoir droit à leur estime.

Côme devait le comprendre plus tard : lorsque le problème commun n'existe plus, les associations perdent leur sens, et mieux vaut alors être un homme seul qu'un chef. En attendant, il commandait et passait ses nuits à faire la sentinelle dans le bois, solitaire, sur un arbre, comme il avait toujours vécu.

Si, d'aventure, il apercevait quelque foyer d'incendie, il donnait l'alarme au moyen d'une petite cloche qu'il avait installée sur la cime de son arbre et qu'on pouvait entendre de loin. Grâce à ce système, les Ombreusiens réussirent à étouffer à temps trois ou quatre débuts d'incendie et à sauver la forêt. C'étaient des incendies criminels ; on découvrit les coupables en la personne de deux brigands, le Grand-Hugues et Beau-Loriot, qui furent bannis hors du territoire de la commune. À la fin d'août, les averses commencèrent. Le danger des incendies était passé.

Pendant tout ce temps, on n'entendait dire que du bien de mon frère, à Ombreuse. Ces bruits flatteurs arrivaient jusqu'à nous : « Tout de même, il est très capable ! — Tout de même, il y a des choses qu'il fait bien ! » disaient les gens, du ton qu'on prend pour porter un jugement objectif sur une personne de religion différente ou de parti adverse, en voulant montrer qu'on a l'esprit large et qu'on comprend même les idées auxquelles on répugne le plus.

À ces nouvelles, les réactions de la Générale étaient brusques et sommaires.

— Ont-ils des armes ? demandait-elle quand on lui parlait des gardes recrutés par Côme. Font-ils l'exercice ?

Elle pensait déjà à la constitution d'une milice

armée pouvant, en cas de guerre, participer à des opérations.

Notre père, lui, écoutait en silence, et hochait la tête : on n'arrivait pas à savoir si toutes les nouvelles qui lui venaient de ce fils-là ravivaient sa douleur ou si, au contraire, il acquiesçait, flatté au fond, et n'attendait rien de plus que de reprendre espoir en sa lignée : c'est là le plus vraisemblable ; de fait, quelques jours après le début de ces événements, il monta à cheval et s'en fut à la recherche de son fils.

Ils se rencontrèrent dans un lieu découvert, qu'entourait une rangée de petits arbres. Le Baron fit évoluer circulairement son cheval, deux ou trois fois, sans regarder son fils, que pourtant il avait bien vu. Le jeune homme, par sauts successifs, s'avança jusqu'à l'arbre le plus proche. Quand il se trouva devant son père, il ôta le chapeau de paille qui remplaçait, l'été, sa toque de chat sauvage, et dit :

— Monsieur mon père, bonjour.

— Bonjour, mon fils.

— Votre santé est-elle bonne ?

— Autant qu'il est compatible avec mon âge et mes chagrins.

— Je suis heureux de vous voir en si bon état.

— Je te retourne ton compliment. J'ai entendu dire que tu t'employais pour le bien commun.

— La sauvegarde des forêts qui m'abritent me tient à cœur, Monsieur mon père.

— Sais-tu qu'une portion du bois est notre propriété ? Nous l'avons héritée de feu ta pauvre grand-mère Élisabeth.

— Je sais, Monsieur mon père. Au lieu dit Le Beau-Ru. Il s'y trouve trente châtaigniers, vingt-deux hêtres, huit pins et un érable. Je tiens copie de tous les plans du cadastre. Et c'est en tant que propriétaire de bois que j'ai tenu à associer tous ceux que leur conservation intéressait.

— C'est ça, dit le Baron qui sembla accueillir favorablement la réponse. Il ajouta cependant : Je me suis laissé dire que c'est une association de boulangers, de maraîchers et de maréchaux-ferrants.

— Eh oui, Monsieur mon père. Toutes les professions sont représentées, pourvu qu'elles soient honnêtes.

— Sais-tu que tu pourrais commander en suzerain à la noblesse, avec le titre de duc ?

— Je sais que lorsque j'ai plus d'idées que les autres, je donne mes idées, pour peu qu'on les accepte : voilà ce que j'appelle commander.

Le Baron avait sur le bout de la langue : « Et pour commander, au jour d'aujourd'hui, la coutume est de siéger dans les arbres ? » Mais à quoi bon revenir sur cette histoire ? Il soupira, absorbé dans ses pensées. Puis il dégrafa le baudrier auquel était suspendue son épée :

— Tu as dix-huit ans, dit-il. Il est temps qu'on te considère comme un adulte. Moi je n'ai plus longtemps à vivre — et, des deux mains, il tenait son épée à plat —, tu es Baron du Rondeau, t'en souviens-tu ?

— Monsieur mon père, je n'ai pas oublié mon nom.

— Seras-tu digne de ce nom et du titre que tu portes ?

— Je ferai tout mon possible pour être digne du nom d'homme et de tous ses attributs.

— Prends cette épée : mon épée.

Le Baron se dressa sur ses étriers, Côme se baissa sur sa branche et son père lui ceignit l'épée.

— Monsieur mon père, merci. Je vous promets d'en faire bon usage.

— Adieu, fils.

Le Baron fit tourner son cheval, tira légèrement sur les rênes et s'éloigna avec lenteur.

Côme se demanda un instant s'il ne devait pas saluer de son épée. Puis il réfléchit que son père l'avait armé pour le combat, non pour des gestes de parade ; et il laissa l'épée dans son fourreau.

XV

Vers la même époque, Côme remarqua dans le comportement du Chevalier Avocat quelque chose d'étrange ou, mieux, de différent de l'ordinaire, qu'il fût plus ou moins étrange. Il semblait que l'air vague de Carrega ne vînt plus de sa distraction, mais d'une idée fixe qui le dominait. Il se montrait à présent bien plus souvent babillard ; naguère, insociable comme il l'était, il ne mettait jamais les pieds en ville ; maintenant, il était toujours au port, se mêlant aux groupes, s'asseyant sur le parapet auprès des vieux patrons et des marins, commentant les arrivées et les départs des embarcations ou les méfaits des pirates.

Les felouques des pirates barbaresques poussaient encore au large de nos côtes et nous molestaient dans notre commerce. Ce n'était plus qu'une piraterie bien modeste ; le temps était passé où, quand on rencontrait des pirates, on finissait esclave à Tunis ou Alger, à moins qu'on ne laissât dans l'affaire ses oreilles et son nez. Désormais, quand les Mahométans abordaient une tartane d'Ombreuse, ils se contentaient de son fret : barils de morue, meules de Hollande, balles de coton, et ainsi de suite... Parfois, les nôtres étaient plus rapides, s'échappaient, tiraient un coup d'espingarde contre les mâts de la felouque : les Barbaresques répondaient par des crachats, de vilains gestes et des vociférations.

En somme, c'était une piraterie à la bonne franquette ; les pachas, pour la justifier, invoquaient certaines dettes de nos négociants et armateurs, lesquels ne les auraient pas bien servis lors de livraisons passées ou même auraient tout bonnement escroqués. Ils tâchaient de rentrer peu à peu dans leurs fonds à force de rapines, non sans poursuivre en même temps des négociations commerciales coupées d'accords et de contestations continuelles. On n'avait intérêt ni d'un côté ni de l'autre à commettre des incorrections définitives : la navigation était remplie d'incertitudes et de risques, mais ceux-ci ne dégénéraient jamais en tragédie.

L'histoire que je vais rapporter a été racontée par Côme dans bien des versions différentes ; je m'en tiendrai à celle qui est la plus riche en détails et la moins illogique. Il est certain que mon frère, en racontant ses aventures, leur ajoutait beaucoup de son cru ; à défaut d'autres sources, je tâche toujours de m'en tenir à la lettre de ses propos.

Donc, une fois, Côme, qui dans ses gardes contre l'incendie avait pris l'habitude de se réveiller la nuit, vit une lumière descendre le long de la vallée. Il la suivit silencieusement dans les ramures, de son pas de chat, et découvrit Æneas-Sylvius Carrega qui, coiffé de son fez et vêtu de sa toge, marchait lestement, une lanterne à la main.

Qu'est-ce qui pouvait bien amener le Chevalier Avocat à rôder à pareille heure, lui qui avait accoutumé de se coucher comme les poules ? Côme suivit, en veillant à ne faire aucun bruit. Mais il savait que son oncle, quand il marchait avec cette ardeur, devenait sourd et ne voyait guère au-delà de la pointe de ses pieds.

Par des chemins muletiers et des raccourcis, le Chevalier Avocat arriva sur une plage de galets et se mit à agiter sa lanterne. Il n'y avait pas de lune ; on ne voyait rien sur la mer, hormis l'écume mouvante des vagues les plus proches. Côme était dans un pin, à quelque distance du rivage ; dans le bas-pays, la végétation s'éclaircissait quelque peu et il n'était plus aussi facile d'arriver partout par les branches. Quoi qu'il en fût, il voyait fort bien le petit vieillard, coiffé de son haut fez sur la rive déserte, agitant sa lanterne au-dessus de la mer opaque ; dans ce noir, brusquement, la lueur d'une autre lanterne lui répondit, toute proche, comme si l'on venait de l'allumer, à toute vitesse émergea une petite embarcation à rames, avec une voile carrée de couleur sombre comme on n'en rencontre pas dans ce pays. Elle accosta.

À la lueur clignotante des lanternes, Côme vit des hommes coiffés d'un turban ; certains restèrent dans la barque, qu'ils maintenaient contre le rivage par de petits coups de rame ; d'autres descendirent : ils portaient de vastes pantalons rouges, bouffants, et des cimeterres brillants étaient passés dans leur ceinture. Côme aiguisait ses yeux et ses oreilles. Son oncle et ces Berbères papotaient dans un dialecte inconnu qu'on avait pourtant l'impression de pouvoir comprendre ; c'était certainement la fameuse *lingua franca*. De temps en temps, Côme entendait un mot italien sur lequel Æneas-Sylvius insistait en le mêlant d'autres mots incompréhensibles ; et ces mots de chez nous étaient des noms de navires ; des noms connus de tartanes ou de brigantins appartenant à des armateurs d'Ombreuse, ou faisant la navette entre notre port et ses voisins.

Il n'était assurément pas difficile de deviner ce qu'était en train de communiquer le Chevalier ! Il informait les pirates des jours d'arrivée et de départ des navires d'Ombreuse, de la nature de leur charge, de leur route, des armes qu'ils avaient à bord. À présent, le vieux devait avoir rapporté tout ce qu'il savait ; il fit volte-face et s'éloigna en hâte, tandis que les pirates remontaient dans leur chaloupe et disparaissaient sur la mer sombre. À la rapidité avec laquelle la conversation s'était déroulée, on devinait que ces entretiens étaient chose fréquente. Dieu sait depuis combien de temps notre oncle aidait de ses conseils les embuscades barbaresques !

Côme était resté sur son pin, incapable de s'éloigner de cette plage déserte. Le vent soufflait, la mer rongeait les pierres, l'arbre gémissait de toutes ses jointures, et mon frère claquait des dents, non sous l'effet de la fraîcheur de l'air, mais en raison de la triste révélation qu'il venait d'avoir.

Ce petit vieillard timide et mystérieux, que nous avions toujours jugé peu sûr dans notre enfance et que Côme avait peu à peu appris à plaindre et à apprécier, se révélait un traître impardonnable ; cet ingrat travaillait contre le pays qui l'avait accueilli comme une épave, au terme d'une vie d'erreurs… Mais pourquoi ? Était-ce la nostalgie de ces contrées et de ces peuples au milieu desquels, une fois au cours de sa vie, il avait dû se trouver heureux, qui le poussait à de tels excès ? Couvait-il une rancune inexpiable contre ce pays où la moindre bouchée de pain lui signifiait son humiliation ? Mon frère se sentait partagé entre le désir de dénoncer en hâte les menées de l'espion, pour sauver les cargaisons de nos négociants et la crainte de la douleur que ressentirait notre père, qu'une affection inexplicable attachait à son frère naturel. Déjà Côme imaginait la scène : le Chevalier menottes aux mains entre les sbires au milieu d'une double haie d'Ombreusiens le couvrant d'invectives ; on le conduirait sur la place, on lui passerait la corde au cou, on le pendrait... Depuis sa veillée funèbre au côté de Jean des Bruyères, Côme s'était juré de ne plus jamais assister à une exécution capitale, et voici qu'il tenait entre ses mains la condamnation à mort d'un de ses proches !

Cette idée le tourmenta toute la nuit et toute la journée suivante : il passait furieusement d'une branche à l'autre, lançait des ruades, opérait des rétablissements, se laissait glisser le long des troncs, comme il le faisait toujours dans ses moments de grande préoccupation. Il finit par prendre sa décision : il choisirait un moyen terme : il ferait peur aux pirates et à son oncle, de manière à interrompre ces louches relations sans provoquer l'intervention de la justice. Il décida de se poster dans le pin, la nuit, avec trois ou quatre fusils chargés (il possédait désormais tout un arsenal, pour les différents besoins de la chasse) : quand le Chevalier s'aboucherait avec les pirates, il commencerait à décharger ses fusils l'un après l'autre en faisant siffler les balles au-dessus de leurs têtes. En entendant cette fusillade, les pirates et son oncle détaleraient chacun de son côté. Le Chevalier, qui n'était certes pas un homme d'audace, craignant qu'on ne l'eût reconnu et assuré désormais qu'on surveillait ses rendez-vous sur la plage, se garderait bien de chercher à nouveau contact avec les marins mahométans.

Côme, tous ses fusils braqués, attendit deux nuits dans son pin sans que rien arrivât. La troisième nuit, le petit vieux apparut enfin, coiffé de son fez, trottinant et trébuchant parmi les cailloux du rivage ; il recommença les signaux avec sa lanterne, et la barque d'accoster avec ses marins en turban.

Côme tenait le doigt sur la gâchette. Mais il ne tira pas. Car les choses suivaient cette fois un tout autre cours. Après avoir parlementé brièvement avec l'oncle, deux des pirates firent un signe en direction de la barque, et les autres commencèrent à décharger des marchandises : barils, caisses, balles, sacs, dames-jeannes, planches chargées de fromages. Il y avait là non pas une seule barque, mais une armée entière d'embarcations toutes chargées ; une rangée de porteurs en turban s'aligna sur la plage ; et notre oncle naturel la guida de son petit pas hésitant et rapide jusqu'à une grotte, au milieu des rochers. Là, les Maures cachèrent toutes les marchandises, qui étaient assurément le fruit de leurs dernières pirateries.

Pourquoi les déposaient-ils à terre ? Il fut facile, par la suite, de reconstituer les faits : la felouque barbaresque, ayant à jeter l'ancre dans un de nos ports (pour quelque trafic légitime comme il s'en faisait toujours entre eux et nous, entre deux rapines), devrait se soumettre à des perquisitions douanières ; il fallait donc que les pirates dissimulent en lieu sûr les marchandises pillées, pour les reprendre à leur retour. De la sorte, le navire prouverait qu'il était étranger aux derniers actes de brigandage, et renforcerait les rapports commerciaux normaux entre nos deux pays.

On ne connut les dessous de toute l'affaire que plus tard. Sur le moment, Côme ne perdit pas son temps à se poser des questions. Des pirates avaient caché un trésor dans une grotte ; ils remontaient dans leur barque et le laissaient là : il fallait s'en emparer au plus vite. Côme songea un instant à réveiller les négociants d'Ombreuse, qui devaient être les légitimes propriétaires de ces marchandises. Mais il se souvint de ses amis les charbonniers, qui enduraient la faim dans le bois, avec leur famille. Il n'hésita plus, courut de branche en branche jusqu'au lieu où les Bergamasques couchaient, dans de grossières cabanes, autour de leurs grises aires de terre battue.

— Vite ! Venez tous ! J'ai découvert le trésor des pirates !

Sous les tentes et sous les cabanes de branchages, on entendit souffler, cracher ; des imprécations retentirent, qui s'achevèrent par des exclamations de stupeur et des questions :

— Qu'est-ce qu'il y a ? de l'or ? de l'argent ?

— Je n'ai pas bien vu, dit Côme. À l'odeur, je croirais plutôt qu'il y a là quantité de morue et de fromage de brebis.

À ces mots, tous les hommes du bois se levèrent. Ceux qui possédaient un fusil le prenaient, les autres saisissaient des hachettes, des épieux, des bêches ; surtout, ils se munissaient de récipients pour emporter les marchandises ; il y avait jusqu'à des corbeilles éventrées et de noirs sacs à charbon. Une grande procession s'ébranla. Les femmes mêmes descendaient, des corbeilles vides sur la tête ; et les enfants, encapuchonnés de sacs, qui portaient les torches. De pin sylvestre en olivier, d'olivier en pin maritime, Côme les précédait.

Ils allaient tourner l'éperon rocheux derrière lequel s'ouvrait la grotte quand, au sommet d'un figuier tout tordu, on vit paraître l'ombre blanche d'un pirate, qui leva son cimeterre et donna l'alarme en hurlant. Côme fut en quelques sauts au-dessus du Maure et lui piqua si bien son épée dans les reins que l'autre n'eut plus qu'à se jeter la tête la première sur les rochers.

Dans la grotte se tenait une réunion des chefs pirates. (Côme, au milieu du va-et-vient du déchargement, n'avait pas remarqué qu'ils étaient restés là.) Ils entendent le cri de leur sentinelle, sortent, et se voient entourés de cette horde d'hommes et de femmes au visage barbouillé de suie, encapuchonnés de sacs, armés de pelles. Ils lèvent leurs cimeterres et se précipitent en avant pour se frayer un passage : *Hura ! Hota !... Inch' Allah !* La bataille commence.

Les charbonniers étaient les plus nombreux ; mais les pirates étaient les mieux armés. Voire. Pour se battre contre des cimeterres, c'est une chose bien connue, le meilleur est encore la pelle. *Deng ! Deng !* et les lames du Maroc se retiraient tout ébréchées. Les fusils, au contraire, faisaient du tapage et de la fumée, rien de plus. Certains des pirates (des officiers, évidemment) avaient eux aussi des fusils, d'un très bel aspect, damasquinés ; mais, dans la grotte, leurs pierres à fusil s'étaient mouillées et les armes faisaient long feu. Les plus malins des charbonniers tâchaient d'étourdir les officiers pirates à grands coups de pelle sur la tête, pour s'emparer de leurs fusils. Mais les turbans amortissaient le choc ; mieux valaient de bons coups de genou dans l'estomac : les Barbaresques avaient le nombril nu !

L'unique arme dont on ne risquât pas de manquer, c'étaient les cailloux ; ce que voyant, les charbonniers se mirent à en lancer. Les Maures ripostèrent. Du coup, la bataille prit un aspect plus régulier. Mais comme les charbonniers, attirés par l'odeur de morue salée qu'elle exhalait, tendaient à pénétrer dans la grotte, alors que les Barbaresques cherchaient à se sauver vers la chaloupe restée près du rivage, les grands motifs d'opposition faisaient défaut.

Un assaut des Bergamasques leur ouvrit l'accès de la grotte. Les Mahométans continuaient de résister sous une grêle de pierres, quand ils s'aperçurent que la route de la mer était libre. Dans ces conditions, pourquoi s'amuser à poursuivre la lutte ? Mieux valait lever l'ancre et décamper.

Dès qu'ils eurent atteint leur esquif, trois pirates — tous de nobles officiers — larguèrent la voile. En un seul saut, d'un pin tout proche du rivage, Côme s'élança sur le mât, s'accrocha à la vergue et, là-haut, serrant les genoux pour se maintenir, dégaina son épée. Les trois pirates avaient levé leur cimeterre. Par des moulinets de droite et de gauche, mon frère les tenait tous les trois en échec. La barque, qui touchait encore terre, s'inclinait tantôt d'un côté tantôt de l'autre. Soudain, on vit scintiller sous la lune et les lames mahométanes et l'épée que le Baron avait remise à son fils. Mon frère se laissa glisser le long du mât et plongea son épée dans la poitrine d'un des pirates, qui tomba par-dessus bord. Agile comme un lézard, il remonta en se défendant par une double parade des bottes portées par les deux autres, puis redescendit de nouveau, embrocha le second, eut un bref accrochage avec le troisième et, au cours d'une ultime dégringolade, le transperça.

Les trois officiers mahométans étaient étendus, moitié dans l'eau, moitié au-dehors, leur barbe remplie d'algues. Les autres pirates gisaient à l'entrée de la grotte, assommés à coups de pierre et à coups de pelle. Côme, toujours agrippé à son mât, regardait autour de lui, triomphant, quand il vit sortir de la grotte, déchaîné comme un chat qui a le feu à la queue, le Chevalier Avocat resté caché jusqu'alors. Tête basse, Æneas-Sylvius traversa la plage en courant, donna une poussée à la barque pour l'éloigner du rivage, sauta dedans, empoigna les deux rames et se mit à voguer de toutes ses forces vers le large.

— Que faites-vous, Chevalier ? Vous êtes fou ? criait Côme agrippé à la vergue. Revenez au rivage. Où allons-nous ?

Ah bien, oui ! Il était clair qu'Æneas-Sylvius Carrega voulait rattraper le navire des pirates, pour se mettre en sûreté. Sa félonie était irrémédiablement découverte ; s'il était resté sur le rivage, il aurait fini sur l'échafaud. Il ramait, ramait et Côme, son épée dégainée à la main, face à un vieillard faible et sans armes, ne savait que faire. Au fond, user de violence à l'égard d'un oncle lui déplaisait, sans compter que, pour l'atteindre, il lui eût fallu dégringoler du mât ; la question se posait de savoir si, descendant dans une barque, il ne descendait pas à terre, et s'il n'avait pas déjà dérogé à sa loi intérieure en sautant d'un arbre qui avait des racines à un mât de navire : problème trop compliqué pour le résoudre à cet instant. C'est ainsi qu'il ne faisait rien mais restait pelotonné sur la vergue, une jambe de-ci, l'autre de-là. Il voguait sur les flots, un vent léger gonflait la voile, et le vieillard n'arrêtait pas de ramer.

Côme entendit un aboiement et tressaillit de joie. Optimus Maximus, qu'il avait perdu de vue au cours de la bataille, était là, couché au fond de la barque, et remuait la queue comme si de rien n'était. En définitive, réfléchit Côme, inutile de se faire tant de souci : il était en famille, avec son oncle et son chien ; il se promenait en barque ; après tant d'années de vie arboréenne, c'était une agréable diversion.

Le clair de lune scintillait sur la mer. Le vieillard

commençait à se fatiguer. Il avait peine à ramer ; il pleurait ; il se mit à dire :

— Ah, Zaïre… Ah, Allah, Allah, Zaïre… Ah, Zaïre, *inch' Allah*… Ainsi, inexplicablement, il allait parlant turc et répétant au milieu de ses larmes ce nom de femme que Côme n'avait jamais entendu.

— Que dites-vous, Chevalier ? Qu'est-ce qui vous prend ? Où allons-nous ? demanda-t-il.

— Zaïre… Ah, Zaïre… Allah, Allah, faisait le vieux.

— Qui est cette Zaïre, Chevalier ? Vous croyez aller chez Zaïre, en allant de ce côté-là ?

Æneas-Sylvius Carrega, de la tête, faisait signe que oui et parlait turc au milieu de ses larmes, en criant le nom de Zaïre à la lune.

Côme aussitôt se mit à échafauder des suppositions à propos de cette Zaïre. Peut-être le secret de cet homme solitaire et mystérieux lui serait-il enfin révélé ? Si, en se dirigeant vers le navire pirate, le Chevalier voulait retrouver Zaïre, il devait donc s'agir d'une femme qui se trouvait là-bas, dans les pays ottomans. Peut-être toute la vie d'Æneas avait-elle été dominée par la nostalgie de cette femme, peut-être était-ce l'image de cette félicité perdue qu'il poursuivait en élevant des abeilles ou en traçant des canaux. Peut-être était-ce une amante, une épouse qu'il avait eue là-bas, dans les jardins de ces pays d'outremer ; ou plus vraisemblablement une fille, sa fille qu'il n'avait pas revue depuis qu'elle était enfant. C'est pour la chercher qu'il avait tenté, pendant des années, d'entrer en rapport avec les navires turcs ou mauresques qui relâchaient dans nos ports, et sans doute avait-il fini par avoir de ses nouvelles. Peut-être avait-il appris qu'elle était esclave ; et c'était pour la racheter qu'il avait offert aux corsaires de les renseigner. Ou peut-être devait-il payer lui-même une rançon pour être admis parmi eux et embarquer vers le pays de Zaïre…

Maintenant que son intrigue était démasquée, il lui fallait fuir Ombreuse ; les Berbères ne pourraient plus refuser de le prendre à leur bord et de le ramener vers elle. À ses propos haletants et entrecoupés se mêlaient des accents d'espoir, de supplication — et aussi de peur : et si ce n'était pas encore pour cette fois ? si quelque contretemps venait encore le séparer de la créature tant désirée ?

Il n'arrivait plus à manœuvrer ses rames ; une ombre alors s'approcha : un autre canot barbaresque. On avait dû entendre jusque sur le navire le bruit de la bataille, et on l'envoyait en reconnaissance.

Côme se laissa glisser à mi-mât pour se cacher derrière la voile. Le vieillard se mit à crier en *lingua franca* qu'il voulait être pris, emmené sur le navire. Et il tendait les bras. Il fut exaucé. Deux janissaires en turban le saisirent par les épaules, le soulevèrent comme une plume et l'attirèrent dans leur barque. Par contrecoup, celle sur laquelle était Côme se trouva repoussée, la voile prit le vent, et c'est ainsi que mon frère, qui se voyait déjà mort, évita d'être découvert.

Du navire pirate arrivaient jusqu'à Côme, qui s'éloignait dans le vent, les éclats d'une altercation. Un mot, prononcé par les Maures semblait se rapprocher de : *Marrane*. Et le vieux répétait comme un ahuri : *Ah, Zaïre !* Tout cela ne laissait aucun doute sur l'accueil réservé au Chevalier. Certainement, les pirates le tenaient pour responsable de l'embuscade tendue devant la grotte, de la perte de leur butin, de la mort des leurs ; ils l'accusaient de trahison. On perçut un cri, un plouf ; puis ce fut le silence. Côme crut alors entendre, aussi nette qu'à l'ordinaire, la voix de son père, lancé à travers la campagne à la poursuite de son frère naturel : « Æneas-Sylvius ! Æneas-Sylvius ! » Il se cacha la figure dans la voile.

Il remonta sur la vergue pour voir où se dirigeait sa barque. Quelque chose flottait sur la mer, comme transporté par le courant : une sorte de bouée, mais une bouée nantie d'une queue… Un rayon de lune l'éclaira : ce n'était pas un objet, mais une tête, une tête enserrée d'un fez avec un gland ; Côme reconnut le visage, renversé, du

Chevalier Avocat, son regard effarouché, sa bouche ouverte ; à partir de la barbe, le corps était enfoncé dans l'eau et disparaissait.

— Chevalier ! cria Côme. Chevalier ! Que faites-vous ? Pourquoi ne montez-vous pas ? Accrochez-vous à la barque. Je vais vous aider à grimper ! Chevalier !

Mais l'oncle ne répondait pas ; il flottait, flottait, regardant en l'air d'un œil effarouché qui semblait ne rien voir. Alors Côme cria :

— Vas-y, Optimus Maximus ! À l'eau ! Attrape le Chevalier par la nuque ! Sauve-le ! Sauve-le !

Le chien obéissant plongea, tâcha d'attraper le vieillard par la nuque, n'y parvint pas, et le saisit par la barbe.

— Par la nuque, je dis, Optimus Maximus ! insista Côme.

Mais le chien souleva la tête par la barbe et la poussa contre le bord de la barque ; alors on vit qu'il n'y avait plus de nuque, qu'il n'y avait plus ni corps ni rien ; il ne restait qu'une tête, la tête d'Æneas-Sylvius Carrega, tranchée d'un coup de cimeterre.

XVI

Côme donna d'abord de la fin du Chevalier Avocat une version bien différente. C'était tout de suite après que le vent eut repoussé au rivage la barque, sur la vergue de laquelle le garçon s'était niché. Optimus Maximus suivait, tenant la tête coupée. S'étant aidé d'une corde pour sauter dans un arbre voisin, Côme ameuta les Ombreusiens et leur conta cette histoire beaucoup plus simple : les pirates avaient enlevé le Chevalier et l'avaient tué. Côme songeait probablement à la douleur si grande de notre père, quand il apprendrait la mort de son demi-frère et verrait ce misérable débris ; il n'avait pas le cœur d'y ajouter encore en révélant la félonie du Chevalier. Il tenta même, par la suite, lorsqu'il apprit le désespoir dans lequel était tombé le Baron, d'élever à notre oncle naturel le monument d'une gloire factice : Æneas-Sylvius, à l'en croire, avait mené contre les pirates une lutte aussi secrète qu'astucieuse ; mais cette entreprise de longue haleine avait été découverte par les Barbaresques et le supplice de notre oncle n'avait pas d'autre motif. Le récit, à vrai dire, était contradictoire et lacunaire, car il y avait ainsi quelque chose d'autre que Côme voulait cacher : le déchargement du butin des pirates dans la grotte et l'intervention des charbonniers. Si la chose s'était sue, toute la population d'Ombreuse aurait grimpé dans les bois pour reprendre les marchandises aux Bergamasques, en les traitant de voleurs.

Au bout de quelques semaines, quand il fut bien sûr que les charbonniers avaient digéré leur prise, il se décida à raconter l'attaque de la grotte. Et ceux qui montèrent dans les bois avec l'espoir de récupérer quelque chose rentrèrent les mains vides. Les charbonniers avaient tout partagé très exactement : la morue filet par filet, les cervelas, les fromages. Les restes furent l'occasion d'un grand banquet, en plein bois ; on festoya pendant une journée entière.

Notre père avait bien vieilli. La douleur que lui causa la perte d'Æneas-Sylvius eut, sur son caractère, d'étranges conséquences. La manie lui vint d'empêcher que les œuvres de son frère naturel ne se perdissent. Il voulut s'occuper lui-même de l'élevage des abeilles et s'y mit avec assurance bien qu'il n'eût, jusque-là, jamais vu une ruche d'un peu près. Il prenait conseil auprès de Côme qui avait étudié le sujet : sans poser à proprement parler des questions, il amenait la conversation sur l'apiculture, écoutait ce que disait Côme et le répétait aux paysans comme un ordre, d'un ton furieux et suffisant ; tout le monde, à l'en croire, aurait dû en savoir autant. Il avait trop peur des piqûres pour venir tout près des ruches, mais tenait à montrer qu'il dominait ses terreurs, et Dieu sait quel effort cela lui coûtait. Il entreprit également de faire creuser certains canaux pour achever un projet commencé par le pauvre Æneas-Sylvius : s'il y était parvenu, cela aurait été un beau hasard, car le malheureux défunt n'avait jamais mené aucun projet à terme.

Cette passion tardive du Baron pour les occupations pratiques dura peu, malheureusement. Un jour qu'il était là, affairé et nerveux, pris entre ses ruches et ses canaux, il eut un geste brusque et vit venir vers lui quelques abeilles. Il prit peur, commença d'agiter les mains, renversa une ruche, s'en fut avec un nuage d'abeilles à ses trousses. En se sauvant à l'aveuglette, il tomba dans le canal qu'on s'efforçait de remplir d'eau. On le tira de là tout trempé.

On le mit au lit. Entre la fièvre que lui avaient donnée les piqûres et celle que lui valut son bain, il en eut pour une semaine. Après quoi son accablement fut tel qu'il ne voulut plus se lever.

Il ne quittait pas son lit : il avait perdu tout attachement à la vie. Rien de ce qu'il avait voulu faire n'avait réussi — le Duché, personne n'en parlait plus ; son fils aîné, bien qu'arrivé à l'âge adulte, demeurait toujours dans les arbres ; son demi-frère était mort assassiné ; sa fille était mariée au loin, auprès de gens encore plus antipathiques qu'elle ; moi, j'étais trop enfant pour lui tenir compagnie ; sa femme était trop brusque et trop autoritaire. Il commença à délirer, à raconter que les jésuites avaient occupé sa maison et qu'il ne pouvait plus sortir de sa chambre. C'est ainsi qu'il mourut comme il avait vécu, abreuvé d'amertumes et rempli de manies.

Côme suivit lui aussi le convoi funèbre, en passant d'un arbre dans l'autre ; mais il dut s'arrêter à la porte du cimetière : la ramure des cyprès est bien trop serrée pour qu'on y puisse grimper. Côme assista à la sépulture par-dessus le mur et, lorsque nous jetâmes les uns après les autres une poignée de terre sur le cercueil, lui, lança une petite branche feuillue. Pour moi, je pensais que, tous, nous avions vécu loin de notre père, de même que Côme dans ses arbres.

Le baron du Rondeau, maintenant, c'était Côme. Sa vie ne changea pas pour autant. Il s'occupait, c'est vrai, de nos intérêts et de nos biens, mais toujours de façon irrégulière. Quand les métayers ou les fermiers le cherchaient, ils ne savaient jamais où le trouver ; mais s'ils tâchaient de l'éviter, ils le voyaient surgir au bout d'une branche.

Ne fût-ce que pour s'occuper des intérêts familiaux, Côme se montrait, à présent, plus souvent en ville, s'installant dans le grand noyer de la place ou dans un des chênes verts voisins. On le respectait, on lui donnait du « Monsieur le Baron » et il lui arrivait d'affecter des airs de vieillard, comme les jeunes gens aiment parfois à le faire ; il s'arrêtait alors pour conter des histoires à un cercle d'Ombreusiens, rassemblés au pied de son arbre.

Il racontait sans se lasser — mais chaque fois de façon différente — la fin de notre oncle naturel ; peu à peu, il en vint à révéler la connivence du Chevalier avec les pirates ; pour refréner l'indignation de ses concitoyens, il ajouta l'histoire de Zaïre, que Carrega était censé lui avoir confiée avant de mourir ; pour le coup, il amena chacun à plaindre le triste destin du vieillard.

Parti d'une invention pure et simple, je crois bien que Côme en était arrivé, par voie d'approximations successives, à une relation presque entièrement véridique des faits. Il réussit à s'y tenir deux ou trois fois ; puis, les Ombreusiens ne se lassant jamais d'entendre son récit, des auditeurs toujours plus nombreux s'ajoutant aux premiers et tous exigeant d'une fois à l'autre des détails supplémentaires, il fut amené à faire des additions, des développements, des hyperboles, à introduire de nouveaux personnages, de nouveaux épisodes, et l'histoire, en se déformant, finit par devenir encore plus fausse qu'au début.

Désormais, Côme disposait d'un public prêt à écouter bouche bée tout ce qu'il dirait. Il prit goût à la parole ; sa vie dans les arbres, ses chasses, Jean des Bruyères et Optimus Maximus devinrent les prétextes de récits sans fin (bon nombre d'épisodes de sa vie sont rapportés ici sous la forme qu'il leur donnait pour plaire à cet auditoire plébéien ; que l'on veuille donc bien me pardonner si ce que j'écris ne semble pas toujours véridique ou conforme à une harmonieuse vision de l'humanité et des faits).

Il arrivait, par exemple, qu'un badaud lui demandât :

— Mais est-il vrai que votre pied n'a jamais touché que des arbres, monsieur le Baron ?

Alors, Côme commençait :

— Si, une fois, mais ce fut par erreur : j'étais monté dans les bois d'un cerf. Je croyais passer sur un érable, et c'était un cerf échappé du domaine royal, qui se tenait là, immobile. Quand l'animal sentit mon poids sur ses andouillers, il s'en fut à travers bois. Je ne vous dis pas de quelle façon il me secouait ! Je me sentais, là-haut, transpercé de toutes parts : par les pointes aiguës des cornes, par les épines des branches qui me fouettaient la figure. L'animal se débattait, cherchait à se débarrasser de moi ; mais je tenais bon…

Il suspendait son récit. Eux, alors :

— Et comment vous en êtes-vous tiré, Votre Seigneurie ?

Et lui, chaque fois, d'inventer une fin différente :

— Le cerf courut, courut et rattrapa la harde. Certains, le voyant avec un homme dans ses cornes, le fuyaient ; d'autres approchaient, curieux. J'ai toujours mon fusil en bandoulière ; je l'épaulai et, chaque cerf que je voyais, je l'abattais. J'en tuai cinquante…

— Quand a-t-on vu cinquante cerfs dans nos régions ? demandait l'un ou l'autre de ces gueux.

— La race s'en est perdue ce jour-là. Mes cinquante victimes étaient autant de femelles, vous comprenez ? Chaque fois que mon cerf voulait en approcher une, je tirais, et elle tombait… Le cerf n'y comprenait rien : il était désespéré. Alors… alors, il décida de se tuer lui-même, gravit en courant un rocher élevé et se précipita dans l'abîme.

Mais, moi, je m'accrochai à un pin qui surplombait la falaise ; et me voilà !

Ou bien c'était une bataille qui s'était engagée entre deux cerfs, à grands coups de cornes, et lui, à chaque coup, sautait des bois de l'un dans ceux de l'autre jusqu'à ce qu'un choc plus fort l'eût projeté… dans un chêne.

En somme, il s'était laissé gagner par la fièvre des conteurs qui jamais ne savent quelles histoires sont plus belles : celles qu'ils ont réellement vécues et dont l'évocation ramène tout un océan d'heures passées, de sentiments délicats — félicités, dégoûts, incertitudes, vanités, écœurement de soi-même ; ou bien celles qu'on invente, qu'on taille à larges pans, où tout semble facile, mais qui, au fur et à mesure qu'on brode, ramènent — inexorablement — à ce qu'on a vécu ou rencontré.

Côme était encore à l'âge où l'envie de raconter se transforme en envie de vivre, où l'on croit qu'on n'a pas assez vécu pour avoir assez à dire ; de là ses départs pour la chasse, ses absences de plusieurs semaines, ses retours dans les arbres de la place, tout chargé de fouines, de blaireaux, de renards qu'il balançait en les tenant par la queue ; de là les histoires qu'il racontait aux Ombreusiens, des histoires qui, de vraies qu'elles étaient, devenaient imaginaires au fur et à mesure qu'il les racontait, et d'imaginaires finissaient par redevenir vraies.

Toute cette fièvre trahissait une insatisfaction plus profonde, un manque : derrière cette recherche d'un auditoire, il y avait une autre quête. Côme ne connaissait pas encore l'amour. Et que vaut n'importe quelle expérience, en l'absence de celle-là ? Que sert d'avoir risqué sa vie, quand on ne connaît pas encore la saveur de la vie ?

De jeunes maraîchères, de fraîches marchandes de poisson passaient sur la place d'Ombreuse ; les damoiselles la traversaient dans leurs carrosses ; Côme, du haut de son arbre, jetait sur elles toutes un coup d'œil sommaire ; chez chacune, il y avait quelque chose qu'il cherchait mais — sans qu'il pût encore bien comprendre pourquoi — ce quelque chose ne se trouvait entièrement chez aucune. Quand tombait la nuit, tandis que les demeures s'illuminaient, Côme, seul dans ses branches avec les yeux jaunes des hiboux, rêvait d'amour. Les couples qui se donnaient rendez-vous derrière les haies et dans les cordons de vignes le remplissaient d'admiration et d'envie ; son regard les suivait pendant qu'ils se perdaient dans le noir, mais s'ils s'étendaient au pied de son arbre, mon frère se sauvait, tout honteux.

Pour triompher de cette pudeur naturelle, il se mit à observer les amours des bêtes. Au printemps, le monde des arbres était un monde nuptial. Les écureuils s'aimaient avec des mouvements et de petits cris presque humains, les oiseaux s'unissaient en battant des ailes, les lézards s'enfuyaient accouplés, leurs queues nouées ; les hérissons semblaient devenir soyeux, pour rendre leurs étreintes plus douces. Nullement intimidé d'être l'unique basset d'Ombreuse, Optimus Maximus courtisait de grosses chiennes bergères ou des chiennes-louves, faisant confiance à la sympathie qu'il inspirait sans effort. Il revenait parfois couvert de morsures ; mais un seul amour heureux le dédommageait de toutes les défaites.

Côme était, lui aussi, l'exemplaire unique d'une espèce. Quand il rêvait les yeux ouverts, il se voyait aimé par de splendides jeunes filles ; mais comment rencontrer l'amour dans les arbres ? À force de se prolonger, le songe finissait par n'avoir plus de décor précis, il n'était plus question ni de la terre, ni de ces hauteurs où le jeune homme résidait à présent : Côme imaginait un lieu sans lieu, une place à laquelle on accéderait non plus en descendant, mais en montant. Voilà ; peut-être existait-il un arbre assez haut pour qu'en s'y hissant, on atteignît un autre monde : la lune.

En attendant, avec tous ces papotages de place publique, Côme se sentait chaque jour moins content de lui. Un matin de foire, un individu, venu de la ville voisine de Basse-Olive, remarqua :

— Tiens, vous aussi, vous avez votre Espagnol ?

On lui demanda ce qu'il voulait dire. Il répondit :

— À Basse-Olive, c'est tout un clan d'Espagnols qui séjourne dans les arbres !

Côme ne connut plus de répit jusqu'au moment où il entreprit à travers les bois le voyage vers Basse-Olive.

XVII

Basse-Olive est une petite ville de l'intérieur. Côme dut cheminer pendant deux bons jours et franchir, non sans danger, des espaces à la végétation plus clairsemée. Lorsqu'il arrivait au voisinage d'habitations, les gens, qui ne l'avaient jamais vu, poussaient des cris d'étonnement, et certains lui lançaient des pierres ; il s'efforça, en conséquence, de passer inaperçu. Mais en approchant de Basse-Olive, tout changea : les bûcherons, les bouviers ou les ramasseuses d'olives rencontrés en chemin ne montraient nulle surprise ; les hommes, au contraire, saluaient en se découvrant comme devant une connaissance et prononçaient des mots de bienvenue qui sonnaient étrangement dans leur bouche, habituée au dialecte local :

— *¡Señor ! Buenos dias, Señor !*

On était en hiver ; une partie des arbres avait perdu ses feuilles. Une double rangée de platanes et d'ormes bordait la rue centrale de Basse-Olive.

Mon frère, en s'approchant, aperçut parmi les branches dépouillées quelques personnes, une, deux ou trois dans chaque arbre, les unes assises et les autres debout, toutes dans une attitude grave. Il fut près d'elles en quelques sauts.

Il y avait là des hommes noblement vêtus, portant tricornes empanachés et grandes capes ; et des femmes tout aussi distinguées, la tête couverte d'une mantille. Elles étaient assises à deux ou trois sur une branche ; certaines brodaient et regardaient de temps en temps la rue, avec un petit mouvement latéral du buste, le bras s'appuyant à la branche comme à l'appui d'une fenêtre.

Les hommes adressèrent à Côme des saluts pleins d'une amère compréhension :

— *Buenos dias, Señor.*

Côme s'inclina et tira son chapeau.

Un homme jouissait manifestement d'une autorité supérieure : son corps obèse encastré pour la vie dans la fourche d'un platane dont il semblait ne plus pouvoir se lever ; en dépit de son âge et bien qu'il fût rasé, sa barbe et sa moustache ombraient de noir une peau jaune d'hépatique. On le vit demander à son voisin, un personnage hâve et décharné, tout de noir vêtu, les joues également noircies par une barbe opiniâtre, quel était cet inconnu qui s'avançait à travers la rangée d'arbres.

Côme jugea venu le moment de se présenter.

Il atteignit le platane de l'obèse, s'inclina et dit :

— Baron Côme Laverse du Rondeau, pour vous servir.

— *¿Rondos ? Rondos ?* fit l'obèse. *¿Aragonés ? Gallego ?*

— Non, monsieur.

— *¿Catalán ?*

— Non, monsieur. Je suis de la région.

— *¿Desterrado también ?*

Le gentilhomme efflanqué jugea de son devoir d'intervenir et de faire, fort emphatiquement, l'interprète :

— Son Altesse Frederico Alonso Sanchez de Guatamurra y Tobasco demande si Votre Seigneurie est exilée, elle aussi, puisque nous la voyons évoluer dans ces feuillages.

— Non, monsieur. Tout au moins pas en vertu du décret d'autrui.

— *¿Viaja usted sobre los árboles por gusto ?*

Et l'interprète :

— Son Altesse Frederico Alonso a le plaisir de demander si c'est pour son agrément que Votre Seigneurie suit cet itinéraire.

Côme réfléchit un instant, puis répondit :

— Je pense qu'il me convient, bien que personne ne me l'impose.

— *¡Feliz usted !* s'écria Frederico Alonso Sanchez en soupirant. *¡Ay de mí, ay de mí !*

Et l'homme en noir d'expliquer, dans un style de plus en plus ampoulé :

— Son Altesse s'est écriée que Votre Seigneurie doit se considérer heureuse de jouir d'une liberté que nous ne pouvons nous empêcher de comparer à la contrainte qui nous est faite. Nous n'en supportons pas moins celle-ci en nous résignant à la volonté de Dieu. Et là-dessus, il se signa.

C'est ainsi qu'à travers les laconiques exclamations du prince Sanchez et les traductions circonstanciées du personnage vêtu de noir, Côme parvint à reconstituer l'histoire de la colonie qui séjournait dans les platanes. Il s'agissait de nobles Espagnols qui s'étaient révoltés contre le roi Charles III à la suite d'une controverse touchant des privilèges féodaux ; vaincus, ils avaient été exilés et leur famille avec eux. Quand ils étaient arrivés à Basse-Olive, ils s'étaient vu interdire la poursuite de leur voyage : en effet, ce territoire, en vertu d'un ancien traité avec Sa Majesté Catholique, ne pouvait ni donner asile à des exilés d'Espagne ni même leur permettre le transit. La situation de ces nobles familles était bien difficile à éclaircir. Les magistrats de Basse-Olive, qui ne voulaient pas d'ennuis avec les chancelleries étrangères mais n'avaient pas la moindre raison d'en vouloir à de riches voyageurs, trouvèrent un accommodement : le traité disait à la lettre que les étrangers ne devaient pas « toucher le sol » du territoire ; il suffirait qu'ils se tinssent dans les arbres pour que tout fût en règle. Les exilés étaient donc montés dans les platanes et dans les ormes ; pour ce faire, la commune leur avait concédé des échelles qu'on avait ensuite retirées. Ils vivaient ainsi perchés depuis plusieurs mois, mettant leur confiance dans la douceur du climat, dans un prochain décret d'amnistie de Charles III et dans la divine Providence. Ne manquant pas de doublons d'Espagne, ils alimentaient le commerce de la cité par leurs achats de vivres. Pour hisser les provisions, ils avaient installé des monte-charge. Dans d'autres arbres, on avait dressé des baldaquins sous lesquels ils dormaient. En somme, ils avaient su s'installer. Il serait plus vrai de dire que les citoyens de Basse-Olive, qui y trouvaient leur avantage, les avaient fort bien équipés. Pour leur part, les exilés ne remuaient pas le petit doigt.

C'était la première fois que mon frère rencontrait des humains vivant eux aussi dans les arbres ; il commença donc à leur poser des questions pratiques :

— Mais quand il pleut, comment faites-vous ?

— *¡Sacramos todo el tiempo, Señor !*

Et l'interprète (c'était le R. P. Sulpicio de Guadalete, de la Compagnie de Jésus, exilé depuis que son Ordre avait été banni d'Espagne) :

— Protégés par nos baldaquins, nous tournons notre pensée vers le Seigneur, en le remerciant de ce peu qui nous suffit !

— Vous n'allez jamais à la chasse ?

— *Señor, algunas veces con el visco.*

— Parfois l'un d'entre nous enduit une branche de glu, par jeu.

Côme ne se lassait pas d'étudier la façon dont ils avaient résolu les problèmes qui s'étaient posés à lui.

— Mais pour vous laver, comment faites-vous ?

— *¿Por lavar ? Hay lavanderas*, dit don Frederico en haussant les épaules.

— Nous donnons nos effets aux lavandières du pays, traduisit don Sulpicio. Chaque lundi, pour être précis, nous faisons descendre notre corbeille de linge sale.

— Je voulais dire : pour vous laver le corps et la figure.

Don Frederico grogna et haussa les épaules, comme si le problème ne s'était jamais présenté à son esprit.

Don Sulpicio crut devoir interpréter :

— Selon l'opinion de Son Altesse, ce sont là des questions purement privées.

— Et… je vous demande pardon… vos besoins, où les faites-vous ?

— *Ollas, Señor.*

Et don Sulpicio, toujours du même ton modeste :

— À vrai dire, nous nous servons de certaines petites jarres.

Après avoir pris congé de don Frederico, Côme alla rendre visite, sous la conduite du Révérend Père Sulpicio, aux différents membres de la colonie, dans leurs arbres résidentiels respectifs. Tous ces hidalgos, toutes ces dames conservaient, au milieu des inévitables incommodités de leur demeure, des attitudes traditionnelles et bienséantes. Certains, pour se tenir à cheval sur leurs branches, faisaient usage de selles ; cela séduisit Côme qui, au cours de tant d'années sylvestres, n'avait jamais pensé à ce système, un système très pratique, remarqua-t-il aussitôt ; avec les étriers, les pieds ne pendent pas et l'on ne risque pas d'avoir des fourmis dans les jambes. D'aucuns braquaient des longues-vues de marine (l'un d'eux avait le grade d'amiral) qui ne leur servaient probablement qu'à se dévisager les uns les autres d'arbre en arbre : bel aliment pour leur curiosité et occasion de commérages. Toutes les dames et demoiselles étaient assises sur des coussins brodés de leurs propres mains, elles tiraient l'aiguille — c'était bien la seule activité qu'on vît dans tout le clan — ou caressaient de gros chats. Des chats, il y en avait un grand nombre dans ces arbres ; il y avait aussi quantité d'oiseaux, mais en cage (peut-être étaient-ce des victimes de la glu), sauf quelques pigeons en liberté qui venaient se poser sur la main des jeunes filles pour en recevoir de nostalgiques caresses.

Dans ces espèces de salons arboréens, Côme était reçu gravement, comme un hôte. Les nobles exilés lui offraient le café et, tout de suite, se mettaient à parler du palais qu'ils avaient laissé à Séville ou à Grenade, de leurs domaines, de leurs greniers et de leurs écuries ; et ils l'invitaient pour le jour où leurs prérogatives leur seraient rendues. Ce roi qui les avait bannis, ils en parlaient avec un accent tout à la fois d'aversion fanatique et de respect dévotieux. Parfois, ils distinguaient avec précision la personne contre laquelle leurs familles étaient en lutte et le titre royal dont l'autorité garantissait la leur. Parfois, au contraire, ils mêlaient tout exprès ces deux points de vue, dans un même mouvement de passion. Côme, chaque fois que la conversation tombait sur leur Souverain, ne savait plus trop quelle tête faire.

Il y avait dans tous les gestes et les propos de ces exilés un air de tristesse et de deuil qui leur était pour une part naturel, mais qui trahissait d'autre part une certaine affectation : souvent, quand des hommes combattent pour une cause assez mal définie, ils ont besoin de compenser l'incertitude de leurs convictions par l'assurance de leur maintien.

Chez les jeunes filles — qui parurent à Côme,

au premier coup d'œil, un peu trop poilues et de peau trop mate — on sentait sourdre un entrain toujours refréné à temps. Deux d'entre elles jouaient au volant, d'un platane à l'autre : tic, tac, tic, tac, puis un petit cri : le volant venait de tomber sur la route. Un gamin de Basse-Olive le ramassait ; et proposait de le renvoyer, moyennant deux *pesetas*.

Dans le dernier arbre, un orme, résidait un vieillard qu'on appelait El Conde, dépourvu de perruque et négligé dans ses vêtements. En approchant de lui, le père Sulpicio baissa la voix, et Côme se sentit porté à l'imiter. De temps en temps, El Conde déplaçait une branche et contemplait la pente de la colline, puis la plaine alternativement verte et désolée qui se perdait dans le lointain.

Don Sulpicio chuchota à Côme l'histoire d'un des fils d'El Conde, détenu dans les prisons du roi Charles et torturé. Tous ces hidalgos exilés sans grand motif devaient se rappeler et se répéter de temps en temps pourquoi et comment ils se trouvaient là ; seul — Côme le comprit — le vieillard souffrait pour de bon. Ce geste par lequel il écartait sa branche, comme s'il s'attendait à découvrir un paysage différent, ce regard qui parcourait lentement l'espace ondoyant comme s'il espérait ne jamais rencontrer l'horizon et arriver jusqu'à des contrées hélas trop lointaines — c'était le premier signe réel des souffrances de l'exil que vit Côme. Il comprit à quel point la présence d'El Conde devait compter pour ces hidalgos ; c'était elle qui les unissait, qui donnait une signification à leur groupe. El Conde était peut-être le plus pauvre, et certainement, dans sa patrie, le moins considéré, mais c'était lui qui leur disait ce qu'ils devaient souffrir et espérer.

En revenant de ses visites, Côme aperçut dans un aulne une jeune fille qu'il n'avait pas encore remarquée. En deux sauts, il fut près d'elle.

Les yeux de la jeune fille avaient une magnifique couleur pervenche et sa peau embaumait. Elle tenait un seau.

— Comment se fait-il que je ne vous aie pas vue, alors que j'ai rencontré tout le monde ?

— J'étais allée tirer de l'eau au puits, dit-elle ; et elle sourit.

De l'eau tomba de son seau, un peu incliné. Côme l'aida à le tenir.

— Vous descendez donc des arbres ?

— Non. Un cerisier crochu ombrage le puits. C'est de là que nous faisons descendre nos seaux. Venez voir.

Ils avancèrent le long d'une branche qui surplombait le mur d'une cour. Elle le guida jusque dans le cerisier. Le puits se trouvait au-dessous.

— Vous voyez, Baron ?

— Comment savez-vous que je suis baron ?

— Je sais tout, dit-elle avec un sourire. Mes sœurs m'ont tout de suite informée de votre visite.

— Les jeunes filles au volant ?

— Elles-mêmes. Irena et Raimunda.

— Les filles de don Frederico ?

— Oui.

— Et votre nom à vous ?

— Ursule.

— Vous marchez sur les arbres mieux que tous les gens d'ici.

— C'est que j'y grimpais déjà quand j'étais petite fille. À Grenade, nous avions de grands arbres dans le *patio*.

— Seriez-vous capable de cueillir cette rose ?

Un rosier grimpant avait fleuri à la cime même d'un arbre.

— Hélas, non.

— Bon. Je vais vous la cueillir.

Il se mit en chemin, et revint, avec la rose. Ursule sourit et avança la main.

— Je veux la poser moi-même. Dites-moi où.

— Dans les cheveux. Merci. Et elle guida sa main.

— Dites-moi, maintenant, demanda Côme, seriez-vous capable d'atteindre cet amandier ?

— Comment serait-ce possible ? fit-elle en riant. Je ne sais pas voler.

— Attendez.

Et Côme lança un lasso.

— Si vous vous laissez attacher à cette corde, je vous hisse là-haut comme avec une poulie.

— Non, dit-elle. J'ai peur.

Mais elle riait.

— C'est mon système. Il y a des années que je voyage ainsi, en faisant tout par moi-même.

— Sainte mère !

Il la transporta sur l'amandier. Après quoi, il y vint aussi. C'était un jeune amandier, tout étroit. On s'y trouvait près l'un de l'autre. Ursule était encore essoufflée et rouge de son vol.

— Vous avez eu peur ?

— Non. Mais elle avait le cœur battant.

— Vous n'avez pas perdu la rose, dit Côme en touchant la fleur pour la rajuster.

Serrés comme ils l'étaient sur l'arbre, à chaque instant ils s'étreignaient.

— Hou ! dit-elle.

Et ils s'embrassèrent, lui le premier.

Ainsi commença leur amour. Le garçon était heureux et abasourdi ; elle était heureuse aussi, mais pas le moins du monde étonnée (pour les filles, rien n'arrive au hasard). L'amour que Côme espérait tant lui venait maintenant de façon fort inattendue, et c'était bien plus beau que tout ce qu'il avait pu imaginer… Le plus étonnant était que l'amour fût si simple. Côme, dans ce moment, crut qu'il en irait toujours ainsi.

XVIII

Les pêchers fleurirent, et les amandiers, les cerisiers. Côme et Ursule passaient ensemble leurs journées dans les arbres couverts de fleurs. Le printemps colorait de sa gaieté jusqu'au funèbre voisinage de sa famille.

Dans la colonie des exilés, mon frère sut tout de suite se rendre utile. Il enseignait les différentes manières de passer d'un arbre à l'autre, et encourageait ces nobles personnages à sortir de leur dignité habituelle pour s'accorder un peu de mouvement. Il lança même des ponts de corde qui rendaient les promenades et les visites possibles aux plus vieux. Et ainsi, en une année de séjour, ou presque, parmi les Espagnols, il dota la colonie de multiples instruments de son invention : réservoirs d'eau, fourneaux, sacs de couchage en fourrure. Dans son enthousiasme d'inventeur, il seconda même les habitudes qui s'accordaient le moins avec les idées de ses auteurs préférés ; ainsi, voyant le désir qu'avaient ces pieuses personnes de se confesser régulièrement, il creusa un confessionnal dans un tronc d'arbre ; le maigre don Sulpicio pouvait désormais s'y glisser pour écouter les péchés derrière une petite fenêtre munie d'une grille et d'un rideau.

La seule passion des innovations techniques ne suffisait donc pas pour prémunir Côme contre le respect des règles en vigueur ; il fallait que les idées vinssent à la rescousse.

Il écrivit au libraire Orbecque de lui réexpédier d'Ombreuse à Basse-Olive les volumes arrivés en son absence. Grâce à quoi il put faire lire à Ursule *Paul et Virginie*, ainsi que *La Nouvelle Héloïse*.

Les exilés tenaient souvent des réunions dans un grand chêne ; au cours de ces séances parlementaires, ils rédigeaient des adresses à leur Souverain. Ces lettres, en principe, devaient constituer autant de protestations indignées, de menaces, et presque d'ultimatums ; mais le moment venait toujours où l'un ou l'autre proposait une formule plus conciliante, plus respectueuse ; et pour finir, ils écrivaient une supplique, se prosternaient humblement aux pieds de Leurs Gracieuses Majestés et imploraient miséricorde.

Alors, on voyait se dresser El Conde. Tous devenaient muets. El Conde levait la tête, parlait d'une voix basse et vibrante, disait tout ce qu'il avait sur le cœur. Quand il se rasseyait, les autres restaient graves et silencieux. Personne ne parlait plus de la supplique.

Côme faisait, désormais, partie de la communauté et prenait part aux Parlements. Avec une ferveur ingénue et toute juvénile, il exposait les idées des philosophes, les torts des souverains, comment les États pourraient être gouvernés selon la raison et la justice. Malheureusement, les seuls capables de l'écouter étaient El Conde qui, en dépit de son âge, se torturait toujours l'esprit pour comprendre et réagir, Ursule, qui avait lu quelques livres, et une ou deux jeunes filles un peu plus éveillées que les autres. Le reste de la colonie ne comptait que des têtes de lard.

À la longue, El Conde cessa de se perdre dans la contemplation du paysage et désira de la lecture. Rousseau le rebutait un peu ; Montesquieu, au contraire, lui plaisait ; c'était déjà un pas en avant. Avec les autres hidalgos, rien à faire, bien que certains vinssent derrière le dos du père Sulpicio demander à Côme de leur prêter *La Pucelle* pour en lire les passages osés. Mais El Conde brassait des idées nouvelles ; du coup, les réunions du chêne prirent une tout autre allure : on parlait désormais de rentrer en Espagne, pour y faire la révolution.

Le père Sulpicio ne flaira pas tout de suite le

danger. Il n'était pas par lui-même doué d'une particulière finesse ; et comme il avait perdu le contact avec ses supérieurs hiérarchiques, il n'était plus au courant des derniers poisons susceptibles de corrompre les consciences. Mais, dès qu'il put mettre un peu d'ordre dans ses idées (d'autres disent : dès qu'il eut reçu certaines lettres portant le sceau épiscopal), il commença à déclarer que le démon s'était introduit dans la communauté, et qu'on devait s'attendre à une pluie d'éclairs qui réduirait les arbres en cendres et leurs occupants avec.

Une nuit, Côme fut réveillé par une plainte. Il accourut avec une lanterne, et découvrit El Conde lié au tronc de son orme ; le jésuite était là, à resserrer les nœuds.

— Halte-là, mon Père ! Qu'est-ce que c'est que ça ?

— Le bras de la Sainte Inquisition, mon fils ! Pour le moment, c'est à ce malheureux vieillard de confesser son hérésie et de vomir le démon. Il y aura quelque chose pour toi, par la suite !

Côme tira son épée et coupa les cordes.

— Faites attention vous-même, mon Père ! Il ne manque pas non plus de bras pour servir la justice et la raison !

De son manteau, le jésuite tira une épée nue.

— Baron du Rondeau, voici déjà longtemps

que votre famille a un compte à régler avec mon Ordre !

— Feu mon père avait raison ! s'écria Côme en croisant le fer. La Compagnie ne pardonne jamais rien !

Ils se battirent en équilibre sur les branches. Le père Sulpicio était un excellent escrimeur ; mon frère se trouva, à plusieurs reprises, en fâcheuse posture. Ils en étaient au troisième assaut quand El Conde, revenant à lui, se mit à crier. Les autres se réveillèrent, s'interposèrent entre les duellistes. En un clin d'œil, don Sulpicio avait fait disparaître son épée ; il se mit à recommander le calme, comme si de rien n'était.

Enterrer un fait aussi grave aurait été impossible dans n'importe quelle autre communauté ; mais dans celle-là, personne n'avait envie de réfléchir sérieusement à quoi que ce fût. Don Frederico offrit ses bons offices, on arriva à une espèce de conciliation entre don Sulpicio et El Conde, et les choses se retrouvèrent comme devant.

Côme, certainement, devait se tenir sur ses gardes, et quand il se promenait dans les arbres avec Ursule, il redoutait toujours d'être espionné par le jésuite. Il sut que celui-ci intervenait auprès de don Frederico, voulait lui mettre la puce à l'oreille et obtenir qu'on ne laissât plus la jeune fille sortir avec lui. En fait, ces nobles familles avaient par tradition des mœurs extrêmement austères, mais en exil, et dans les arbres, on ne pouvait plus être aussi sévère. Côme semblait un bon jeune homme, il avait un titre, il savait se rendre utile, il restait là, parmi eux, sans que nul le lui imposât ; il y avait une amourette entre Ursule et lui, c'était clair, il suffisait de les voir disparaître à travers les vergers en quête de fleurs et de fruits pour s'en convaincre ; mais autant fermer les yeux là-dessus.

Après l'intervention venimeuse de don Sulpicio, il devint impossible à don Frederico de feindre l'ignorance. Il convoqua Côme sur son platane, pour un entretien. À ses côtés se tenait, long et noir, don Sulpicio.

— *Baron*, on te voit souvent avec ma *niña*, paraît-il.

— Elle m'enseigne à *hablar vuestro idioma*, Votre Altesse.

— Quel âge as-tu ?

— J'approche des *diez y nueve*.

— *¡Joven !* Trop jeune ! Mon enfant est une fille à marier. *Porqué* es-tu toujours avec elle ?

— Ursule a dix-sept ans.

— Tu penses déjà à *casarte* ?

— À quoi ?

— Ma fille t'enseigne bien mal *el castillano,*

hombre ! Je dis : penses-tu à te choisir une *novia*, à te constituer un foyer ?

Tous les deux ensemble, Sulpicio et Côme avancèrent les mains comme pour écarter un danger. La conversation ne s'orientait pas comme l'avait souhaité le jésuite, et moins encore comme mon frère le voulait.

— Mon foyer... dit Côme en désignant autour de lui les plus hautes branches et les nuages même... mon foyer est partout, partout où je puis aller, toujours plus haut.

— *No es esto* — et le prince Frederico Alonso hocha la tête. *Baron*, si tu veux venir à Grenade quand nous y rentrerons, tu verras le fief le plus riche de la Sierra. *Mejor que aquí.*

Don Sulpicio n'y tint plus.

— Mais, Votre Altesse, ce jeune homme est un voltairien. Il ne faut plus qu'il fréquente votre fille...

— *Oh, es joven, es joven*, les idées vont et viennent, *que se case*, qu'il se marie, et ça lui passera bien ; qu'il vienne à Grenade, qu'il vienne.

— *Muchas gracias a usted.* Je vais y songer.

Et, faisant tourner dans ses mains son bonnet de peau de chat, Côme se retira avec de profonds saluts.

Quand il revit Ursule, il se montra préoccupé :

— Tu sais, Ursule, ton père m'a parlé. Il m'a tenu certains propos…

Ursule eut un instant d'épouvante :

— Nous ne devons plus nous voir ?

— Ce n'est pas cela… Il voudrait qu'après votre exil je vienne avec vous à Grenade…

— Oh oui ! Comme ce serait beau !

— Enfin, vois-tu, je t'aime, mais j'ai toujours vécu dans les arbres, et je veux y demeurer.

— Oh, *Cosme* ! Chez nous aussi, il y a de beaux arbres !

— Oui, mais, en attendant, pour faire le voyage avec vous, il me faudrait descendre, et une fois que je serais descendu…

— Ne te préoccupe donc pas de tout ça, *Cosme*. Pour le moment, nous sommes en exil et nous y resterons peut-être bien notre vie entière.

Mon frère cessa de s'inquiéter.

Mais les prévisions d'Ursule se révélèrent fausses. À peu de temps de là, don Frederico reçut une lettre munie des sceaux du roi d'Espagne. De par une gracieuse amnistie de Sa Majesté Catholique, le décret de bannissement était révoqué. Les nobles exilés pouvaient retrouver leurs maisons et leurs biens. Ce fut aussitôt dans les platanes un beau remue-ménage :

— Nous rentrons ! Nous rentrons ! Madrid ! Cadix ! Séville !

Le bruit se répandit en ville. Les gens de Basse-Olive arrivèrent, munis d'échelles. Plusieurs exilés descendirent, acclamés par la population. D'autres rassemblaient les bagages.

— Mais ça ne fait que commencer ! criait El Conde. Les Cortes devront nous entendre. Et la Couronne !

Aucun de ses compagnons d'exil ne semblait à ce moment disposé à l'écouter ; les dames, elles, se préoccupaient déjà de ce que leurs toilettes ne seraient plus à la mode et de ce qu'elles devraient renouveler leur garde-robe. El Conde se mit alors à faire un grand discours à la population de Basse-Olive :

— Oui, nous allons en Espagne, mais vous allez voir ! Il y aura des comptes à régler ! Moi-même et ce jeune homme (il montrait Côme) nous saurons faire justice.

Côme, confus, faisait signe que non.

Don Frederico, qu'on avait dû porter en bas, cria à Côme :

— *¡Baja, joven bizarro !* Descends, valeureux jeune homme ! Viens à Grenade avec nous.

Pelotonné sur une branche, Côme se défendait.

— *¿Como no ?* disait le Prince. Tu seras comme mon fils.

— L'exil est fini… disait El Conde. Nous pouvons enfin mettre en pratique ce que nous avons médité si longtemps ! À quoi bon rester dans les arbres, Baron ? Il n'y a plus aucun motif !

Côme ouvrit les bras.

— J'y étais monté avant vous, messieurs. Et j'y resterai après vous.

— Tu veux battre en retraite ? cria El Conde.

— Non, résister ! répondit le Baron.

Ursule, descendue parmi les premières et occupée, avec ses sœurs, à bourrer une voiture de bagages, se précipita vers l'arbre.

— Alors je reste avec toi ! cria-t-elle. Je reste avec toi !

Et elle commença de grimper à l'échelle.

Quatre ou cinq personnes l'arrêtèrent, l'arrachèrent de là, éloignèrent les échelles des arbres.

— *Adios, Ursula.* Sois heureuse ! cria Côme tandis qu'on mettait de force la jeune fille dans une voiture qui s'éloignait.

On entendit un aboiement joyeux. Optimus Maximus qui, pendant tout le séjour de son maître à Basse-Olive, avait manifesté le mécontentement le plus hargneux — peut-être était-il aigri par de continuels démêlés avec les chats des Espagnols — semblait avoir retrouvé le bonheur. Il se mit à poursuivre, mais en manière de jeu, les quelques chats qu'on avait oubliés dans les arbres ; eux, hérissaient le poil, et soufflaient contre lui.

Qui à cheval, qui en voiture, qui en berline, les

exilés partirent. La route redevint déserte. Mon frère demeurait seul dans les arbres de Basse-Olive. On pouvait voir encore, pris dans les branches, quelques plumes, quelques rubans, quelques guipures qui se balançaient au vent ; et, çà et là, un gant, une ombrelle de dentelle, un éventail, une botte et son éperon.

XIX

C'est par un été tout en pleines lunes, en coassements de grenouilles, en vocalises de pinsons que les Ombreusiens revirent le Baron. Il paraissait en proie à une agitation d'oiseau, sautant de branche en branche, fourrant son nez partout, ombrageux et brouillon.

Le bruit courut très vite qu'une certaine Francotte, Francotte de l'autre côté de la vallée, était devenue sa maîtresse. Le certain est que cette fille habitait une maison solitaire, avec une tante sourde, et qu'une branche d'olivier passait près de sa fenêtre. Sur la place, les oisifs en discutaient à pile ou face.

— Je les ai vus ! Elle était à sa fenêtre, et lui se tenait sur la branche. Il faisait de grands gestes ; on aurait dit une chauve-souris ; elle, elle riait.

— Et au bout d'un moment il a fait le saut !

— Pourtant il a bien juré de ne pas descendre vivant de ses arbres ?

— Bah ! il s'en est fait une règle ; mais il peut faire aussi des exceptions !

— Quand les exceptions commencent…

— Et moi, je dis qu'il n'en a pas besoin : c'est elle qui saute de sa fenêtre dans l'olivier.

— Mais comment font-ils ? Ça doit être bien incommode.

— Je parie qu'ils ne se sont jamais touchés. Il la courtise, oui ; ou peut-être bien que c'est elle qui l'émoustille. Mais il ne descend pas de là-haut.

Oui, non, lui, elle, la fenêtre, le saut, la branche c'étaient des discussions sans fin. Maris et fiancés ne toléraient plus que leur femme ou leur bonne amie levât les yeux vers un arbre. Quant aux femmes, elles ne pouvaient se rencontrer sans jacasser : sur quoi ? Sur lui.

Que ce fût Francotte ou une autre, mon frère menait ses aventures sans jamais descendre des arbres. Une fois je le rencontrai qui courait dans les branches avec un matelas en bandoulière ; il le faisait avec le même naturel que s'il se fût agi d'un fusil, d'une corde, d'une hachette, d'une besace, d'une gourde, ou d'une poire à poudre.

Une certaine Dorothée, femme galante, m'avoua qu'elle l'avait rencontré, de sa propre initiative, non par esprit de lucre, mais pour se faire une idée de lui.

— Et alors ?

— Hé ! Ce n'était pas désagréable !

Une dénommée Zobéide me raconta qu'elle avait rêvé de « l'homme perché » (comme elle disait) ; mais son rêve était si exact et si minutieux qu'il ressemblait fort, selon moi, à une réalité vécue…

Bien sûr, je ne suis pas très fixé, mais Côme devait exercer sur les femmes une espèce de séduction. Depuis qu'il avait séjourné parmi les Espagnols, il soignait davantage sa personne ; il avait cessé de rôder bardé de poils comme un ours. Il portait une culotte, une redingote pincée, et un haut-de-forme à l'anglaise ; il se rasait et prenait soin de sa perruque. Rien qu'à voir la façon dont il s'était habillé, on pouvait désormais savoir où il allait : à la chasse ou à un rendez-vous galant.

Le fait est qu'une noble dame d'âge mûr, une dame d'Ombreuse dont je ne dirai pas le nom (ses filles et ses petites-filles, qui sont encore vivantes, pourraient s'en formaliser ; mais à l'époque, tout le pays connaissait l'histoire), circulait toujours seule dans sa voiture, son vieux cocher sur le siège, et se faisait conduire à cette partie de la grand-route qui traverse le bois. Arrivée à certain endroit, elle disait au cocher :

— Jovite, le bois est plein de champignons.

Allons, remplissez-m'en cette petite corbeille ; ensuite vous reviendrez.

Là-dessus, elle le chargeait d'une énorme hotte. Le pauvre homme, malgré ses rhumatismes, descendait de son siège, chargeait la grande corbeille sur ses épaules, quittait la route et commençait à se frayer un chemin parmi les fougères trempées de rosée. Il s'enfonçait au milieu des hêtres, se penchait pour fourrager sous chaque feuille afin de découvrir un cèpe ou une vesce, et disparaissait bientôt. Pendant ce temps, la noble dame quittait sa voiture pour s'envoler vers les hauteurs et s'éclipsait dans les épaisses frondaisons dont la route était ombragée. On ne peut rien dire de plus ; on sait seulement qu'à plusieurs reprises ceux qui passaient par là avaient vu la voiture arrêtée au milieu du bois. Puis, aussi mystérieusement qu'elle avait disparu, la noble dame se retrouvait assise dans son carrosse, avec un regard alangui. Jovite revenait, tout crotté, quelques malheureux champignons au fond de sa corbeille ; et l'on repartait.

On racontait beaucoup d'histoires de ce genre, particulièrement chez certaines « dames » génoises, dont la maison était hospitalière aux messieurs aisés (du temps que j'étais garçon, moi aussi je les fréquentais) ; il prit à cinq de ces dames la fantaisie d'aller rendre visite au Baron. Il existe encore aujourd'hui un chêne dit des cinq Moinelles ;

seuls nous autres, les vieux, nous savons pourquoi. C'est un nommé Jais, marchand de raisin sec, homme à qui l'on pouvait prêter foi, qui nous raconta l'histoire. Par une belle journée ensoleillée, Jais, qui chassait dans le bois, arriva à ce chêne et là, qu'est-ce qu'il vit ?, Côme les avait hissées toutes les cinq dans les branches, à sa droite et à sa gauche, et là elles jouissaient de la tiédeur de l'air, toutes nues, leurs ombrelles grandes ouvertes, pour ne pas gâter leur teint. Le Baron se tenait au milieu d'elles et leur lisait des vers latins (Ovide ou bien Lucrèce, je n'ai pas pu arriver à comprendre ce que c'était).

On en racontait tant que je ne sais ce qu'il y a de vrai dans toutes ces histoires ; en ce temps-là, sur ces matières, Côme lui-même se montrait pudique et réservé ; dans sa vieillesse, au contraire, il racontait, racontait et même trop, mais surtout des histoires sans queue ni tête, où lui-même se perdait. En tout cas, dès qu'une fille se trouvait grosse sans que l'on sût de qui, on prit la commode habitude d'en attribuer la responsabilité à mon frère. Une jouvencelle prétendit qu'en ramassant des olives elle s'était sentie soulevée par deux bras longs comme ceux d'un singe. À peu de temps de là, elle pondit deux jumeaux. Ombreuse se trouva remplie de bâtards du Baron — vrais ou supposés tels. Aujourd'hui qu'ils sont grands, on peut vérifier certaines ressemblances ; mais ce pourrait bien être un fait de suggestion : en voyant Côme sauter brusquement d'un arbre dans un autre, les femmes enceintes étaient parfois si impressionnées que ça leur causait un choc.

Quant à moi, je ne crois guère à ces histoires qu'on raconte pour expliquer tant d'accouchements. Je ne sais si Côme a eu toutes les filles qu'on lui prête ; mais ceci me paraît certain : celles qui l'avaient connu pour de bon devaient préférer se taire.

Et puis, s'il avait disposé de tant de femmes, l'aurait-on vu, tel un matou, errer, par certaines nuits de lune, de figuier en prunier, et de prunier en grenadier, tout autour des habitations, dans cette zone de jardins que domine l'enceinte extérieure d'Ombreuse ? On l'entendait se plaindre, soupirer, bâiller, gémir, et bien qu'il cherchât à contrôler ces manifestations, à les rendre plus supportables, enfin à les banaliser, on aurait cru, impressionné par ce qui sortait de sa gorge, qu'il miaulait ou qu'il hululait. Les Ombreusiens, réveillés en plein sommeil, se retournaient dans leur lit sans s'effrayer autrement et disaient :

— Tiens, il y a le Baron qui cherche femelle. Souhaitons qu'il en trouve une, et qu'il nous laisse dormir.

Parfois, un de ces vieux qui, souffrant d'insomnies, se mettent volontiers à leur fenêtre dès qu'ils entendent quelque bruit se levait pour jeter un coup d'œil sur ses légumes, et voyait l'ombre du Baron se projeter dans un rayon de lune parmi les branches d'un figuier :

— On n'arrive pas à dormir, cette nuit, Votre Seigneurie ?

— Non. Je n'arrête pas de me tourner et retourner, disait Côme avec la voix d'un homme couché sur un matelas moelleux, le nez dans l'oreiller et désireux de sommeil, mais il était bien plutôt suspendu comme un acrobate. Je ne sais pas ce qu'il y a, ce soir : la chaleur est énervante ! Peut-être est-ce le temps qui va changer, vous ne le sentez pas vous aussi ?

— Je le sens, je le sens, bien sûr… Mais, je suis vieux, moi, Votre Seigneurie, tandis que vous, c'est le sang qui vous fait courir…

— Pour ça oui, il me fait courir…

— Eh bien, si vous couriez un peu plus loin, monsieur le Baron ? Ici il n'y a rien qui puisse vous soulager : juste de pauvres familles qui se lèvent à l'aube et voudraient bien dormir en attendant…

Côme filait sans répondre dans les frondaisons d'autres jardins. Il se maintint toujours dans de justes limites, et les Ombreusiens supportèrent ses bizarreries sans broncher, un peu parce qu'il était quand même le Baron, un peu parce que c'était là un Baron différent des autres.

Parfois, ses modulations sauvages venaient frapper d'autres fenêtres, toutes disposées à s'ouvrir... Il suffisait d'une bougie qui s'allumait, d'un bruit de rires veloutés, de voix féminines qui se moquaient, doucement étouffées entre la lumière et l'ombre, pour que tout changeât. On le singeait ? On feignait de l'appeler ? Qu'importe ! C'était déjà un signe d'intérêt, un peu d'amour pour ce délaissé qui sautait dans les branches, comme un loup-garou.

Et voilà qu'une plus effrontée que les autres se mettait à sa fenêtre, comme pour voir ce qui se passait, encore toute moite de la chaleur du lit, le sein découvert, les cheveux défaits, un rire blanc sur ses fortes lèvres entrouvertes. Alors, le dialogue commençait :

— Mais qu'est-ce ? Un chat ?

Et lui :

— Ce n'est qu'un homme, rien qu'un homme !

— Les hommes miaulent à présent ?

— Non, mais ils soupirent.

— Pourquoi ? Qu'est-ce qui te manque donc ?

— Ce que tu as.

— Quoi donc ?

— Viens ici : je te le dirai.

Jamais il ne fut molesté par les hommes ; jamais

on n'exerça de vengeance à son égard ; et c'est signe, je pense, qu'il n'était pas fort dangereux. Une seule fois, il fut blessé mystérieusement. La nouvelle s'en répandit un matin. Le chirurgien d'Ombreuse dut grimper dans le noyer où l'on entendait le Baron gémir. Il avait la jambe pleine de ces petits plombs qu'on utilise contre les moineaux : il fallut les lui retirer l'un après l'autre, avec une pince. Cela fut douloureux, mais Côme guérit vite. On n'a jamais bien su comment la chose était arrivée : il prétendit avoir fait partir lui-même le coup, par maladresse, en escaladant une branche.

Convalescent, immobilisé dans le noyer, il se retrempa dans des études plus sévères. C'est à cette époque qu'il commença d'écrire un *Projet de Constitution pour un État idéal qu'on installerait dans les arbres*. Il y décrivait la République imaginaire d'Arborée, que seuls des justes habitaient. Le Projet devait constituer un traité sur les lois et les gouvernements. Mais, tandis qu'il l'écrivait, son goût pour les histoires compliquées prit le dessus, et il en sortit des Miscellanées d'aventures, de duels et de contes érotiques, ces derniers insérés dans un chapitre sur le droit matrimonial. L'épilogue du livre aurait dû être le suivant : l'auteur, après avoir fondé son État parfait au sommet des arbres et convaincu toute l'humanité de s'y installer pour y vivre heureuse, descendait habiter la terre, devenue déserte. Il aurait dû être : en fait, l'œuvre resta inachevée. Il en adressa un résumé à Diderot, en signant simplement : Côme Rondeau, lecteur de l'*Encyclopédie*. Diderot envoya un billet de remerciements.

XX

Sur cette époque-là, je ne peux pas dire grand-chose, car je faisais mon premier voyage à travers l'Europe. J'avais vingt et un ans et je pouvais jouir à mon gré du patrimoine familial ; mon frère se contentait de peu et notre mère, qui avait bien vieilli les derniers temps, la pauvre, n'avait pas davantage de besoins. Côme avait résolu de m'attribuer, par un acte dûment signé, l'usufruit de tous nos biens ; en contrepartie de quoi je lui verserais une mensualité, payerais les impôts et mettrais un peu d'ordre dans nos affaires. Je n'avais qu'à assumer la direction de nos propriétés et à prendre femme : je voyais s'ouvrir devant moi une vie régulière et paisible, celle-là même que j'ai réussi à avoir, malgré tout le chambardement de la fin de ce siècle.

Avant de commencer cette vie, je m'accordai une période de voyages. J'allai même à Paris, juste à temps pour y voir le triomphe de Voltaire qui revenait, après bien des années d'absence, pour la présentation d'une de ses tragédies. Mais ces mémoires-ci ne sont pas les mémoires de ma vie, qui ne mériteraient certes pas d'être écrits : je tenais seulement à dire qu'au cours de tout mon voyage je fus frappé de voir à quel point s'était répandue, même parmi les nations étrangères, la renommée de l'homme perché d'Ombreuse. Je découvris dans un almanach une vignette avec, au-dessous, la légende : *« L'homme sauvage d'Ombreuse (République Génoise). Vit seulement sur les arbres. »* On avait représenté un être entièrement velu, avec une longue barbe et une longue queue, en train de manger une sauterelle. Cette image figurait au chapitre des « Monstres », entre l'Hermaphrodite et la Sirène.

Devant des fantaisies de ce genre, je me gardais habituellement de révéler qu'il s'agissait de mon frère. Mais je le proclamai bien haut lorsque à Paris, je fus invité à une réception donnée en l'honneur de Voltaire. Le vieux philosophe était assis dans son fauteuil, choyé par tout un cortège de dames, heureux comme un coq en pâte et piquant comme un porc-épic. Quand il apprit que je venais d'Ombreuse, il m'apostropha :

— *C'est chez vous, mon cher Chevalier, qu'il y a ce fameux philosophe qui vit sur les arbres, comme un singe ?*

Moi, flatté, je ne pus m'empêcher de lui répondre :

— *C'est mon frère, monsieur, le baron du Rondeau.*

Voltaire se montra fort surpris ; le frère de ce phénomène lui paraissait sans doute une personne bien normale. Il me posa plusieurs questions, dont celle-ci :

— *Mais c'est pour approcher du ciel que votre frère reste là-haut ?*

— Mon frère soutient, répondis-je, que pour bien voir la terre, il faut la regarder d'un peu loin.

Voltaire apprécia beaucoup cette réponse.

— *Jadis*, conclut-il, *c'était seulement la Nature qui créait les phénomènes vivants ; maintenant, c'est la Raison.*

Là-dessus, le vieux sage se replongea dans les caquets de ses bigotes théistes.

Mais il fallut vite interrompre mon voyage et m'en retourner à Ombreuse, rappelé par une dépêche urgente. L'asthme de notre mère avait brusquement empiré : la pauvre femme ne quittait plus son lit.

En franchissant la grille, je levai les yeux vers notre villa, certain que je le verrais là. Côme était perché sur une branche haute du mûrier, juste devant la fenêtre de notre mère.

— Côme ! appelai-je en assourdissant ma voix.

D'un seul signe, il me fit comprendre que maman se sentait un peu mieux, mais que son état restait grave et que je devais monter sans bruit.

La pièce était dans la pénombre. Jamais la Générale n'avait paru aussi grande que dans son lit, appuyée à une pile d'oreillers. Il n'y avait autour d'elle que quelques femmes de la maison. Baptiste n'était pas encore arrivée : le Comte, son mari, devait l'accompagner et il était retenu par les vendanges. L'ouverture de la fenêtre tranchait sur l'ombre de la chambre ; dans l'encadrement, on voyait Côme immobile sur sa branche.

Je me penchai pour baiser la main de notre mère. Elle me reconnut tout de suite et posa sa main sur ma tête.

— Ah, te voilà arrivé, Blaise…, me dit-elle.

Elle parlait avec un filet de voix, et seulement quand l'asthme ne pesait pas trop sur sa poitrine, mais couramment, et avec toute sa lucidité. Une chose me frappa, pourtant : elle s'adressait à Côme exactement comme à moi ; on aurait dit que mon frère était à son chevet, lui aussi. Et Côme répondait de son arbre.

— Y a-t-il longtemps que j'ai pris mon remède, Côme ?

— Non, maman, il n'y a que quelques minutes ; attendez pour en reprendre, maintenant, cela ne vous ferait pas de bien.

À un moment, elle demanda :

— Côme, donne-moi un quartier d'orange.

Je me sentis tout troublé.

Je fus bien plus surpris encore quand je vis Côme introduire par la fenêtre une gaffe de marinier, prendre avec cet instrument un quartier d'orange sur une console, et le placer dans la main de notre mère.

Je m'aperçus que, pour toutes ces petites choses, c'est à lui qu'elle préférait s'adresser.

— Côme, donne-moi mon châle.

Côme, avec sa gaffe, cherchait parmi les effets posés sur le fauteuil, soulevait le châle, le lui tendait.

— Voici, maman.

— Merci, mon fils.

Elle lui parlait toujours comme s'il n'avait été qu'à un pas de distance ; mais je remarquai qu'elle ne lui demandait jamais rien qu'il ne pût faire de son arbre. Dans ces cas-là, elle s'adressait aux femmes ou à moi.

La nuit, maman ne parvenait pas à s'assoupir. Côme restait pour la veiller de son arbre, une petite lanterne suspendue à une branche, afin qu'elle pût le voir malgré l'obscurité.

C'est le matin qu'elle souffrait surtout de son asthme. Tâcher de la distraire était le seul remède. Côme jouait de petits airs sur un flageolet, imitait le chant des oiseaux, attrapait des papillons et les faisait voltiger dans la chambre, ou bien encore il y lançait des guirlandes de glycine.

Par une belle journée ensoleillée, Côme, tenant un bol, se mit à faire des bulles de savon qu'il soufflait dans la chambre, vers le lit de la malade. Maman voyait ces arcs-en-ciel voler et remplir sa chambre.

— À quoi jouez-vous donc ! soupira-t-elle, du même ton qu'elle employait, lorsque nous étions enfants, pour désapprouver des amusements à son gré toujours trop futiles ou puérils.

Et néanmoins, elle semblait, peut-être pour la première fois, prendre plaisir à notre jeu. Les bulles de savon arrivaient jusque sur son visage ; elle, en soufflant dessus, les faisait éclater ; alors, elle souriait. Une bulle se posa contre ses lèvres et y resta, intacte. Les femmes et moi, nous nous penchâmes sur le lit. Côme laissa tomber son bol. Elle était morte.

Tôt ou tard, les deuils sont suivis d'événements joyeux : c'est la loi de la vie. Un an après la mort de notre mère, je me fiançai avec une jeune fille noble des environs. Il ne fut pas facile de faire entrer dans la tête de ma fiancée qu'il lui faudrait habiter Ombreuse : elle avait peur de mon frère. L'idée qu'un homme s'ébrouait dans les feuilles, surveillait tout par les fenêtres, apparaissait au moment où on l'attendait le moins, la remplissait de terreur ; d'autant qu'elle n'avait jamais vu Côme et se le représentait comme une espèce d'Indien. Pour lui ôter cette peur de la tête, j'organisai un déjeuner en plein air et sous un bosquet, où le Baron fut invité. Côme mangeait au-dessus de nous, dans un hêtre, ses assiettes posées sur une petite console ; et je dois dire que, bien qu'il ne fût plus du tout entraîné aux dîners en société, il se comporta fort bien. Ma fiancée se tranquillisa un peu quand elle comprit que, hormis sa situation élevée, c'était un homme tout à fait semblable aux autres ; mais elle n'en garda pas moins à son endroit une méfiance invincible.

Une fois mariés, nous nous installâmes dans la villa d'Ombreuse, mais elle évitait le plus possible la conversation et même la vue de son beau-frère ; le pauvre garçon, pourtant, lui apportait régulièrement bouquets de fleurs et fourrures de valeur. Quand les enfants commencèrent à naître et à grandir, elle se mit en tête que le voisinage de leur oncle pourrait avoir une mauvaise influence sur leur éducation. Elle ne fut pas tranquille tant que nous n'eûmes pas fait restaurer notre vieux château du Rondeau, inhabité depuis longtemps, et n'eûmes pas décidé d'y résider bien plus souvent qu'à Ombreuse, pour éviter tout mauvais exemple à nos enfants.

Côme, de son côté, voyait bien que le temps passait. Optimus Maximus, c'était un signe, vieillissait : l'envie l'avait quitté de se joindre aux limiers pour la chasse au renard, et il ne tentait plus d'absurdes amours avec des danoises ou des louves. Il restait constamment accroupi, comme si le peu de distance qui séparait son ventre de la terre, quand il se tenait sur ses pattes, ne valait pas le moindre effort. Étendu de tout son long, du museau jusqu'à la queue, au pied de l'arbre dans lequel résidait Côme, il levait vers son maître un regard fatigué et remuait à peine la queue. Côme se sentait mécontent : devant la fuite du temps, sa vie le laissait insatisfait ; il en avait assez de se hisser et de dégringoler sans cesse le long de ses quatre rameaux. Rien ne lui donnait plus vraiment satisfaction : ni la chasse, ni les amours fugaces, ni les livres. Il ne savait même pas ce qu'il voulait : en proie à des accès de rage, il se hissait à toute vitesse sur les cimes les plus tendres et les plus fragiles, comme pour y trouver d'autres arbres à gravir, à l'infini.

Un jour, Optimus Maximus parut inquiet. On aurait dit qu'il flairait quelque souffle printanier. Il levait le nez, humait le vent, se laissait retomber. À deux ou trois reprises il se redressa, fit quelques évolutions, se recoucha. Et, tout à coup, il démarra. Il trottinait doucement, s'arrêtant de temps en temps pour reprendre haleine. Côme, dans les branches, le suivit.

Optimus Maximus prit le chemin du bois. On aurait dit qu'il marchait dans une direction bien précise : de temps en temps, il s'arrêtait, pissotait, se reposait, la langue pendante, en regardant son maître, mais bien vite il s'ébrouait et reprenait son chemin, sans hésiter. Il se dirigea de la sorte vers des parages que Côme fréquentait peu, et qui même lui étaient presque inconnus : vers les réserves de chasse du duc Ptolémée. Le Duc était un vieillard décrépit qui n'allait sûrement pas à la chasse depuis beau temps, mais aucun braconnier n'osait pénétrer dans sa réserve où les gardes étaient nombreux et vigilants ; Côme, qui avait eu des explications avec eux, préférait passer au large. Maintenant, Optimus Maximus et Côme s'enfonçaient dans la réserve du prince, mais ni l'un ni l'autre ne pensaient à débusquer le précieux gibier : le basset trottait en suivant un appel secret et le Baron était en proie à la plus vive curiosité de savoir où pouvait bien aller son chien.

Le basset parvint ainsi à un endroit où la forêt s'ouvrait devant un pré. Deux lions de pierre, assis sur des colonnes, soutenaient des armoiries. Là devait commencer un parc, un jardin, la partie la plus secrète de la propriété de Ptolémée ; mais on ne voyait que les deux lions et, plus loin, la pelouse, une pelouse immense, aux herbes courtes et vertes, bordée dans le lointain par un rideau de chênes noirs. Le ciel, par-derrière, était patiné de nuages légers. Pas un oiseau ne chantait.

Pour Côme, ce pré avait quelque chose d'effarant. Ayant toujours vécu au milieu de l'épaisse végétation d'Ombreuse, assuré de parvenir par ses voies aériennes en n'importe quel endroit, il lui suffisait de voir une étendue libre, impraticable pour lui, nue sous le ciel, pour éprouver une espèce de vertige.

Optimus Maximus s'élança dans les herbes et, comme rajeuni, courut de toutes ses forces. Du frêne dans lequel il se tenait perché, Côme siffla pour le rappeler :

— Ici, ici, Optimus Maximus ! Où vas-tu ?

Mais le chien ne voulait rien entendre : il ne se retourna même pas ; il courait, courait dans le pré ; passé un moment, on ne vit plus qu'une lointaine virgule : sa queue ; puis cela aussi disparut.

Côme, sur son frêne, se tordait les mains. Il était habitué aux fugues du basset ; mais cette fois,

Optimus Maximus avait été comme englouti par cette pelouse infranchissable et sa fuite renforçait encore l'angoisse de mon frère, l'aggravant d'une indéfinissable attente : quelque chose allait surgir de l'autre côté de ce pré.

Comme il tournait et retournait ces pensées, il entendit marcher sous son frêne. Un garde-chasse passait en sifflant, les mains dans les poches. À vrai dire, pour un garde des Ptolémée, il semblait débraillé et quelque peu distrait ; mais les insignes de son uniforme étaient bien ceux des gens du Duc, et Côme s'aplatit d'abord contre le tronc. Puis le souci de son chien prit en lui le dessus, et il apostropha le garde-chasse :

— Hé là, sergent, n'auriez-vous pas vu un basset ?

Le garde-chasse leva la tête.

— Ah, c'est vous ? Le chasseur qui voltige et le chien qui rampe ? Non, je ne l'ai pas vu, votre basset. Qu'est-ce que vous avez tué de beau, ce matin ?

Côme avait reconnu un de ses ennemis acharnés :

— Rien du tout ! Mon chien s'est sauvé, j'ai été obligé de le poursuivre… Mon fusil n'est pas chargé…

Le garde-chasse se mit à rire :

— Oh ! vous pouvez bien le charger et tirer

tant que vous voudrez… De toute façon, maintenant…

— Maintenant, quoi ?

— Maintenant que le Duc est mort, qui voulez-vous qui s'intéresse à la chasse ?

— Le Duc est mort ? Je ne savais pas.

— Voilà trois mois qu'il est mort et enterré. Par-dessus le marché, il y a un procès entre les héritiers des deux premiers lits et la nouvelle petite veuve.

— Il avait une troisième femme ?

— Il s'était remarié à quatre-vingts ans, un an avant de mourir, avec une fille qui n'en avait pas vingt et un ; vous voyez quelle folie ! Une femme qui n'a pas même passé un jour avec lui : c'est seulement à présent qu'elle commence à visiter ses propriétés ; d'ailleurs, elles ne lui plaisent pas.

— Comment ? Elles ne lui plaisent pas ?

— Elle s'installe dans un des palais, ou des châteaux ; elle y arrive avec toute sa cour, elle traîne toujours derrière elle un cortège de soupirants ; au bout de trois jours, elle trouve tout laid ou triste et elle repart. Alors les autres héritiers surgissent : ils font valoir leurs droits et elle leur dit : « Ah oui ? Mais prenez donc ! » Elle vient d'arriver ici, dans le pavillon de chasse, mais pour combien de temps ? Je parie que ça ne sera pas long.

— Où est-il, ce pavillon ?

— Là-bas, de l'autre côté du pré, de l'autre côté des chênes.

— C'est là qu'a dû aller mon chien.

— Il doit être en quête d'os. Je ne voudrais pas vexer Votre Seigneurie, mais j'ai comme l'idée qu'elle l'oblige à faire maigre un peu souvent !

Là-dessus il éclata de rire.

Côme ne répondit pas. Il regardait ce pré infranchissable, attendant que son basset revînt.

Il ne reparut pas de toute la journée. Le lendemain, Côme était à nouveau sur le frêne, contemplant ce pré, comme s'il ne pouvait plus s'arracher au malaise que cette vue lui procurait.

Le basset reparut dans la soirée ; un tout petit point dans le pré que, seul, l'œil perçant de Côme était capable de discerner. Il avança, de plus en plus visible.

— Optimus Maximus ! Ici ! Où étais-tu ?

Le chien s'arrêta, remua la queue, regarda son maître, aboya, parut l'inviter à venir ; puis il contempla toute cette étendue où Côme ne pouvait pénétrer, fit quelques pas en hésitant, tourna court et repartit.

— Optimus Maximus ! Ici ! Optimus Maximus !

Mais le basset s'éloignait en courant et disparaissait déjà dans les lointains de la pelouse.

Un peu plus tard, deux gardes-chasse passèrent.

— Toujours à attendre le chien, Votre Seigneurie ? Moi je l'ai vu au pavillon, en bonnes mains.

— Comment cela ?

— Mais oui. Avec la Marquise, enfin la veuve du Duc, nous, nous l'appelons la Marquise, c'était son premier titre, vous savez. Elle faisait mille gentillesses au basset, comme à une vieille connaissance. Le cœur de cet animal est près de son estomac, Votre Seigneurie, permettez-moi de vous le dire. Il a trouvé la bonne place, maintenant il y restera.

Et les deux gaillards s'éloignèrent en ricanant.

Optimus Maximus ne reparut plus. Tous les jours, Côme s'installait dans le frêne et regardait le pré, comme pour y déchiffrer la menace qui l'oppressait depuis quelque temps déjà : l'éloignement, l'espace infranchissable, l'attente d'une vie et parfois au-delà.

XXI

Un jour, du haut de son frêne, Côme vit le soleil briller, un rayon passer sur le pré qui, de vert petit pois, devint vert émeraude. Là-bas, dans la tache sombre du bois de chênes, des branches remuaient : un cheval bondit au-dehors. En selle, un cavalier vêtu de noir, enveloppé d'un manteau ; non, c'était une jupe ; c'était une amazone, et non un cavalier ; elle galopait à bride abattue ; elle était blonde.

Côme était là, le cœur battant, espérant que l'amazone viendrait assez près de lui pour montrer son visage et que ce visage serait beau. Mais, outre l'attente de son approche et de sa beauté, il y avait une troisième attente, un troisième rameau d'espoir qui s'entrelaçait aux deux autres et c'était le désir que cette beauté toujours plus lumineuse répondît au besoin de reconnaître une impression connue mais presque oubliée, un souvenir dont n'était demeurée qu'une ligne, qu'une couleur, et dont on voudrait faire émerger à nouveau tout le reste ou mieux le retrouver dans quelque chose de présent.

Dans cette disposition, il brûlait de la voir approcher de la lisière du pré où s'élevaient, comme deux tours, les deux colonnes aux lions ; mais son attente ne tarda pas à se muer en douleur : l'amazone, au lieu de couper le pré en ligne droite, prenait en diagonale et ne tarderait pas à disparaître dans le bois.

Il allait la perdre de vue quand elle fit tourner brusquement son cheval et entreprit de traverser le pré suivant une autre diagonale : elle se rapprochait ainsi un peu de lui, mais l'aurait fait disparaître sur le côté opposé du pré.

Côme eut, à ce moment, une nouvelle contrariété : deux chevaux marron montés par des cavaliers venaient de déboucher du bois. Il décida d'éliminer aussitôt cette idée : les cavaliers ne comptaient pas, il suffisait de voir comment ils tanguaient de droite et de gauche, derrière elle. Ils ne méritaient assurément aucune considération. N'empêche, il fallait bien l'admettre : ces cavaliers l'irritaient.

Avant de quitter le pré, l'amazone tourna encore ; cette fois, elle rebroussait chemin et s'éloignait de Côme… Non, pourtant, voilà que le cheval pirouettait sur lui-même et galopait en direction du frêne. Apparemment, elle voulait désorienter les cavaliers maladroits : de fait, ceux-ci caracolaient loin en arrière sans avoir encore compris qu'elle avait changé de route.

À présent, tout marchait selon les désirs de Côme : l'amazone galopait dans le soleil, à chaque instant plus belle, répondant toujours mieux à cette soif de ses souvenirs ; l'unique sujet d'alarme, c'étaient les continuels zigzags de son parcours qui ne laissaient rien prévoir de ses intentions. Les deux cavaliers, incapables de savoir où elle allait, s'efforçaient vainement de suivre ses évolutions et faisaient force chemin inutile ; le tout d'ailleurs avec bonne volonté et prestance.

Avant que Côme eût pu comprendre, l'amazone avait surgi à la lisière du pré, tout près de lui ; elle passa entre les deux lions comme s'ils avaient été postés là tout exprès pour lui rendre les honneurs ; elle se tourna vers le pré, et vers tout ce qui était au-delà du pré, avec un large geste, qui semblait un adieu ; galopant plus avant, elle passa sous le frêne. Côme, cette fois, l'avait bien vue : le corps droit sur la selle, des traits de jeune fille et de femme altière tout à la fois, le front, les yeux et le bas du visage vivant dans un accord heureux, tout en elle — le nez, la bouche, le menton, le cou — s'harmonisant, se répondant… Jusque dans le moindre détail, il retrouvait la fillette aperçue à douze ans, le jour même où il était monté dans les arbres : Sophonisbe Violette Violante de Rivalonde.

Cette découverte, ou plutôt le fait d'avoir porté cette découverte, inavouée depuis le premier instant jusqu'au point de pouvoir se la proclamer à lui-même, remplit Côme d'une sorte de fièvre. Il voulut crier, l'appeler pour qu'elle levât les yeux vers le frêne et qu'elle le vît ; mais seul le cri de la bécasse lui sortit de la gorge et elle ne se retourna pas.

À présent, le cheval blanc galopait dans la châtaigneraie ; ses sabots frappaient les bogues tombées à terre, qui éclataient, en découvrant l'écorce luisante et ligneuse du fruit. L'amazone dirigeait son cheval tantôt d'un côté, tantôt de l'autre ; Côme la croyait déjà perdue et, sautant d'arbre en arbre, la voyait avec surprise reparaître dans la perspective des troncs. Cette façon qu'elle avait d'évoluer donnait encore plus de feu au souvenir qui flamboyait dans la mémoire de Côme. Il voulut lui signaler sa présence, lui lancer un appel ; mais seul le cri de la perdrix lui vint aux lèvres et elle n'y prêta pas attention.

Les deux cavaliers, à sa suite, semblaient de moins en moins comprendre ses intentions et son parcours ; ils se lançaient dans des directions erronées, s'embroussaillaient dans des ronces ou s'enlisaient dans des marécages tandis qu'elle filait comme une flèche, sûre d'elle, insaisissable. Elle leur donnait de temps en temps des ordres ou des indications, soit en levant son bras et sa cravache, soit en arrachant une gousse de caroubier et en la lançant comme pour dire : allez par là. Les cavaliers s'élançaient au galop dans la direction indiquée, franchissant prés et talus, mais elle s'en allait d'un autre côté et ne les regardait plus.

« C'est elle ! C'est elle ! » pensait Côme, enflammé d'un espoir toujours plus vif. Et il voulut crier son nom ; mais il ne lui sortit des lèvres qu'un long cri triste comme celui d'un pivert.

Cependant toutes ces allées et venues, tous ces tours malicieux joués aux cavaliers, serpentaient le long d'une ligne qui, bien qu'irrégulière et ondulée, paraissait trahir une intention. Côme, ne pouvant plus suivre, décida de risquer le tout pour le tout. « J'irai dans un endroit où, si c'est elle, elle ira. Et même, ce n'est que pour y aller qu'elle est là. » Et, bondissant par ses voies habituelles, il se dirigea vers le vieux parc abandonné des Rivalonde.

Dans cette ombre, dans cet air plein de parfums, dans ce lieu où les feuilles et le bois avaient une autre teinte et une autre substance, il se sentit tellement pris par les souvenirs de son enfance qu'il en oublia presque l'amazone. Il se disait vaguement que peut-être il avait rêvé, que ce n'était pas elle, mais qu'enfin cette attente, cet espoir étaient aussi réels et aussi émouvants que l'eût été sa présence.

Mais il entendit un bruit. C'étaient les sabots du cheval blanc sur le gravier. La bête avançait dans le jardin mais à pas lents, cette fois : on eût dit que l'amazone voulait examiner et reconnaître minutieusement les lieux. Plus trace de ces sots cavaliers : elle devait leur avoir complètement fait perdre ses traces.

Il la vit : elle faisait le tour du bassin, du petit kiosque, des amphores. Des arbres, devenus énormes, pendaient des racines aériennes ; les magnolias formaient un bois. Elle contemplait tout cela mais elle ne le voyait pas, lui qui cherchait à l'appeler en roucoulant comme une huppe, en faisant des roulades comme une farlouse, d'une voix qui se perdait dans le gazouillis sans repos des oiseaux du jardin.

Elle avait mis pied à terre et elle marchait, conduisant sa monture par la bride. Elle arriva à la villa, laissa là son cheval, pénétra sous le portique et se mit à crier :

— Hortense ! Gaëtan ! Tarquin ! Il faut repasser de la chaux, repeindre les persiennes, accrocher les tapisseries ! Je veux la table ici, la console là, l'épinette au milieu, et il faudra changer tous les tableaux de place !

Côme avait cru voir la maison fermée et inhabitée comme à l'accoutumée ; mais elle était ouverte, pleine de domestiques qui nettoyaient, rangeaient, aéraient, mettaient des meubles en place, battaient des tapis. Violette revenait donc, se réinstallait à Ombreuse, reprenait possession de la villa qu'elle avait quittée petite fille ! Les battements joyeux du cœur de Côme ressemblaient aux palpitations de la peur. Qu'elle fût revenue, qu'elle fût là sous ses yeux, aussi imprévisible et fière, cela pouvait signifier qu'il ne la retrouverait jamais plus, ni dans son souvenir, ni dans le secret parfum de ces feuilles, ni dans cette lumière secrète, tamisée par la verdure… cela pouvait signifier qu'il serait obligé de la fuir, et ainsi de fuir jusqu'au souvenir qu'il gardait d'elle, petite fille…

C'est donc le cœur battant que Côme la voyait évoluer au milieu des domestiques, faisant déplacer les divans, les clavecins, les consoles, puis passer en hâte au jardin et remonter à cheval, poursuivie d'une armée de serviteurs qui attendaient d'autres ordres. Elle se tournait maintenant vers les jardiniers ; disait comment il fallait refaire les plates-bandes devenues sauvages, remettre dans les allées le gravier emporté par les pluies, réinstaller les chaises de rotin, raccrocher la balançoire…

Pour la balançoire, elle indiqua, avec de grands gestes, la branche où on la suspendait autrefois ; c'est là qu'elle voulait qu'on la raccrochât ; la longueur des cordes, la hauteur de la course, tout fut bien précisé. Tandis qu'elle parlait, son geste et son regard l'entraînèrent jusqu'au magnolia dans lequel, jadis, Côme lui était apparu. Voilà qu'il y était encore.

Surprise, elle le fut, et beaucoup. Impossible de dire le contraire. Naturellement, elle se reprit tout de suite et fit la suffisante, selon son habitude ; mais sur le coup, elle avait été remuée ; tout avait ri en elle : ses yeux, sa bouche et une certaine dent qui n'avait pas bougé depuis l'enfance…

— Toi ? Puis elle affecta de trouver cela tout naturel, mais ne parvint guère à cacher sa curiosité et sa satisfaction.

— Alors, tu es resté en haut tout ce temps-là sans jamais descendre ?

Dans la gorge de Côme montaient des pépiements de moineau ; il lui fallut se maîtriser pour dire :

— Oui, c'est moi, Violette, tu te souviens ?

— Sans jamais, vraiment jamais poser pied à terre ?

— Jamais.

Et elle, reprenant ses distances :

— Ah, tu vois que tu y es arrivé. Ça n'était donc pas si difficile !

— J'attendais ton retour…

— Parfait ! Hé là, vous, où portez-vous ce rideau ? Laissez tout ça ici, j'aviserai moi-même.

Elle se remit à examiner Côme qui ce jour-là

était en tenue de chasse ; hirsute, avec sa toque de peau de chat et son fusil.

— On dirait Robinson !

— Tu l'as lu ? demanda-t-il de suite, tout heureux de montrer qu'il était au courant.

Mais Violette se retournait déjà :

— Gaëtan ! Ampélius ! Les feuilles mortes ! C'est plein de feuilles mortes ! Puis, revenant à lui :

— Dans une heure, au fond du parc. Attends-moi.

Ensuite, sur son cheval, elle courut donner des ordres.

Côme s'élança dans le fourré. Il l'aurait désiré mille fois plus épais, une avalanche de feuilles, de branches, de ronces, de chèvrefeuilles et de capillaires où plonger et s'engloutir ; qu'il s'y pût submerger et commencer à comprendre s'il était fou de joie ou de peur.

Sur le grand arbre, au fond du parc, les genoux serrés contre sa branche, il regardait l'heure à un gros oignon, héritage de son grand-père, le général von Kurtewitz et se disait : elle ne viendra pas… Mais Dame Violette arriva, presque ponctuellement, à cheval : elle arrêta sa bête sous l'arbre, sans regarder en l'air ; elle n'avait plus ni son chapeau ni sa redingote d'amazone : la blouse blanche bordée de guipures qu'elle portait sur une jupe noire était presque monacale. Se dressant sur ses étriers, elle tendit la main vers lui ; il l'aida ; en montant sur sa selle, elle atteignit la branche, puis, toujours sans le regarder, se hissa rapidement, chercha une fourche commode et s'y assit. Côme se pelotonna à ses pieds, et il ne pouvait commencer que comme ça :

— Tu es revenue ?

Violette le regarda, ironique. Elle était blonde, comme quand elle était petite fille.

— Comment le sais-tu ? fit-elle.

Et lui, sans comprendre la plaisanterie :

— Je t'ai vue dans le pré de la réserve ducale…

— La réserve est à moi. Qu'elle se couvre d'orties ! Tu sais tout ? Tout sur moi, je veux dire ?

— Non. Je viens seulement d'apprendre que tu es veuve…

— Bien sûr que je suis veuve !

Elle donna un coup à sa jupe noire, pour l'étaler, et se mit à parler avec volubilité.

— Tu ne sais jamais rien. Tu restes là sur les arbres à fourrer ton nez dans les affaires des autres et, en fin de compte, tu ne sais rien ! J'ai épousé le vieux Ptolémée parce que ma famille m'y a obligée. Elle m'y a obligée ! Ils disaient que je faisais trop la coquette et qu'il me fallait un mari. J'ai été duchesse Ptolémée pendant un an ; et ç'a été l'année la plus ennuyeuse de ma vie, bien que je n'aie pas passé plus d'une semaine avec le vieux. Je ne mettrai jamais plus les pieds dans aucun de leurs châteaux, de leurs ruines croulantes, de leurs nids à rats : qu'ils se remplissent de serpents ! Dorénavant, je reste ici, où j'ai été petite. J'y demeurerai tant que ça me plaira, bien entendu ; ensuite je m'en irai ; je suis veuve et je peux enfin faire ce qui me plaît. À vrai dire, j'ai toujours fait ce que je voulais. Même Ptolémée, si je l'ai épousé, c'est parce que je le voulais bien ; ce n'est pas vrai qu'on m'ait obligée à le faire : on voulait à tout prix que je me marie, j'ai choisi le plus décrépit en pensant : Comme ça je serai veuve plus tôt. Et maintenant, je le suis !

Côme était là, tout étourdi par cette avalanche de nouvelles et d'affirmations péremptoires. Violette paraissait plus loin de lui que jamais : coquette, veuve et duchesse, elle faisait partie d'un monde inaccessible. Tout ce qu'il fut capable de lui dire, ce fut :

— Et avec qui faisais-tu la coquette ?

— Voilà, tu es jaloux ! Prends garde, jamais je ne te permettrai d'être jaloux.

Côme eut un mouvement de colère qui était effectivement d'un jaloux prêt à la querelle, mais immédiatement il pensa : « Comment ? Jaloux ? Elle admet donc que je puisse être jaloux d'elle ?

Pourquoi dit-elle : “Je ne te permettrai jamais ?” Elle pense donc que nous… »

Alors, tout rouge, bouleversé, il eut envie de lui dire, de lui demander, d’entendre… Mais ce fut elle qui l’interrogea, sèchement :

— Maintenant, dis-moi un peu ce que tu as fait, toi.

— Oh, j’en ai fait, des choses ! Je suis allé à la chasse, même la chasse au sanglier ; mais surtout la chasse au renard, au lièvre, aux fouines, et, naturellement, aux grives et aux merles ; puis il y a eu les pirates, des Turcs ont débarqué, et une grande bataille, mon oncle y est mort ; et puis j’ai lu beaucoup de livres, pour moi et pour un de mes amis, un brigand, on l’a pendu ; j’ai toute l’*Encyclopédie ;* j’ai même écrit à Diderot et il m’a répondu de Paris ; j’ai fait des tas de travaux, taillé des arbres, sauvé une forêt de l’incendie…

— … Et tu m’aimeras toujours d’une passion absolue, plus que tout, et tu serais capable de faire n’importe quoi pour moi ?

À cette sortie, Côme répondit, désorienté :

— Oui.

— Tu n’as vécu sur les arbres que pour moi, que pour m’aimer…

— Oui, oui.

— Embrasse-moi.

Il la pressa contre le tronc et l’embrassa. En

relevant la tête, il la regarda et sa beauté le frappa comme s'il ne l'avait jamais vue avant.

— Dis… mais que tu es belle !

— Pour toi, et elle déboutonna sa blouse blanche.

Elle avait une poitrine toute jeune, avec deux boutons de roses. C'est à peine si Côme l'effleura ; elle s'esquiva dans les branches, où Côme grimpa derrière elle, sa jupe dans les yeux.

— Mais où m'emmènes-tu ? demandait Violette, comme si c'était lui qui la conduisait, et non pas elle qui l'entraînait.

— Par ici.

Et il la guida ; chaque fois qu'il leur fallait passer d'une branche sur une autre, il la prenait par la main ou par la taille et lui montrait où poser les pieds.

— Par ici.

Ils marchaient dans des oliviers dressés au-dessus d'un talus escarpé ; on apercevait entre les branches, tout découpés de feuillages, les éclats bleus de la mer ; d'un coup, elle se découvrit : calme, limpide, vaste comme le ciel. L'horizon s'ouvrait largement, l'azur de l'eau était lisse, intact, sans une voile, à peine plissé par les vagues. Un reflux imperceptible, une sorte de soupir, effleurait les cailloux du rivage.

Les yeux à demi éblouis, Côme et Violette redescendirent dans l'ombre vert sombre des feuillages.

— Par ici.

Il y avait, dans la fourche d'un noyer, une excavation en cuvette, blessure jadis faite à la hache : c'était un des refuges de Côme. Une peau de sanglier y était étendue ; une fiasque, une écuelle, quelques outils jonchaient cet espace réduit.

Violette s'étendit sur la peau de sanglier.

— Tu as amené ici d'autres femmes ?

Il hésita avant de répondre. Alors Violette :

— Si tu n'en as jamais amené, c'est que tu ne vaux pas grand-chose.

— Si… quelques-unes.

Il reçut une gifle en pleine figure.

— C'est comme ça que tu m'attendais ?

Côme passait sa main sur sa joue toute rouge et ne savait que répondre ; mais elle semblait revenue à de meilleures dispositions :

— Comment étaient-elles ? Dis-moi ? comment étaient-elles ?

— Pas comme toi, Violette, pas comme toi.

— Est-ce que tu sais comment je suis ? Hein ? Qu'est-ce que tu en sais ?

Elle était devenue douce. Côme ne finissait pas de s'étonner devant ces brusques sautes d'humeur. Il s'approcha d'elle. Violette était toute or et miel.

— Dis…

— Dis…

Ils se connurent. Il la connut et se connut lui-même parce que, réellement, il n'avait jusque-là rien su de lui. Elle le connut et se connut elle-même parce que, en sachant tout ce qu'elle était, elle ne l'avait jusque-là jamais si bien senti.

XXII

Leur premier pèlerinage fut pour l'arbre qui portait gravée dans son écorce cette inscription, si vieille et si déformée qu'on n'y reconnaissait plus qu'à peine l'œuvre d'une main humaine : *Côme, Violette*, puis, au-dessous : *Optimus Maximus*.

— Si haut ? Qui a fait ça ? Et quand ?

— Moi. Quand tu es partie.

Violette était émue.

— Et ça, qu'est-ce que ça veut dire ? Elle montrait les mots : *Optimus Maximus*.

— Mon chien. Ou plutôt le tien. Le basset.

— Turcaret.

— Moi je l'appelais Optimus Maximus.

— Turcaret ! Comme j'ai pleuré quand je me suis aperçue qu'il n'était pas dans la voiture… Ça ne me faisait rien de ne plus te voir ; mais j'étais désespérée d'avoir perdu mon basset !

— Sans lui je ne t'aurais pas retrouvée. Le nez au vent, il a flairé ta présence dans le voisinage et n'a plus connu de repos jusqu'à ce qu'il parte à ta recherche…

— Je l'ai reconnu tout de suite, dès que je l'ai vu arriver au pavillon, complètement hors d'haleine : « D'où est-ce qu'il sort, celui-là ? » disaient les autres. Moi je me suis baissée pour l'observer : la couleur, les taches. « Mais c'est Turcaret ! Le basset qu'on m'avait donné lorsque j'étais petite fille, à Ombreuse ! »

Côme riait. Brusquement, elle fit la grimace :

— Optimus Maximus… Quel vilain nom ! Où vas-tu pêcher des noms pareils ?

Et le visage de Côme se rembrunit aussitôt.

Mais pour Optimus Maximus, le bonheur n'avait pas d'ombres. Son vieux cœur de chien écartelé entre deux maîtres connaissait enfin la paix, après tout ce mal qu'il s'était donné, pendant des jours et des jours, pour attirer la Marquise vers les limites de la réserve, jusqu'au frêne où Côme faisait le guet. Il l'avait tirée par sa jupe ; il avait commis des larcins et fui en direction du pré, avec l'espoir de se faire suivre. Elle disait : « Mais que veux-tu ? Où me traînes-tu ? Turcaret ! Finis donc ! Quel chien taquin j'ai retrouvé là ! » La vue du basset avait du moins suffi pour ranimer dans sa mémoire tous ses souvenirs d'enfance, et la nostalgie d'Ombreuse. Aussitôt, elle s'était préparée à quitter le pavillon ducal pour la vieille villa aux arbres bizarres.

Et voilà : Violette était revenue. Pour Côme, c'était la plus belle saison de sa vie qui commençait. Pour elle aussi : elle battait la campagne sur son cheval blanc et, dès qu'elle apercevait le Baron entre les frondaisons et le ciel, elle quittait sa selle, grimpait le long des troncs obliques et sur les branches ; elle était vite devenue presque aussi leste que lui et le rattrapait partout.

— Oh, Violette, je ne sais plus, je grimperais je ne sais où…

— Tout de mon long, disait Violette à voix basse.

Et il se sentait comme fou.

L'amour était pour elle un exercice héroïque. Le plaisir s'y mêlait à des épreuves de hardiesse, de générosité, d'abnégation ; à une tension de toutes les facultés de son esprit. Leur monde, c'étaient les arbres les plus enchevêtrés, les plus tortueux, les plus inaccessibles.

— Là ! s'écriait-elle en désignant une enfourchure de branches très élevée, et ils s'élançaient ensemble pour l'atteindre, et alors commençait un concours d'acrobaties qui s'achevait par de nouvelles étreintes. Ils s'aimaient suspendus dans le vide, en s'étayant et s'agrippant aux branches ; elle se jetait sur lui presque au vol.

L'entêtement amoureux de Violette rencontrait celui de Côme et parfois même s'y heurtait. Côme fuyait les lenteurs, les mollesses, les perversités raffinées ; rien ne lui plaisait hors l'amour le plus naturel. Les vertus républicaines étaient dans l'air : on était au début d'époques à la fois licencieuses et sévères. Côme, insatiable amant, était un stoïque, un ascète, un puritain. Toujours en quête du bonheur amoureux, il n'en était pas moins ennemi de la volupté. Il en venait à se méfier des baisers, des caresses, des tendresses verbales, de tout ce qui peut voiler ou remplacer la saine nature. Violette lui avait révélé celle-ci dans sa plénitude : avec elle il ne connut jamais la tristesse après l'amour, thème cher aux théologiens ; il écrivit à ce propos une lettre philosophique à Rousseau qui, peut-être troublé par l'argument, ne répondit pas.

Mais Violette était aussi une femme raffinée, capricieuse, gâtée, catholique dans l'âme et dans le sang. L'amour de Côme comblait ses sens, mais ne donnait pas satisfaction à son imagination. Il en résultait des dissentiments et d'ombrageuses rancunes. Au reste, cela durait peu : la variété de leur vie et de son cadre fournissait une diversion.

Quand ils étaient las, ils allaient dans certains refuges cachés au sein des arbres les plus touffus : hamacs qui les enveloppaient comme un cornet de feuilles, pavillons suspendus aux tentures flottant dans le vent, couches de plumes. Le génie de Violette se donnait libre cours dans tout cet apparat. Partout où la Marquise se trouvait, elle avait le don de créer autour d'elle le bien-être, le luxe, et des commodités complices qui semblaient fort compliquées mais qu'elle obtenait avec une facilité miraculeuse : tout ce qu'elle voulait devait se réaliser, à tout prix et sur-le-champ.

Les rouges-gorges venaient se poser et chanter sur ces alcôves aériennes. De grands papillons, des vanesses pénétraient par couples entre les courtines, et s'entre-poursuivaient là. Par les après-midi d'été, lorsque le sommeil surprenait les deux amants couchés l'un près de l'autre, un écureuil entrait pour chercher quelque chose à grignoter, caressait leur figure de sa queue en panache ou leur mordillait un orteil. Ils fermèrent mieux leurs rideaux ; mais une famille de loirs rongea le plafond de leur pavillon, et leur tomba dessus un beau jour.

Pendant cette période, ils allaient à la découverte l'un de l'autre, se racontaient leur vie, se posaient des questions :

— Tu te sentais seul ?

— C'était toi qui me manquais.

— Mais par rapport au reste du monde ?

— Non. Pourquoi ? J'ai toujours eu affaire

avec les gens : j'ai récolté des fruits, taillé des arbres, étudié la philosophie avec l'Abbé, combattu contre les pirates. N'en est-il pas ainsi pour tous ?

— Il n'en est ainsi que pour toi ; et c'est pour cela que je t'aime.

Le Baron avait bien du mal à comprendre ce que Violette permettait et ce qu'elle refusait. Parfois, il suffisait d'un rien, d'un mot, d'une inflexion pour provoquer la colère de la Marquise.

Il disait par exemple :

— Avec Jean des Bruyères, je lisais des romans, avec le Chevalier, je faisais des projets hydrauliques…

— Et avec moi ?

— Avec toi, je fais l'amour. C'est comme la taille et la récolte…

Immobile, elle gardait le silence. Côme voyait bien qu'il avait déchaîné sa colère ; ses yeux étaient brusquement devenus de glace.

— Mais qu'y a-t-il, Violette ? Qu'ai-je dit ?

Elle semblait aussi distante que si elle ne l'avait ni vu, ni entendu ; elle était à cent milles de là, avec un visage de marbre.

— Voyons, Violette, qu'y a-t-il ? C'est parce que, écoute…

Violette se levait et lestement, sans recourir à son aide, descendait de l'arbre.

Côme n'avait toujours pas saisi ce qu'on lui

reprochait ; il ne comprenait pas, ou préférait ne pas comprendre pour mieux proclamer son innocence.

— Mais, Violette, c'est un malentendu. Écoute.

Il la suivait jusqu'aux dernières ramures.

— Violette, ne t'en va pas ainsi ! Violette !

Elle parlait enfin, mais c'était à son cheval, qu'elle avait rejoint et détaché. Elle montait en selle, et en route !

Côme, désespéré, sautait d'un arbre dans l'autre :

— Mais voyons, Violette ! Dis-moi, Violette…

Elle galopait au loin. Il la suivait dans les ramures :

— Violette, je t'en supplie ! Je t'aime !

Mais il ne la voyait plus. Il se jetait sur des branches dangereuses, risquait des bonds hasardeux :

— Violette ! Violette !

Quand, bien sûr de l'avoir perdue, il ne pouvait plus refréner ses sanglots, elle repassait, au trot, sans même lever la tête.

— Regarde, Violette, regarde ce que je fais ! Et il commençait à se cogner la tête contre un tronc (il est vrai qu'il l'avait très dure).

Mais elle ne regardait même pas. Elle était déjà loin.

Côme attendait qu'elle revînt, zigzaguant à travers les arbres.

— Violette, je suis désespéré !

Et il se jetait à la renverse dans le vide, la tête en bas, se retenant à une branche par les jambes, criblant sa tête et son visage de coups de poing. Ou encore, il brisait des branches avec une rage destructrice ; en quelques instants, un orme couvert de feuilles était aussi nu et dépouillé que s'il avait reçu la grêle.

Côme ne menaça jamais de se tuer ; il ne proféra même jamais de menaces : les chantages sentimentaux n'étaient pas dans sa manière. Ce qu'il avait le courage de faire, il le faisait... Et quand il l'annonçait, il était déjà en train de le faire ; jusque-là, il ne disait rien.

À un moment donné, Dame Violette sortait de sa colère comme elle y était entrée, sans que rien permît de le prévoir. Parmi toutes les folies de Côme, qui n'avaient nullement paru la toucher, il y en avait une, brusquement, qui l'enflammait d'amour et de pitié :

— Non, Côme, non, mon chéri, attends !

Et elle sautait à bas de sa selle, grimpait en hâte sur un tronc ; dans les hauteurs, les bras de Côme s'apprêtaient à la soulever.

Et l'amour reprenait, aussi furieux que la dispute. En fait, c'était la même chose. Mais Côme n'y comprenait rien.

— Pourquoi me fais-tu souffrir ?

— Parce que je t'aime.

C'était lui à présent qui se mettait en colère.

— Non, tu ne m'aimes pas. Quand on aime, on veut le bonheur, pas la douleur.

— Quand on aime, on ne veut que l'amour, même au prix de la douleur.

— Alors, tu me fais souffrir tout exprès ?

— Oui, pour m'assurer de ton amour.

La philosophie du Baron se refusait à la suivre dans cette voie :

— La douleur est un sentiment négatif.

— L'amour est tout.

— La douleur doit toujours être combattue.

— L'amour ne se refuse à rien.

— Il est des choses que jamais je n'admettrai.

— Mais si, tu les admets, puisque tu m'aimes et que tu souffres.

Chez Côme, les explosions de joie, d'une joie incoercible, étaient aussi bruyantes que les désespoirs. Parfois, son bonheur atteignait à un tel point qu'il devait lâcher sa maîtresse et sauter, crier, proclamer partout les merveilles de l'aimée.

— *Yo quiero the most wonderful puellam de todo el mundo !*

Ceux qui fréquentaient les bancs d'Ombreuse, des oisifs et d'anciens marins, s'étaient désormais habitués à ces apparitions rapides. On le voyait arriver, bondissant dans les yeuses, et déclamer :

— *Zu dir, zu dir, gunàika,*
Vo cercando il mio ben,
En la isla de Jamaica,
Du soir jusqu'au matin !

Ou encore :

— *Il y a un pré where the grass grows toda de oro*
Take me away, take me away, che io ci moro !

Après quoi il disparaissait.

Son étude des langues classiques et modernes, bien que peu approfondie, lui permettait de s'adonner à cette proclamation bruyante de ses sentiments. Et plus son émotion était intense, plus son langage devenait obscur. Une fois, comme la population d'Ombreuse, fêtant son saint Patron, était rassemblée sur la place autour d'un mât de cocagne, avec des guirlandes et un étendard, le Baron fit son apparition au sommet d'un platane, se livra à un de ces bonds que, seule, son agilité d'acrobate lui permettait, se retrouva sur le mât de cocagne, grimpa jusqu'au sommet, cria *« Que viva die schöne Venus posterior ! »*, se laissa glisser le long du mât savonné, presque jusqu'à terre, s'arrêta net, remonta d'un trait au sommet, arracha du trophée une meule de fromage toute ronde et rose, et s'en fut, laissant les Ombreusiens abasourdis.

Rien ne rendait la Marquise plus heureuse que ces manifestations d'exubérance ; elle les payait de retour par des explosions d'amour tout aussi vertigineuses. Quand ils la voyaient galoper à bride abattue, le visage noyé dans la crinière blanche de son cheval, les Ombreusiens savaient qu'elle courait à un rendez-vous avec le Baron. Sa fougue d'amazone était une des expressions de sa véhémence amoureuse ; mais, là, Côme ne pouvait la suivre ; et tout en admirant beaucoup cette passion équestre, il en souffrait comme d'un motif secret de jalousie et de rancœur : il voyait Violette dominer un monde plus vaste que le sien, et comprenait que jamais il ne l'aurait seule pour lui, qu'il ne l'enfermerait jamais dans les frontières de son domaine particulier. La Marquise, de son côté, souffrait peut-être de ne pouvoir être à la fois amante et amazone : elle désirait parfois vaguement que ses amours avec Côme fussent des amours à cheval ; courir dans les arbres ne lui suffisait plus ; elle eût voulu y galoper, passer à travers les arbres sans descendre de son destrier.

En fait, à force de galoper dans ce terrain tout en montées et en escarpements, le cheval était devenu aussi bon grimpeur qu'un cabri. Violette le poussait de tout son élan contre certains arbres, de vieux oliviers au tronc déjeté, par exemple. Le cheval arrivait parfois jusqu'à la première fourche ; elle prit l'habitude de ne plus l'attacher à terre, mais là, dans l'olivier. Elle sautait de selle et le laissait broutant feuilles et branchettes.

Un bavard qui traversait l'olivette découvrit, en levant les yeux, le Baron et la Marquise enlacés ; il s'en fut le raconter au plus vite, ajoutant :

— Et le cheval blanc était monté sur une branche, lui aussi !

On le prit pour un fou et personne ne le crut. Encore une fois, le secret des amants était sauvé.

XXIII

Ce que je viens de raconter prouve que les Ombreusiens, de même qu'ils avaient été jadis prodigues de commérages touchant la vie galante de mon frère, maintenant, en face de cette passion qui se déchaînait pour ainsi dire au-dessus de leurs têtes, faisaient preuve d'une respectueuse discrétion, comme en présence de quelque chose qui les dépassait. Non qu'on se privât de blâmer la conduite de la Marquise ; mais on en critiquait plutôt les formes extérieures, par exemple ces galopades effrénées où elle manquait de se rompre le col (« Dieu sait où elle peut aller si vite ? » disait-on, tout en sachant bien qu'elle courait à un rendez-vous) ou encore ce mobilier qu'elle installait dans les arbres. Un vent soufflait déjà qui faisait considérer tout cela comme une nouvelle mode des nobles, une de leurs innombrables extravagances. (« Tout le monde sur les arbres, à présent ! Les femmes comme les hommes ! Ils n'ont rien d'autre à inventer ? ») En somme, il s'annonçait des temps plus tolérants, mais plus hypocrites.

Parfois, le Baron n'apparaissait plus dans les yeuses de la place que de loin en loin. C'était signe qu'elle était partie. Car Violette s'éloignait parfois pendant des mois pour s'occuper de ses biens, disséminés dans toute l'Europe, mais ces départs correspondaient toujours à des périodes où leurs rapports étaient ébranlés, où la Marquise s'était brouillée avec Côme qui se refusait à comprendre ce qu'elle voulait lui faire comprendre de l'amour. Non que Violette partît fâchée contre lui : les deux amants réussissaient toujours à faire la paix avant de se séparer. Mais il n'en gardait pas moins le soupçon que, si elle s'était décidée à ce voyage, c'était par lassitude, parce qu'il n'arrivait pas à la retenir ; peut-être était-elle en train de se détacher de lui, peut-être une occasion offerte par le voyage ou bien un temps de réflexion la décideraient-ils à ne plus revenir ? Mon frère vivait alors dans l'anxiété. Il s'efforçait de reprendre ses anciennes habitudes, de se remettre à la chasse et à la pêche, de recommencer ses travaux agricoles, ses études, ses fanfaronnades sur la place, comme s'il n'eût jamais rien fait d'autre (il s'entêtait dans cette forme de vanité juvénile qui fait qu'on ne veut pas reconnaître avoir subi l'influence d'autrui), non sans se féliciter d'ailleurs de ce que l'amour lui avait donné de confiance et d'ardeur ; mais il s'apercevait d'autre part que bien des choses ne l'intéressaient plus, que, sans Violette, la vie n'avait plus de saveur pour lui, et que c'était toujours à elle que sa pensée revenait. Plus il cherchait à récupérer la maîtrise de ses passions et de ses plaisirs dans une sage économie de son âme, libérée de la présence tourbillonnante de Violette, plus il sentait le vide qu'elle avait laissé derrière elle et la fièvre de l'attente. En somme, l'amour qu'il portait à Violette était exactement celui qu'elle voulait, et non pas comme lui prétendait qu'il fût. C'était toujours elle qui triomphait, même de loin, et Côme, à son corps défendant, finissait par y trouver son bonheur.

La Marquise revenait à l'improviste. Dans les arbres, c'était à nouveau la saison des amours ; des amours et des jalousies. Où Violette était-elle allée ? Qu'avait-elle fait ? Côme était anxieux de le savoir ; mais, en même temps, il redoutait ses réponses : rien que des allusions, et dans chacune, elle parvenait à glisser quelque motif de soupçon. Elle voulait le tourmenter, c'est certain, mais tout pouvait bien être vrai ; Côme, dans son incertitude, dissimulait parfois sa jalousie, et parfois il la laissait éclater avec violence ; la réponse de Violette était aussi imprévisible que changeante : tantôt elle semblait liée à lui plus que jamais, tantôt il renonçait à voir renaître son ardeur.

Ce qu'était en réalité la vie de la Marquise au cours de ses absences, nous autres, à Ombreuse, ne le pouvions savoir, éloignés comme nous l'étions des capitales et de leurs commérages. Mais c'est à cette époque que je me rendis une seconde fois à Paris, pour affaires (il s'agissait de citrons : nombre de nobles faisaient à présent du commerce, et moi tout le premier).

Un soir, dans un des plus fameux salons parisiens, je rencontrai Dame Violette, parée d'une somptueuse coiffure et d'une toilette resplendissante. Je n'hésitai pourtant pas à la reconnaître et tressaillis dès que je la vis ; c'est que, réellement, on ne pouvait la confondre avec aucune autre. Elle me souhaita le bonjour d'un air indifférent, mais trouva vite le moyen de me prendre à part et de me demander, sans attendre mes réponses :

— Avez-vous des nouvelles de votre frère ? Serez-vous bientôt de retour à Ombreuse ? Tenez, donnez-lui ceci en souvenir de moi.

Elle tira de son sein un mouchoir de soie et me le fourra dans la main. Après quoi, elle se laissa rejoindre par la cour d'admirateurs qu'elle traînait à sa suite.

— Vous connaissez la Marquise ? me demanda à mi-voix un de mes amis parisiens.

— Très superficiellement, répondis-je.

Et c'était vrai. Lors de ses séjours à Ombreuse, Violette, comme contaminée par la sauvagerie de Côme, se souciait peu de fréquenter la noblesse du voisinage.

— Il est rare de voir tant de beauté associée à tant d'instabilité, continua mon ami. Les commérages veulent qu'à Paris elle passe d'un amant à l'autre dans un tourbillon perpétuel, au point qu'aucun n'a le droit de la croire à lui et de se dire privilégié. Puis, de temps en temps, elle disparaît pendant des mois ; on raconte qu'elle se retire dans un couvent, pour vivre dans la pénitence et les macérations.

J'eus peine à m'empêcher de rire en entendant que les séjours de la Marquise dans les arbres d'Ombreuse passaient auprès des Parisiens pour des périodes de pénitence ; mais, en même temps, ces commérages me troublèrent : ils me faisaient prévoir bien des tristesses pour mon frère.

Pour le prémunir contre de mauvaises surprises, je voulus le mettre en garde ; dès mon retour à Ombreuse, j'allai le trouver. Il m'interrogea longuement sur mon voyage et sur les nouveautés françaises ; je ne pus lui donner aucune information politique ou littéraire qu'il ne possédât déjà.

Pour finir, je tirai de ma poche le mouchoir de Dame Violette.

— À Paris, dans un salon, j'ai rencontré une dame qui te connaît bien ; elle m'a donné cela pour toi, avec son bon souvenir.

Il fit descendre en hâte son panier à ficelle, en retira le mouchoir de soie et le porta à son visage comme pour en respirer le parfum.

— Tu l'as donc vue ? Comment était-elle ? Dis-moi comment était-elle ?

— Merveilleusement belle et brillante, lui répondis-je lentement ; mais on dit que ce parfum-là, bien des narines le respirent.

Il fourra le mouchoir contre sa poitrine, comme s'il craignait qu'on le lui arrachât. Puis il se retourna vers moi, tout rouge :

— Et tu n'avais pas une épée pour faire rentrer ces mensonges dans la gorge de ceux qui les proféraient ?

Je dus lui avouer que l'idée ne m'en était pas venue.

Il garda un instant le silence. Puis il haussa les épaules.

— Ce sont des mensonges, dit-il. Je suis le seul à savoir qu'elle est à moi seul.

Après quoi il se sauva à travers les branches, sans même me dire adieu. Je reconnus là sa manière de repousser tout ce qui pouvait l'obliger à sortir de son univers.

À partir de ce jour, on ne le vit que triste et

impatient, sautant d'arbre en arbre, sans rien faire. De temps en temps, je l'entendais encore se livrer à de grands concours avec les merles, mais ses sifflements étaient de plus en plus graves et nerveux.

La Marquise arriva. Comme toujours, la jalousie du Baron la réjouit : elle l'excita, s'en moqua. Et leurs belles journées d'amour revinrent. Mon frère était heureux.

Mais la Marquise ne manquait pas une occasion de reprocher à Côme sa conception mesquine de l'amour.

« Que veux-tu dire ? Que je suis jaloux ?

— Tu as raison d'être jaloux. Mais tu prétends soumettre la jalousie à la raison.

— Certes. Et je la rends, ainsi, plus efficace.

— Tu raisonnes trop. L'amour doit-il se raisonner ?

— C'est pour t'aimer davantage. Partout où la raison s'applique, elle apporte sa puissance.

— Tu peux bien vivre dans les arbres ; tu as une mentalité de vieux notaire podagre.

— Les entreprises les plus hardies, il faut les vivre avec l'âme la plus simple.

Il continuait de proférer des sentences, jusqu'à ce qu'elle lui échappe. Alors, il se mettait à la poursuivre, à se désespérer, à s'arracher les cheveux.

Au cours de ces mêmes journées, un navire amiral anglais jeta l'ancre dans notre rade. L'amiral donna une fête en l'honneur des notables d'Ombreuse et des officiers des navires qui faisaient relâche dans le port. La Marquise s'y rendit ; ce fut pour Côme le début de nouveaux tourments. Deux officiers s'éprirent de Dame Violette et, constamment, on les voyait descendre à terre pour courtiser la belle et faire assaut de galanterie. Tous deux étaient lieutenants de vaisseau, l'un sur le navire amiral anglais et l'autre dans la flotte napolitaine. Ayant loué deux chevaux bais, ils faisaient la navette sous les terrasses de la Marquise ; quand ils se rencontraient, le Napolitain roulait vers l'Anglais des yeux capables de le réduire en cendres, tandis qu'entre ses paupières mi-closes l'Anglais coulait vers son rival un regard affilé comme la pointe d'une épée.

Et Dame Violette ? Ne se mit-elle pas en tête, la friponne, de passer des heures entières dans la maison, appuyée à sa fenêtre, en *matinée*, comme une petite veuve toute neuve, sortant à peine de son deuil ? À ne plus l'avoir près de lui dans les arbres, à ne plus entendre se rapprocher le galop du cheval blanc, Côme devenait fou. Il finit par se poster lui aussi devant la terrasse et ne les quitta plus des yeux, elle et les deux lieutenants de vaisseau.

Il était en quête d'un tour qui renverrait au plus vite ses deux rivaux sur leurs navires respectifs, quand il s'avisa que Violette semblait agréer également la cour de l'un et de l'autre ; l'espoir lui vint alors qu'elle voulait s'amuser de tous deux, et de lui par-dessus le marché. Il ne diminua pas pour autant sa surveillance : au premier signe de préférence, il faudrait intervenir !

Un matin, l'Anglais passe, Violette est à sa fenêtre. Ils se sourient. La Marquise laisse tomber un billet. L'officier le saisit au vol, le lit, s'incline en rougissant, éperonne son cheval. Un rendez-vous ! L'Anglais est favorisé. Côme se jure de ne pas le laisser arriver tranquillement jusqu'au soir.

Le Napolitain passe à son tour. Violette jette un billet. L'officier le lit, le porte à ses lèvres et le baise. Il se considère donc comme l'élu ? Et l'autre, alors ? Contre lequel faut-il agir ? Certainement Violette a donné rendez-vous à l'un des deux ; à l'autre elle doit avoir joué un de ses tours habituels. Ou bien veut-elle les berner tous deux ?

Côme soupçonnait un kiosque perdu au fond du parc d'être le lieu choisi pour le rendez-vous. La Marquise l'avait fait restaurer depuis peu et meubler : Côme en avait été rongé de jalousie : le temps était passé où c'étaient les cimes d'arbres qu'elle chargeait de tentures et de divans ; maintenant ses soins allaient à des lieux où lui n'entrerait jamais. « Je vais surveiller le pavillon, se dit Côme. Si elle a donné rendez-vous à l'un des deux lieutenants, ce ne peut être que là. » Il se percha dans l'épaisseur d'un marronnier d'Inde.

Un peu avant le coucher du soleil un galop se fait entendre. Le Napolitain arrive. « Je vais le provoquer ! » pense Côme. Et, avec une sarbacane, il lui lance dans le cou une boulette de crotte d'écureuil. L'officier sursaute, regarde autour de lui, Côme se penche par-dessus sa branche ; en se penchant, il voit de l'autre côté de la haie, l'enseigne anglais qui descend de cheval et attache sa bête à un piquet. « Alors c'est lui. L'autre ne passait là que par hasard. » Et toute une rafale de crottes d'écureuil tombe sur le nez de l'Anglais.

— *Who's there ?* demande l'Anglais.

Il se prépare à traverser la haie quand il se trouve face à son collègue napolitain, descendu lui aussi de cheval, et qui vient de demander :

— Qui est là ?

— *I beg your pardon, Sir*, dit l'Anglais, mais je dois vous inviter à quitter immédiatement ces lieux !

— Si je suis ici, c'est que j'en ai le droit, fait le Napolitain. C'est Votre Seigneurie que j'invite à s'en aller !

— Aucun droit ne peut valoir le mien, rétorque

l'Anglais. *I'm sorry*, mais je vous interdis de rester.

— C'est une question d'honneur, répond l'autre. J'en atteste mon nom : Salvatore di San Cataldo di Santa Maria Capua Vetere, de la Marine des Deux-Siciles !

— Sir Osbert Castlefight, troisième du nom ! L'honneur m'oblige à vous faire déblayer le terrain.

— Pas avant de vous avoir chassé avec ce fer !

Et le Napolitain dégaine son épée.

— Monsieur, veuillez vous battre.

Et Sir Osbert se met en garde.

La bataille commence.

— Voilà qui me démangeait, collègue, et pas seulement d'aujourd'hui, dit le Napolitain.

Et il attaque en quarte. Sur quoi, Sir Osbert, parant le coup :

— Il y avait beau temps que je suivais vos menées, lieutenant, et c'est ici que je vous attendais !

De force égale, les deux lieutenants de vaisseau s'épuisaient en assauts et en feintes. Ils étaient au plus fort de leur ardeur quand on entendit :

— Arrêtez-vous, au nom du Ciel.

Dame Violette avait fait son apparition sur le seuil du pavillon.

— Marquise, cet homme… commencèrent les

deux lieutenants d'une seule voix, tout en baissant leur épée et en se désignant l'un l'autre.

Et la Marquise :

— Mes chers amis ! Rengainez vos épées, je vous en prie. Doit-on épouvanter de la sorte une dame ? J'avais une prédilection pour ce pavillon comme pour le lieu le plus silencieux, le plus secret du parc et voici qu'à peine assoupie, je suis réveillée par le bruit de vos armes !

— Mais, Milady, objecte l'Anglais, n'est-ce pas vous qui m'avez invité ici ?

— C'était bien pour m'attendre que vous étiez venue, madame, remarque le Napolitain.

Un rire léger comme un bruissement d'ailes jaillit de la gorge de Violette.

— Ah oui, oui, c'est vous que j'avais invité… ou bien c'est vous ?… Oh ! j'ai l'esprit si brouillon ! Eh bien, qu'attendez-vous ? Entrez. Asseyez-vous, je vous prie.

— Milady, je croyais qu'il s'agissait d'une invitation pour moi seul. C'était une illusion. Je vous présente mes respects et vous demande la permission de me retirer.

— Je voulais vous en dire autant, madame, et prends congé.

La Marquise riait.

— Mes bons amis. Mes bons amis… Je suis tellement étourdie ! Je croyais avoir invité Sir

Osbert à une heure… et don Salvatore à une autre. Non, non, excusez-moi : tous deux à la même heure, mais dans deux endroits différents… Eh, non ! Comment serait-ce possible ? Eh bien ! Étant donné que vous êtes là tous les deux, pourquoi ne pourrions-nous pas nous asseoir et nous entretenir de façon civile ?

Les deux lieutenants se regardèrent, puis dévisagèrent la Marquise :

— Devons-nous comprendre, madame, que vous n'avez paru agréer nos attentions que pour mieux vous moquer de nous ?

— Pourquoi, mes bons amis ? C'est tout le contraire, tout le contraire. Vos assiduités ne pouvaient pas me laisser indifférente… Vous êtes tellement sympathiques, tous deux… C'est bien là mon tourment… Si je choisissais l'élégance de Sir Osbert, il me faudrait vous perdre, mon ardent don Salvatore… Mais si je choisis la passion du lieutenant de San Cataldo, il faut que je renonce à vous, Sir ? Eh, pourquoi cela ? Pourquoi ne pas…

— Ne pas… quoi ? demandèrent d'une seule voix les deux officiers.

Et Dame Violette, en baissant la tête :

— Pourquoi ne pourrais-je pas vous appartenir à tous deux en même temps ?

Dans les hauteurs du marronnier d'Inde, on

entendit bruire le feuillage : Côme n'arrivait plus à se contenir.

Mais les lieutenants étaient bien trop bouleversés pour l'entendre. Ils reculèrent l'un et l'autre d'un pas…

— Cela, jamais, madame.

La Marquise releva son beau visage et leur fit son plus radieux sourire.

— Eh bien ! Je serai au premier de vous deux qui, comme preuve d'amour et pour me faire plaisir en tout, se déclarera prêt à me partager avec son rival !

— Madame…

— Milady…

Les deux lieutenants, ayant pris congé de Violette avec une sèche révérence, se trouvèrent l'un en face de l'autre et se tendirent la main.

— *I was sure you were a gentleman, Signor Cataldo*, proclama l'Anglais.

— Je ne doutais pas de votre honneur, Mister Osbert, fit le Napolitain.

Ils tournèrent le dos à la Marquise et se dirigèrent vers leurs chevaux.

— Mes amis… Pourquoi vous froisser ainsi ?… Nigauds… criait la Marquise.

Mais ils avaient déjà tous deux le pied à l'étrier.

C'était le moment que Côme attendait, savourant par avance sa vengeance : les deux lieutenants allaient vers une cuisante surprise. L'attitude virile qu'ils avaient eue pour prendre congé de cette immodeste Marquise fit que Côme se sentit brusquement réconcilié avec eux. Trop tard ! Son terrible dispositif ne pouvait plus être retiré. En l'espace d'une seconde, Côme, généreusement, décida de les avertir.

— Halte-là ! cria-t-il du haut de son arbre. Ne montez pas en selle !

Les deux officiers levèrent vivement la tête.

— *What are you doing there up ?*

— Que faites-vous là-haut ?

— Comment vous permettez-vous ?

— *Come down !*

Derrière eux, résonna le rire de Dame Violette : un de ses rires qui bruissaient.

Les deux hommes étaient perplexes. Un troisième larron paraissait avoir assisté à toute la scène. La situation se compliquait.

— *In any way*, se promirent-ils, nous deux, nous restons solidaires.

— Sur notre honneur !

— Aucun de nous ne consentira à partager Milady avec qui que ce soit.

— Jamais de la vie !

— Mais si l'un de nous décidait d'y consentir…

— En tout cas, toujours solidaires ! Nous y consentirions ensemble !

— D'accord ! Et maintenant, en route !

En entendant ce nouveau dialogue, Côme se mordait les doigts d'avoir interrompu lui-même le cours de sa vengeance. « Advienne que pourra », se dit-il. Et il rentra dans les feuilles. Les deux officiers sautèrent en selle. « Ils vont crier ! » pensa Côme ; et il avait envie de se boucher les oreilles. On entendit deux hurlements. Des porcs-épics étaient cachés sous la housse des deux selles.

— Trahison !

Ils volèrent à terre avec une explosion de sauts, de cris et de pirouettes.

Ils paraissaient vouloir s'en prendre à la Marquise.

Mais Dame Violette était plus indignée qu'eux. Elle cria vers les hauteurs :

— Gros singe, méchant et monstrueux !

Elle s'élança comme une furie sur le tronc du marronnier d'Inde et y disparut si brusquement que les deux officiers la crurent engloutie par le sol.

Dans les branches, Violette et Côme se trouvèrent face à face. Ils se regardèrent avec des yeux flamboyants ; cette fureur leur donnait une espèce de pureté, une pureté d'archanges. Ils semblaient près de se battre, lorsque Violette s'écria :

— Ô mon chéri ! Voilà, voilà comment je te veux : implacable et jaloux ! Elle lui avait jeté les bras autour du cou, ils s'étreignaient et Côme en un instant avait tout oublié.

Elle se laissa glisser d'entre ses bras, détacha son visage du sien comme pour réfléchir, et dit :

— Mais eux aussi, tu vois combien ils m'aiment ? Ils sont prêts à me partager entre eux.

Côme faillit se jeter sur elle. Il se redressa dans ses branches, mordit le feuillage, se cogna la tête contre le tronc :

— Ce sont deux ve… e… e… ers !

Déjà, Violette s'éloignait de lui, avec son visage de statue.

— Tu as beaucoup à apprendre d'eux, lui dit-elle. Elle tourna le dos, et descendit rapidement de l'arbre.

Ses deux galants, oubliant leurs démêlés, n'avaient pas trouvé mieux que de se tirer patiemment l'un à l'autre les épines. Violette les interrompit :

— Vite ! Montez dans ma voiture !

Ils disparurent derrière le pavillon et la voiture partit. Côme, sur le marronnier d'Inde, cachait sa figure dans ses mains.

Alors commença pour Côme, mais aussi pour ses deux rivaux, une époque de tourments. Et pour Violette, fut-ce une époque de joie ? Je crois que la Marquise ne tourmentait les autres que pour se tourmenter elle-même. Les deux officiers étaient toujours là, inséparables, sous les fenêtres de Violette, dans son salon, à l'auberge. Elle les flattait tous deux et leur demandait toujours de nouvelles preuves d'amour, auxquelles, chaque fois, ils se déclaraient prêts. Déjà ils étaient disposés à se la partager par moitié, voire à la partager avec d'autres. Maintenant qu'ils roulaient sur la pente des concessions, ils ne pouvaient plus s'arrêter ; chacun était poussé par le désir de l'émouvoir enfin, d'obtenir enfin qu'elle tînt ses promesses ; en même temps, chacun restait lié par le pacte de solidarité conclu avec son rival ; dévorés de jalousie et mourant d'espoir de vaincre, ils étaient encore torturés par la conscience de l'obscure dégradation où ils se sentaient sombrer peu à peu.

À chaque nouvelle promesse qu'elle arrachait aux officiers de marine, Violette montait à cheval et s'en allait informer Côme.

— Tu sais, l'Anglais est disposé à faire ceci et cela pour moi… Le Napolitain aussi, criait-elle, dès qu'elle le voyait lugubrement perché sur un arbre.

Côme ne répondait pas.

— Voilà l'amour absolu ! insistait-elle.

— Cochonneries absolues, oui ! tous tant que vous êtes, hurlait Côme en disparaissant.

Telle est la cruelle manière qu'ils avaient dorénavant de s'aimer.

Le navire amiral anglais leva l'ancre.

— Vous restez, n'est-ce pas ? demanda Violette à Sir Osbert.

Sir Osbert ne se présenta pas à bord et fut porté déserteur. Par solidarité et par émulation, don Salvatore déserta à son tour.

— Ils ont déserté, eux ! annonça triomphalement Violette à Côme. Pour moi ! Mais toi…

— Mais moi ? hurla Côme avec un regard si féroce que Violette ne dit plus rien.

Sir Osbert et Salvatore di San Cataldo, déserteurs de la marine de Leurs Majestés respectives, passaient leur temps à l'auberge, jouant aux dés, pâles, inquiets, cherchant à se dépouiller mutuellement ; Violette pendant ce temps était au comble du mécontentement ; elle s'en voulait à elle-même comme à tout ce qui l'entourait.

Elle prit son cheval, monta vers le bois. Côme était sur un chêne. Elle s'arrêta dessous, dans un pré.

— Je suis lasse.

— De ces gens-là ?

— De vous tous.

— Ah ?

— Eux m'ont donné les plus grandes preuves d'amour.

Côme cracha.

— … Mais elles ne me suffisent pas.

Côme jeta les yeux sur elle.

Et elle :

— Tu ne crois pas que l'amour est abnégation absolue, renonciation à soi-même ?

Elle était là, sur le pré, plus belle que jamais : la froideur qui durcissait à peine ses traits, son port altier, il eût suffi d'un rien pour les faire fondre, pour la retrouver dans ses bras. Côme pouvait lui dire quelque chose, n'importe quoi pour venir à sa rencontre, il pouvait lui dire : « Dis-moi ce que tu veux que je fasse, je suis prêt », et cela aurait été de nouveau le bonheur pour lui, le bonheur sans ombres. Au lieu de cela, il proféra :

— Il ne peut pas y avoir d'amour si l'on n'est pas soi-même, et de toutes ses forces !

Violette eut un mouvement de lassitude et de contrariété. Cependant, elle aurait pu encore le comprendre ; et de fait elle le comprenait ; bien mieux, il lui venait aux lèvres des mots qui voulaient dire : « C'est tel que tu es que je te veux. » Après, elle serait montée vers lui… Elle se mordit les lèvres et déclara :

— Eh bien, sois toi-même, tout seul.

« Mais alors, être moi-même n'a plus de sens… »

Voilà ce que voulait dire Côme. Mais, au contraire, il dit :

— Si tu préfères ces deux vers…

— Je ne te permets pas de mépriser mes amis ! cria-t-elle.

Et elle pensait encore : « Pour moi, toi seul importe ; c'est à cause de toi que je fais tout ce que je fais. »

— Je suis le seul qui ait droit au mépris…

— Pas moi, mais ta pensée !

— Ma pensée et moi, nous ne faisons qu'un.

— Alors adieu… Je pars ce soir. Tu ne me verras plus.

Elle courut à la villa, fit ses bagages et partit sans dire un mot aux deux lieutenants. Elle tint parole : elle ne revint plus à Ombreuse. Elle se rendit en France, et les événements politiques s'entremêlèrent à sa volonté alors qu'elle ne désirait que revenir. La Révolution éclata, puis la guerre. La Marquise, qui avait commencé par s'intéresser aux événements (elle faisait partie de l'*entourage* de La Fayette), émigra ensuite en Belgique, puis en Angleterre. Dans les brouillards de Londres, au cours des longues années des guerres napoléoniennes, elle rêvait des arbres d'Ombreuse. Puis elle se remaria avec un Lord qui avait des intérêts dans la Compagnie des Indes, et s'établit à Calcutta. De sa terrasse, elle regardait les forêts, aux arbres plus étranges encore que ceux du jardin de son enfance ; et elle croyait à chaque instant voir Côme se frayer un chemin au milieu des feuilles. Mais c'était la silhouette d'un singe ou d'un jaguar.

Sir Osbert Castlefight et Salvatore di San Cataldo restèrent liés à la vie à la mort ; ils firent une carrière d'aventuriers. On les vit dans des maisons de jeu à Venise, à la Faculté de Théologie de Gottingue, à la Cour de Catherine II, à Saint-Pétersbourg ; après quoi, leurs traces se perdirent.

Côme resta longtemps à vagabonder dans les bois, à pleurer, tout déguenillé, à refuser de manger. Il pleurait à pleine voix, comme les nouveau-nés ; les oiseaux qui, jadis, fuyaient par volées à l'approche de cet infaillible chasseur, venaient maintenant tout près de lui, sur les cimes des arbres voisins, ou volaient au-dessus de sa tête ; les moineaux criaient, les chardonnerets faisaient des trilles, les ramiers roucoulaient, la grive sifflait, le pinson gazouillait et le roitelet avec lui ; les écureuils, les loirs, les campagnols sortaient du plus profond de leurs tanières pour mêler à ce chœur leurs glapissements ténus, si bien que mon frère n'évoluait qu'au milieu d'une nuée de plaintes.

Vint ensuite une époque de violences destructrices. Tous les arbres, en commençant par le sommet et en arrachant une feuille après l'autre, il les laissait nus comme en plein hiver, même si ce n'étaient pas des arbres à feuilles caduques. Cette besogne achevée, il remontait et cassait tous les petits rameaux, ne laissant subsister que les branches maîtresses. Il remontait encore, et s'aidait d'un canif pour détacher de l'arbre son écorce ; les arbres écorchés découvraient leur chair blanche avec des airs blessés qui donnaient le frisson.

Dans toute cette colère, il n'y avait plus le moindre ressentiment contre Violette, mais seulement le remords de l'avoir perdue, de ne pas avoir su se l'attacher, de l'avoir blessée par un injuste et sot orgueil. Car il le comprenait, maintenant, elle lui avait toujours été fidèle ; si elle promenait deux autres hommes à sa suite, c'était pour bien marquer qu'elle jugeait seul Côme digne d'être son unique amant. Toutes ses insatisfactions, tous ses caprices traduisaient la soif insatiable d'augmenter encore leur amour, dont elle ne pouvait admettre qu'il eût atteint son sommet. Mais lui, lui, lui n'avait rien compris de tout cela et l'avait irritée jusqu'à la perdre.

Pendant quelques semaines, il resta dans le bois, seul comme jamais il ne l'avait été. Il n'avait même plus Optimus Maximus, emmené par Violette. Quand mon frère reparut à Ombreuse, il avait bien changé. Moi-même ne pouvais plus me faire d'illusions ; cette fois, Côme était vraiment devenu fou.

XXIV

Que Côme eût la tête dérangée, on le disait à Ombreuse depuis le jour où, à douze ans, il était monté dans les arbres, et avait refusé d'en descendre. Mais par la suite, comme il arrive souvent, tout le monde avait accepté sa folie : non pas seulement son idée fixe de vivre dans les hauteurs, mais aussi les multiples bizarreries de son caractère ; tous le considéraient comme un original, sans plus. Dans la pleine saison de ses amours avec Violette, il y eut ses manifestations de joie dans des idiomes incompréhensibles. On fut particulièrement choqué par celle à laquelle il se livra lors de la fête patronale : la plupart la jugèrent sacrilège, interprétant ses paroles comme un cri hérétique, peut-être un cri carthaginois — la langue des Pélagiens — ou bien comme une profession de socinianisme, qu'il aurait faite en polonais. Dès lors, le bruit commença de courir : « Le Baron est devenu fou ! » Et les bien-pensants d'ajouter :

« Comment pourrait devenir fou quelqu'un qui l'a toujours été ? »

Au milieu de ces jugements contradictoires, Côme était devenu fou pour de bon. S'il s'était jusque-là vêtu de peaux de bêtes, depuis le haut jusqu'en bas, il ornait désormais sa tête de plumes, comme les aborigènes d'Amérique, des plumes de huppe ou de verdier, aux couleurs vives : il en semait même sur ses vêtements. Il finit par se faire des habits à queue entièrement couverts de plumes et par adopter les habitudes des oiseaux. Il tirait des troncs des lombrics et des larves, à la façon des pics, et s'en vantait comme de la possession d'un trésor.

Devant ceux qui se rassemblaient sous les arbres pour l'écouter et se moquer de lui, il commença à prononcer l'apologie des oiseaux ; de chasseur de la gent ailée, il se fit son avocat ; il se proclamait tantôt pigeon colombin, tantôt hibou, tantôt rouge-gorge, se camouflant de manière adéquate, et prononçant des réquisitoires contre les hommes qui ne savent pas discerner dans les bêtes à plumes leurs vrais amis ; réquisitoires qui s'adressaient en fin de compte à toute la société humaine, sous forme de paraboles. Les oiseaux eux-mêmes s'étaient aperçus de son changement et venaient près de lui, même quand il avait un auditoire à ses pieds. Ainsi pouvait-il illustrer son discours d'exemples vivants qu'il indiquait sur les branches voisines.

Le résultat fut que les chasseurs d'Ombreuse parlèrent beaucoup de se servir de lui comme d'appeau ; en fait, nul n'osa jamais tirer sur les oiseaux qui se posaient près de lui. Le Baron, même depuis qu'il extravaguait de la sorte, continuait d'intimider quelque peu. On se moquait bien de lui ; il avait souvent sous ses arbres une bande de gamins et d'oisifs qui faisaient des gorges chaudes ; mais il n'en était pas moins respecté, et c'est toujours avec attention qu'on l'écoutait.

Ses arbres étaient maintenant pavoisés de pages couvertes d'écriture ou même de pancartes portant des maximes de Sénèque et de Shaftesbury ; ajoutez-y des objets : bouquets de plumes, cierges, petites faucilles, couronnes, corsets de femme, pistolets, balances, liés les uns aux autres dans un ordre déterminé. Les gens d'Ombreuse passaient des heures à tâcher de deviner ce que voulaient dire ces rébus : les nobles, le Pape, la vertu, la guerre ? Je crois que, parfois, ils n'avaient aucun sens et cherchaient seulement à aiguiser l'esprit ; mon frère voulait faire comprendre que les idées les moins courantes peuvent être aussi les plus justes.

Côme entreprit de composer plusieurs écrits, *le Cri du Merle, le Pic qui frappe, les Dialogues des*

Hiboux ; il en fit des distributions publiques. C'est même au cours de cette période de démence qu'il apprit le métier de typographe et se mit à imprimer des sortes de libelles ou de gazettes (parmi lesquels la *Plume de Pinson*) qu'il rassembla plus tard sous le titre du *Moniteur des Bipèdes*. Il avait hissé dans un noyer une grande table, un cadre, une presse, une boîte de caractères, une dame-jeanne d'encre, et passait ses journées à la composition ou à l'impression de ses pages. Parfois des araignées ou des papillons s'introduisaient entre son cadre et son papier, imprimant leurs empreintes sur la page. Parfois quelque loir sautait sur la feuille fraîchement encrée et la barbouillait d'un coup de queue. Parfois les écureuils volaient une lettre de l'alphabet et l'emportaient dans leur tanière, croyant qu'elle pouvait se manger. C'est ce qui arriva à la lettre Q. Sa forme arrondie et son pédoncule la firent prendre pour un fruit, et Côme dut commencer certains articles par des mots bizarres : Kui, Kuand, etc.

Tout cela était bien beau : mais moi, j'avais l'impression que mon frère, outre sa folie, tombait dans l'imbécillité, chose plus grave et douloureuse ; soit en bien, soit en mal, la folie est une force de la nature, mais l'imbécillité n'en est qu'une faiblesse, sans aucune contrepartie.

Au cours de l'hiver, il parut s'enfoncer dans

une sorte de léthargie. Il restait suspendu dans son sac de couchage d'où ne dépassait que sa tête, comme un oiseau dans son nid ; c'était tout juste si, aux heures les plus chaudes, il se rendait en quatre sauts sur l'aulne du torrent Merdance pour y faire ses besoins. Dans son sac, il se contentait de lire vaguement (en allumant, quand il faisait noir, une petite lampe à huile) ou bien il marmottait tout seul ; parfois encore il chantonnait. Mais c'est à dormir qu'il passait presque tout son temps.

Il avait, pour manger, des provisions mystérieuses, mais se laissait offrir des assiettées de minestrone et de ravioli, quand quelque âme charitable venait, à l'aide d'une échelle, les lui porter jusque là-haut. Parmi les petites gens, une superstition était née : faire une offrande au Baron portait bonheur. Signe qu'il inspirait crainte ou sympathie : la seconde plutôt, je crois. Que l'héritier du titre de baron du Rondeau se mît à vivre de la charité publique me parut inconvenant ; je pensais à ce qu'eût ressenti feu notre père s'il avait appris cela. Pour moi, je n'avais rien à me reprocher car mon frère avait toujours dédaigné le bien-être de la famille et m'avait fait signer un document suivant lequel, après lui avoir versé une petite rente (qui partait presque entièrement en achats de livres) je n'avais plus envers lui aucun devoir. Mais maintenant que je le voyais dans l'incapacité de se procurer sa nourriture, j'essayai de faire monter jusqu'à lui un de nos laquais en livrée et perruque blanche, portant sur un plateau un quart de dindon et un verre de bourgogne. Je pensais qu'il refuserait pour obéir à l'un de ses mystérieux principes : mais il accepta très volontiers et, à partir de ce jour, chaque fois que nous y pensions, nous lui envoyions sur son arbre une portion de notre repas.

En somme, c'était une triste décadence. Heureusement, il y eut l'invasion des loups : elle permit à Côme de donner à nouveau la preuve des meilleures d'entre ses vertus. Cet hiver-là fut glacial ; la neige tomba jusque sur nos bois. Des bandes de loups, chassés des Alpes par la faim, s'abattirent sur nos rivages. Des bûcherons les rencontrèrent et, atterrés, répandirent la nouvelle. Les Ombreusiens qui avaient appris à s'unir au temps des gardes contre les incendies postèrent des sentinelles tout autour de la ville pour empêcher les bêtes affamées d'approcher. Personne ne se risquait plus à sortir dans la campagne, surtout la nuit.

— Quel malheur que le Baron ne soit plus l'homme d'autrefois ! disait-on à Ombreuse.

Ce mauvais hiver n'avait pas été sans affecter la santé de Côme. Il restait là, suspendu et pelotonné dans son outre comme un ver à soie dans son cocon, la goutte au nez, sourd et enflé. L'alerte aux loups fut donnée ; les gens qui passaient au-dessous de lui l'apostrophaient :

— Hé, Baron ! Autrefois, c'est toi qui aurais monté la garde pour nous du haut de tes arbres ; maintenant, c'est nous qui montons la garde pour toi.

Lui restait les yeux mi-clos, comme s'il ne comprenait pas ou ne se sentait pas visé. Mais tout à coup, il leva la tête, renifla, et dit d'une voix rauque :

— Des moutons. Pour chasser les loups, il faut mettre des moutons dans les arbres. Attachés.

La foule se rassemblait au-dessous de lui, curieuse de savoir quelle folie il allait débiter, et toute prête à se gausser. Mais lui, soufflant et se raclant la gorge, reprit :

— Je vais vous montrer les bons endroits.

Et il partit à travers les arbres.

Il fit apporter des moutons et des agneaux qu'il attacha lui-même à des branches de noyers ou de chênes, à mi-chemin des bois et des cultures, dans des positions choisies avec le plus grand soin. Vivants, bêlants, les animaux étaient solidement attachés de manière à ne pas tomber. Ensuite, dans chacun des arbres, il cacha un fusil chargé à balles. Lui-même s'habilla en mouton : capuchon, casaque, braies, tout n'était que peau de mouton frisé. Et il attendit la nuit, sans abri. Chacun jugeait que c'était là la plus grande de ses folies.

Or les loups descendirent dès cette première nuit. Flairant les moutons, entendant leurs bêlements et les voyant là-haut, toute la bande s'arrêta au pied des arbres en hurlant. Les gueules affamées étaient grandes ouvertes, les pattes s'appuyaient contre les troncs. Alors, bondissant dans les branches, Côme approcha. En voyant cette forme qui tenait de l'homme et du mouton mais sautillait comme un oiseau, les loups, ahuris, restaient bouche bée. Et puis, boum ! boum ! ils recevaient deux balles en pleine gorge. Deux, parce que Côme portait sur lui un fusil qu'il rechargeait chaque fois et en avait un autre prêt avec une balle dans le canon sur chaque arbre. Deux par deux, les loups tombaient étendus sur la terre gelée. Il en extermina un grand nombre. À chaque décharge, la bande désorientée prenait la fuite ; les chasseurs, accourant là où ils entendaient des hurlements et des coups de feu, firent le reste.

Plus tard, Côme donna des péripéties de sa chasse bien des versions différentes ; laquelle était exacte, je ne sais. En voici une :

— La bataille allait pour le mieux quand, parvenant à l'arbre où se trouvait le dernier mouton, j'y trouvai trois loups qui étaient parvenus à se hisser sur les branches et l'achevaient. À moitié aveuglé, ahuri comme je l'étais par mon rhume, j'arrivais sous leur nez sans m'en apercevoir. En voyant cet autre mouton qui marchait sur deux pattes le long des branches, les loups se retournèrent contre lui, ouvrant leurs grandes gueules encore rouges de sang. Mon fusil était déchargé parce qu'à force de tirer je n'avais plus de poudre ; quant à atteindre le fusil que j'avais laissé dans l'arbre, il n'y fallait pas songer parce qu'il y avait les loups. J'étais sur un simple rameau, peu solide ; mais au-dessus de moi, j'avais, à portée de la main, une branche beaucoup plus robuste. Je commençai à reculer, m'éloignant lentement du tronc. Un loup, lentement, me suivait. Des deux mains je me tenais suspendu à la branche supérieure et je faisais semblant de déplacer mes pieds le long du rameau fragile qu'en vérité je ne touchais pas. Le loup, trompé, tenta d'avancer ; le rameau plia sous lui tandis que, d'un élan, je me hissais sur la branche supérieure. Le loup tomba avec un léger aboiement de chien ; il se brisa les os à terre et resta là, raide mort.

— Mais les deux autres loups ?

— ... Les deux autres, immobiles, m'étudiaient. Alors j'ôtai brusquement mon justaucorps et mon capuchon de mouton et les leur jetai. Un des deux loups, voyant passer au-dessus de lui cette ombre d'agneau blanc, voulut la happer au vol ; mais recevant une peau vide quand il attendait un grand poids, il perdit l'équilibre et finit lui aussi par se briser les pattes et le cou sur le sol.

— Il en reste encore un.

— … Il en reste encore un, mais comme je m'étais brusquement découvert en jetant mon justaucorps, j'eus un éternuement à faire trembler le ciel. À cette nouvelle explosion, le loup eut un tel soubresaut qu'il tomba de l'arbre, et se rompit le cou comme les autres.

C'est ainsi que mon frère racontait sa nuit de bataille. Ce qui est certain, c'est que le refroidissement qu'il avait pris, patraque comme il était déjà, faillit bien lui être fatal. Il resta plusieurs jours entre la vie et la mort, et fut soigné aux frais de la commune, en témoignage de reconnaissance. Étendu dans un hamac, il était entouré d'une nuée de docteurs qui grimpaient et descendaient continuellement le long de plusieurs échelles. Les meilleurs praticiens des environs furent appelés en consultation ; l'un lui faisait des lavements, un autre des saignées, le troisième des sinapismes, le quatrième des emplâtres. Personne ne traitait plus le baron du Rondeau comme un fou : tout le monde parlait de lui comme d'un grand esprit, l'un des génies de ce siècle.

Cela tant qu'il fut malade. Quand il guérit, on recommença à le juger tantôt sage comme auparavant, soit fou comme toujours. Mais il évita désormais les trop grandes bizarreries. Il continua d'imprimer un hebdomadaire, mais il en modifia le titre. Ce n'était plus *Le Moniteur des Bipèdes* mais *Le Vertébré raisonnable*.

XXV

Je ne sais si à cette époque, une loge de francs-maçons avait déjà été fondée à Ombreuse ; ce n'est que bien plus tard, après les premières campagnes de Napoléon, que je fus moi-même initié, comme nombre de bourgeois aisés et de hobereaux de nos régions ; je ne saurais donc dire quels furent les premiers rapports de mon frère avec la Loge. Je mentionnerai à ce propos un épisode qui remonte à la même époque, ou peu s'en faut, et que différents témoignages permettent de tenir pour vrai.

Un jour arrivèrent à Ombreuse deux Espagnols, voyageurs de passage. Ils se rendirent chez Barthélemy Cavagna, pâtissier et franc-maçon notoire. Il semble qu'ils se présentèrent comme des frères de la Loge de Madrid, si bien que Cavagna les conduisit dans la soirée à une séance de la Maçonnerie d'Ombreuse ; celle-ci se réunissait alors dans une clairière du bois, à la lueur de torches et de cierges. On n'a su tout cela que par des bruits et des suppositions. Ce qui est sûr, c'est que, le lendemain, les deux Espagnols, à peine sortis de leur hôtel, furent suivis par Côme du Rondeau qui les surveillait sans se faire voir, du haut des arbres.

Les deux voyageurs pénétrèrent dans la cour d'une auberge située hors de la ville. Côme se posta dans une glycine. Assis à une table, un client attendait nos deux hommes : on ne pouvait voir son visage, dissimulé dans l'ombre du chapeau noir à larges bords. Les trois têtes, ou plutôt les trois chapeaux, conversaient au-dessus du carré blanc de la nappe. Après qu'ils eurent quelque peu confabulé, les mains de l'inconnu commencèrent d'écrire sur une bande de papier quelque chose que les autres lui dictaient : à l'ordre dans lequel il plaçait les mots les uns au-dessus des autres, on eût dit une liste de noms.

— Bonjour, messieurs, lança Côme.

Les trois chapeaux se soulevèrent, laissant voir trois visages aux yeux braqués en direction de l'homme à la glycine. Mais l'un des trois, celui qui arborait le grand chapeau, laissa retomber aussitôt sa tête au point que le bout de son nez toucha le bord de la table. Mon frère avait juste eu le temps de noter que cette physionomie ne lui était pas inconnue.

— *¡Buenos días a usted !* dirent les deux autres à Côme. Mais est-ce un usage de l'endroit que de se présenter aux étrangers en descendant du ciel comme un pigeon ? Nous espérons que vous voudrez bien venir jusqu'à nous pour nous l'expliquer !

— Ceux qui sont haut sont bien en vue, déclara le Baron. Il en est d'autres qui rampent afin de dérober leurs traits.

— Sachez qu'aucun de nous n'est tenu de vous montrer son visage, *señor.* Pas plus que de vous montrer son derrière.

— Je sais que, pour certains, garder sa figure dans l'ombre est une espèce de point d'honneur.

— Qui sont ceux-là, de grâce ?

— Les espions, par exemple !

Les deux compères tressaillirent. Celui qui se tenait la tête basse ne bougea pas ; mais, pour la première fois, on entendit sa voix.

— Ou, pour choisir un autre exemple, les membres des sociétés secrètes, articula-t-il avec lenteur.

On pouvait comprendre cette formule de plusieurs façons. Côme réfléchit un peu, puis dit d'une voix forte :

— Votre réplique, monsieur, peut s'interpréter de diverses manières. Mentionnez-vous les « membres des sociétés secrètes » pour insinuer que j'en suis un, ou pour insinuer que vous l'êtes, ou que nous le sommes tous deux, ou que nous ne le sommes ni l'un ni l'autre alors que d'autres le sont, ou, dernière hypothèse, est-ce une phrase qui peut servir à voir ce que je vais dire ensuite ?

— *¿Como, como, como ?* demanda, tout désorienté, l'homme au vaste chapeau.

Et dans son embarras, oubliant qu'il devait garder la tête basse, il la leva jusqu'à regarder Côme dans les yeux. Côme le reconnut : c'était don Sulpicio le jésuite, son ennemi de Basse-Olive.

— Ah ! Je ne m'étais pas trompé. Bas le masque, Révérend Père !

— Vous ! J'en étais certain ! fit l'Espagnol, qui ôta son chapeau et s'inclina, découvrant sa tonsure :

— Don Sulpicio de Guadalete, *superior de la Compañia de Jesus*.

— Côme du Rondeau, franc-maçon et adepte.

Les deux autres se présentèrent aussi, avec un petit signe de tête.

— Don Calixte !

— Don Fulgence !

— Ces messieurs aussi sont jésuites ?

— *¡Nosotros tambien !*

— Le pape n'a-t-il pas dissous votre Compagnie ?

— Pas pour faire le jeu de libertins et d'hérétiques de votre acabit, fit don Sulpicio, dégainant son épée.

Après la dissolution de leur Ordre, ces jésuites espagnols avaient pris la campagne et cherchaient à former dans toutes les régions une milice armée pour combattre les idées nouvelles et le théisme.

À son tour, Côme avait tiré l'épée. La foule commençait à s'assembler.

— Ayez la bonté de descendre, si vous voulez vous battre *caballerosamente*, dit l'Espagnol.

Il y avait, à quelque distance, un bois de noyers. C'était l'époque de la récolte et les paysans avaient suspendu des draps entre les arbres pour y recueillir les noix qu'ils gaulaient. Côme courut sur un noyer, sauta dans le drap et s'y tint droit, retenant ses pieds qui glissaient sur la toile de cette espèce de grand hamac.

— C'est à vous de monter de deux pouces, don Sulpicio ; moi je suis déjà descendu plus que je n'ai l'habitude de faire !

L'Espagnol sauta sur le drap tendu. Il était difficile de s'y tenir debout ; le drap roulait et se creusait sous le poids de leurs corps ; mais les deux adversaires étaient si acharnés qu'ils réussirent à croiser le fer.

— *¡Ad majorem dei gloriam !*

— À la gloire du Grand Architecte de l'Univers !

Et de se pousser des bottes.

— Avant que je vous plante cette lame dans le pylore, donnez-moi des nouvelles de la Señorita Ursula.

— Elle est morte dans un couvent !

Cette nouvelle troubla Côme (je pense qu'elle avait été inventée tout exprès) ; et l'ex-jésuite en profita pour tenter un coup déloyal. D'un mouvement plongeant, il atteignit l'un des nœuds qui fixaient le drap aux branchages derrière Côme et le coupa net. Côme serait certainement tombé s'il ne s'était lancé du côté de don Sulpicio, et accroché au bord du drap. Dans le bond qu'il fit, son épée tourna la garde de l'Espagnol et lui transperça le ventre. Don Sulpicio s'affala, glissa le long de l'étoffe et roula sur le sol. Côme remonta dans le noyer. Les deux autres ex-jésuites ramassèrent leur compagnon, blessé ou mort, on ne l'a jamais su, décampèrent et ne reparurent plus.

Les gens vinrent en foule autour du drap ensanglanté. C'est de ce jour que mon frère fut universellement réputé franc-maçon.

Le secret de la Société m'empêcha d'en savoir davantage. Quand j'en fis partie moi-même, comme je l'ai dit, j'entendis parler de Côme comme d'un ancien frère dont les rapports avec la Loge n'étaient pas clairs ; certains le disaient « en sommeil », d'autres parlaient de lui comme d'un hérétique passé à un rite différent, d'autres comme d'un apostat ni plus ni moins ; mais tous montraient un grand respect pour son activité passée. Il ne me paraît pas exclu qu'il ait été ce légendaire

« Pic-Maçon » auquel on attribue la fondation de la Loge « l'Orient d'Ombreuse » ; ses premiers rites, tels qu'on les décrit, semblent avoir porté la marque du Baron ; il suffira de dire qu'on bandait les yeux des néophytes, qu'on les faisait monter dans un arbre et qu'ils en descendaient encordés.

Il est établi que, chez nous, les premières réunions de maçons se tinrent en pleine nuit, dans les bois. La présence de Côme y est donc plus que vraisemblable, soit qu'il ait fondé lui-même la Loge après avoir reçu de ses correspondants étrangers les constitutions maçonniques, soit qu'un Ombreusien voyageur ait introduit chez nous des rites auxquels on l'avait initié en France ou en Angleterre. Dans ce dernier cas, il se peut que la Maçonnerie ait existé un temps à l'insu de Côme ; j'imagine fort bien la scène : Côme, en rôdant de nuit à travers bois, découvre dans une clairière une réunion d'hommes porteurs d'ornements et d'ustensiles bizarres, éclairés par des candélabres ; il s'arrête pour les écouter de là-haut, puis intervient en jetant le désordre par une de ces boutades qu'il allait répétant, celle-ci par exemple : « Dresser un mur, c'est s'exclure. » Les maçons, reconnaissant sa science profonde, l'auraient alors fait entrer dans la Loge, nanti de charges spéciales ; et il aurait institué nombre de rites et de symboles de son cru.

Tant que mon frère s'en occupa, la Maçonnerie en plein air (je l'appellerai ainsi pour bien la distinguer de celle qui se réunit plus tard sous un toit) eut un rituel d'une exceptionnelle richesse où entraient des chouettes, des télescopes, des pommes de pin, des pompes hydrauliques, des champignons, des ludions, des toiles d'araignée et des tables de Pythagore. Il y avait également tout un étalage de crânes, pas seulement des crânes humains, mais aussi des crânes de vaches, d'aigles et de loups. Ces objets et d'autres encore (truelles, équerres et compas de la liturgie maçonnique traditionnelle) pendaient à certains arbres dans un ordre bizarre ; en général, on en attribuait la présence à la folie du Baron.

Seules quelques personnes laissaient entendre que ces rébus avaient une signification plus sérieuse ; mais d'autre part on n'a jamais pu tracer une nette séparation entre les signes d'avant et ceux d'après, ni exclure que dès le début c'étaient des signes ésotériques d'une quelconque société secrète.

Bien avant la Maçonnerie, Côme était affilié à différentes associations ou confréries professionnelles : celle de Saint-Crépin ou des Cordonniers, celles des Vertueux Tonneliers, des Justes Armuriers, des Chapeliers Consciencieux, et j'en passe. Fabriquant par lui-même presque tout ce dont il usait, il pratiquait les arts les plus divers et pouvait se vanter d'être membre de nombreuses corporations, lesquelles, de leur côté, se félicitaient de compter un adepte de famille noble, d'intelligence originale et d'un désintéressement à toute épreuve.

Je n'ai jamais bien compris comment Côme pouvait concilier sa passion pour la vie en association et son refus perpétuel de l'univers social ; ce n'est pas une des moindres singularités de son caractère. On dirait que, plus il s'obstinait à rester niché dans ses branches, plus il semblait soucieux d'entraîner ses semblables dans de nouvelles formes de rapports. Mais bien que de temps en temps il se donnât corps et âme à l'organisation d'une nouvelle association, dont il établissait méticuleusement les statuts et le but, et en choisissant parmi les membres le meilleur titulaire de chaque charge, jamais on ne savait jusqu'à quel point on pouvait compter sur lui, où et quand on pouvait le rencontrer ; ni quand il serait repris par sa nature d'oiseau sans plus se laisser rattraper. Si l'on veut absolument ramener à une même impulsion ces deux attitudes contradictoires, il faut penser qu'il était également ennemi de toutes les formes de vie en commun existant de son temps et que les fuyant, il cherchait obstinément à en expérimenter de nouvelles ; mais aucune ne le satisfaisait, aucune ne lui semblait assez différente des autres. De là ses continuelles parenthèses de sauvagerie absolue.

Il rêvait en vérité d'une société universelle. Et toutes les fois qu'il s'efforça d'associer ses semblables, que ce fût avec un objectif bien précis (comme de monter la garde contre les incendies ou contre les loups) ou dans des confréries artisanales, telles que les Parfaits Rémouleurs ou les Tanneurs Éclairés, il finit toujours par les réunir dans le bois, à la nuit, autour d'un arbre sur lequel il faisait des prêches, tout prenait un air de conjuration, de secte, d'hérésie ; dans cette atmosphère, les propos allaient naturellement du particulier au général et, des simples règles d'un métier manuel, on passait le plus aisément du monde au projet d'instaurer une république mondiale d'hommes égaux, justes et libres.

Donc, dans la Franc-Maçonnerie, Côme ne faisait que poursuivre ce qu'il avait déjà fait dans les autres sociétés secrètes ou semi-secrètes auxquelles il avait participé. Et quand un certain Lord Liverpuck, envoyé par la Grande Loge de Londres pour visiter ses frères du Continent, tomba à Ombreuse à l'époque où mon frère était grand maître, il fut tellement scandalisé de son manque d'orthodoxie qu'il s'empressa d'avertir Londres : cette Loge d'Ombreuse était certainement affiliée à quelque nouvelle Maçonnerie de rite écossais, payée par les Stuarts pour faire de la propagande contre le trône des Hanovre, en vue d'une restauration jacobite.

Ensuite survint l'histoire que j'ai déjà racontée de ces deux voyageurs espagnols qui s'étaient présentés comme maçons à Barthélemy Cavagna. Invités à la réunion de la Loge, ils avaient tout trouvé absolument normal ; ils affirmèrent même que tout se déroulait comme au Grand-Orient de Madrid. C'est là précisément ce qui excita les soupçons de Côme : il était payé pour savoir ce que le rituel devait à son invention. C'est pour cette raison qu'il se mit sur les traces des espions, les démasqua et triompha de son vieil ennemi Don Sulpicio.

Quoi qu'il en soit, j'ai idée que ces changements dans la liturgie répondaient chez lui à un besoin personnel. Il aurait pu à juste titre adopter les symboles de tous les métiers, sauf de celui de maçon, lui qui n'aurait pour rien au monde accepté de construire ou d'habiter une maison en maçonnerie.

XXVI

Ombreuse avait aussi des vignes. Si je n'en ai jamais parlé, c'est qu'à la suite de Côme je me suis jusqu'ici tenu aux arbres de haute futaie. Donc, il y avait de vastes coteaux de vignobles ; en août, sous le feuillage des cordons, le raisin noir gonflait ses grappes ; déjà son suc épais avait la couleur du vin. Certaines vignes formaient des pergolas et Côme était, en vieillissant, devenu si menu, si léger, avait si bien appris l'art de marcher sans peser, qu'il pouvait cheminer le long des lattes de ces pergolas. Il circulait donc dans les vignes. Installé sur les lattes, sur les arbres fruitiers voisins ou sur ses pieux qui servent de tuteurs, il pouvait se livrer à de nombreux travaux : en hiver, la taille quand les vignes ne sont qu'entrelacs dépouillés autour du fil de fer ; en été, l'effeuillage des pampres trop touffus ou la poursuite des insectes ; en septembre enfin, les vendanges.

Pour les vendanges, tout Ombreuse venait passer la journée dans les vignes ; entre les files vertes des cordons, on ne voyait que jupes aux teintes vives et bonnets à glands. Les muletiers chargeaient les bâts de vastes corbeilles pleines qu'ils vidaient ensuite dans les cuves ; des inspecteurs venaient avec des équipes de sbires ramasser le tribut dû aux différents nobles du lieu, à la République de Gênes, au clergé, et les autres dîmes. Chaque année il survenait quelque litige.

Les problèmes relatifs aux parties de la récolte à attribuer à droite et à gauche furent ceux qui donnèrent lieu aux plus fortes protestations dans les « cahiers de doléances » quand, en France, éclata la Révolution. Les Ombreusiens entreprirent de rédiger, eux aussi, leurs cahiers, ne fût-ce que pour essayer, même si, ici, c'était parfaitement inutile. L'idée venait de Côme qui, à ce moment-là, n'avait plus besoin d'assister aux réunions de la Loge et de discuter avec ces quelques vide-bouteilles de francs-maçons. Il siégeait dans les arbres de la place, et tout le peuple, celui du port comme celui de la campagne, venait autour de lui se faire expliquer les nouvelles ; la poste lui apportait les gazettes, ainsi que des lettres d'amis : de l'astronome Bailly, par exemple, qui devint *maire* de Paris, et d'autres membres des Clubs. À chaque instant, on apprenait du nouveau : Necker, le Jeu de Paume, la Bastille, La Fayette sur son cheval blanc, et le roi Louis déguisé en laquais. Côme commentait et mimait, tout en sautant de branche en branche : sur l'une, il était Mirabeau à la tribune, sur l'autre, Marat aux Jacobins, sur une autre encore le roi Louis, à Versailles, se coiffant du bonnet phrygien pour calmer les commères venues à pied de Paris.

Pour expliquer ce qu'étaient les « cahiers de doléances », Côme proposa : « Essayons d'en faire un. » Il prit un cahier d'écolier et le suspendit à son arbre par une ficelle ; chacun venait y signaler ce qui n'allait pas, à son gré. On vit des remarques en tout genre : les pêcheurs parlaient du prix du poisson, les vignerons des dîmes, les bergers des limites des pâturages, les bûcherons des bois du Domaine ; venaient ensuite ceux qui avaient des parents aux galères, ceux qui avaient subi des traits de cordes à la suite d'un délit, ceux qui s'en prenaient aux nobles pour des affaires de femmes. On n'en finissait plus. Même dans un « cahier de doléances », Côme trouva regrettable que tout fût si triste : l'idée lui vint de demander à chacun d'inscrire aussi ce dont il avait le plus envie. De nouveau, l'on vint mettre son mot pour exposer ses préférences : l'un parlait de la fouace, l'autre du minestrone, l'un voulait une blonde et l'autre désirait deux brunes, l'un aurait aimé dormir toute la journée, l'autre aller aux champignons toute l'année ; l'un voulait une voiture à quatre chevaux, l'autre se serait contenté d'une chèvre, l'un aurait voulu revoir sa mère morte et l'autre rencontrer les dieux de l'Olympe. En somme, tout ce qu'il y a de bon au monde était inscrit ou (car beaucoup ne savaient pas écrire) dessiné sur le cahier. Il y avait même des peintures. Côme écrivit à son tour. Il mit un nom : Violette, le nom que, depuis des années, il écrivait un peu partout.

Tout cela fit un beau cahier. Côme l'intitula : « Cahier des doléances et du contentement ». Mais quand il fut rempli, il n'y avait pas d'assemblée à laquelle l'envoyer, aussi resta-t-il là, pendu à l'arbre, au bout de sa ficelle ; la pluie vint, l'effaça, et il pourrit ; ce spectacle serrait le cœur des Ombreusiens qui pensaient à leur misère présente, et se sentaient remplis d'un désir de révolte.

En somme, nous avions nous aussi toutes les raisons de faire une révolution. Hélas, nous n'étions pas en France, et il n'y eut pas de révolution. Nous vivons dans un pays où se produisent toujours les causes et jamais les effets.

Ombreuse connut pourtant une période agitée. L'Armée républicaine faisait la guerre aux Austro-Sardes à deux pas de chez nous. Masséna était à Collardente, La Harpe sur le Nervia, Mouret le long de la Corniche avec Napoléon, alors simple général d'artillerie : les grondements que le vent apportait par intervalles jusqu'à Ombreuse, c'était lui qui les produisait.

En septembre, aux approches de la vendange, on eut le sentiment que quelque chose se tramait.

On entendait des conciliabules de porte en porte :

— Le raisin est mûr !

— Eh oui, il est mûr !

— Plus que mûr. C'est le moment de le cueillir !

— C'est le moment de le presser !

— Nous y serons tous. Où iras-tu, toi ?

— À la vigne après le pont. Et toi ? toi ?

— Chez le comte Pigna.

— Moi à la vigne du moulin.

— Tu as vu toute cette police ? On dirait des merles qui s'abattent pour becqueter les grappes !

— Cette fois, ils resteront sur leur faim !

— S'il y a beaucoup de merles, nous sommes autant de chasseurs !

— Il y a des gens qui préfèrent se cacher. Il y en a qui se sauvent.

— Comment se fait-il que cette année il y ait tant de gens qui ne s'intéressent plus à la vendange ?

— Chez nous ils voulaient retarder les travaux. Mais, désormais, le raisin est mûr !

— Il est mûr !

Le lendemain, la vendange commença dans un profond silence. Les vignes étaient remplies de gens échelonnés le long des cordons ; mais aucun chant ne s'élevait. Quelques appels épars, quelques cris : « Vous y êtes aussi ? — Oui, il est mûr », et quelques mouvements d'équipes. L'atmosphère avait je ne sais quoi de sombre, venant peut-être du ciel, qui n'était pas entièrement couvert mais un peu lourd ; et, quand une voix entonnait une chanson, elle s'arrêtait bien vite, privée du soutien du chœur. Les muletiers portaient aux cuves leurs corbeilles chargées de raisin. Habituellement, on commençait par mettre de côté les parts réservées aux nobles, à l'évêque, au gouvernement ; mais pas cette année, on aurait dit qu'on les avait oubliées.

Les collecteurs venus pour percevoir les dîmes étaient nerveux, ils ne savaient où donner de la tête. Le temps passait, rien n'arrivait, on sentait qu'il arriverait quelque chose, les sbires voyaient bien qu'il leur faudrait intervenir mais ne trouvaient rien à faire.

Côme, de son pas de chat, cheminait sur les pergolas. Un sécateur à la main, il coupait une grappe par-ci, une grappe par-là, sans ordre, puis la tendait aux vendangeurs en disant à chacun quelque chose à voix basse.

Le chef des policiers finit par éclater :

— Eh bien, alors, elles viennent ces dîmes ?

Il n'avait pas fini qu'il se repentait déjà. On

entendit retentir dans les vignes un bruit sourd qui tenait du grondement et du sifflement tout à la fois ; c'était un vendangeur qui soufflait dans une conque marine, donnant l'alarme aux vallées. Sur chaque coteau, le même son lui répondit : les vignerons levaient leurs conques comme des trompettes ; du haut d'une pergola, Côme s'était joint au concert.

À travers les cordons de vigne, un chant se propagea, entrecoupé tout d'abord, discordant, incompréhensible. Puis les voix s'entendirent, s'harmonisèrent, prirent leur élan, et chantèrent comme en bondissant à toute volée. Les hommes et les femmes, immobiles, à demi cachés à travers les cordons de vigne, les piquets, les feuilles, les grappes, tout paraissait pris dans le même élan ; le raisin se vendangeait de lui-même, se précipitait dans les cuves et s'écrasait tout seul ; le moût était partout, dans l'air, dans les nuages, dans le soleil. On commençait à mieux distinguer le chant, la musique d'abord, puis les paroles ; elles disaient : *« Ça ira ! Ça ira ! Ça ira ! »* — et les garçons foulaient le raisin avec leurs pieds nus, tout rouges, — *Ça ira !* — les filles enfonçaient leurs ciseaux pointus comme des poignards dans l'épaisseur des feuilles, blessant l'attache torse de la grappe. — *Ça ira !* — Des nuées de moucherons envahissaient l'air au-dessus des montagnes de grappes qui attendaient le pressoir. — *Ça ira !* — Alors, les sbires perdirent la maîtrise d'eux-mêmes.

— Halte-là ! Silence ! C'est fini, ce bordel ? Le premier qui chante, on l'abat !

Et ils tirèrent des coups de fusil en l'air.

Un vrai tonnerre leur répondit : des régiments rangés en ordre de bataille n'auraient pas fait plus de bruit. Tous les fusils de chasse d'Ombreuse tiraient à la fois. Côme, au sommet d'un grand figuier, sonnait la charge dans sa coquille en spirale. À travers tout le vignoble, la foule s'ébranla. Vendange ou bataille, on ne s'y reconnaissait plus. Des hommes, des raisins, des femmes, des ceps, des serpettes, des pampres, des pieux, des fusils, des corbeilles, des chevaux, du fil de fer, des coups de poing, des ruades de mulets, des tibias, des seins, le tout au chant du : *Ça ira !*

— Vos dîmes, les voilà !

Pour finir, les sbires et les collecteurs furent flanqués la tête la première dans les cuves pleines de raisin et piaffèrent, les pattes en l'air. Ils s'en revinrent les mains vides, barbouillés des pieds à la tête de jus, de grappes écrasées, de moût, de tartre même, poisseux jusque sur leurs fusils, leurs gibernes et leurs moustaches.

Les vendanges se poursuivirent comme une fête ; chacun était convaincu qu'on venait d'abolir les privilèges féodaux. Nous autres, pendant ce temps, nobles et nobliaux, nous nous étions barricadés dans nos palais, armés, décidés à vendre cher notre peau. (Moi, à vrai dire, je me bornai à ne pas mettre le nez dehors, surtout pour éviter que le reste de la noblesse ne m'accusât d'être de mèche avec mon antéchrist de frère, le pire instigateur de révoltes, jacobin et clubiste, de toute la région.) Au demeurant, ce jour-là, une fois les collecteurs et les soldats chassés, il n'y eut pas le plus petit incident.

On se donna beaucoup de mal pour préparer les fêtes. On érigea un Arbre de la Liberté, pour suivre la mode française. Seulement, on n'avait qu'une vague idée de ce qu'il fallait faire ; et puis, chez nous, il y avait tellement d'arbres que ça ne valait pas la peine d'en installer de faux. Aussi pavoisa-t-on un arbre véritable, un orme, avec des fleurs, des grappes de raisins, des festons et des inscriptions — *« Vive la grande Nation ! »* Tout au sommet, mon frère, une cocarde tricolore épinglée sur sa toque de peau de chat, faisait une conférence sur Rousseau et Voltaire, dont on n'entendit pas un mot parce que, là-dessous, le peuple dansait la ronde en chantant toujours : *Ça ira !*

La gaieté ne dura guère. Des troupes arrivèrent en force : des Génois, pour exiger les dîmes et garantir la neutralité du territoire ; des Austro-Sardes, parce que le bruit courait déjà que les

Jacobins d'Ombreuse voulaient proclamer notre annexion à la « Grande Nation Universelle », entendez la République française. Les rebelles essayèrent de résister, construisirent quelques barricades, fermèrent les portes de la cité… Il aurait fallu bien autre chose ! Les troupes pénétrèrent dans la ville de tous les côtés à la fois, bloquèrent les routes de campagne, et les agitateurs ou ceux qu'on considérait comme tels furent jetés en prison, excepté Côme — bien malin qui l'aurait attrapé — et quelques autres avec lui.

On monta à la hâte le procès des révolutionnaires ; mais les accusés parvinrent à démontrer qu'ils n'entraient pour rien dans l'affaire, et que les véritables chefs étaient précisément les fuyards. Aussi furent-ils tous relaxés ; d'ailleurs, avec les troupes qui tenaient garnison à Ombreuse, il n'y avait pas d'autres troubles à craindre. On vit s'installer, entre autres, une petite garde d'Austro-Sardes destinée à nous protéger contre les infiltrations éventuelles de l'ennemi ; le commandement en était assuré par notre beau-frère d'Estomac, le mari de Baptiste, qui avait émigré de France à la suite du comte de Provence.

Je me retrouvai donc avec ma sœur Baptiste sur le dos ; ce que fut mon plaisir, je vous laisse à l'imaginer. Elle s'installa à la maison avec son officier de mari, les chevaux, les ordonnances. Elle passait ses soirées à nous raconter les dernières exécutions capitales de Paris ; elle avait même un modèle réduit de guillotine, avec une véritable lame, et, pour nous expliquer la fin de tous ses amis ou parents par alliance, elle décapitait des lézards, des orvets, des lombrics et même des souris. C'est ainsi que se déroulaient nos soirées. J'enviais Côme, maître, dans le maquis, de ses jours et de ses nuits, caché au fond de bois qu'il était seul à connaître.

XXVII

Sur les exploits que la guerre le vit multiplier dans les bois, Côme a raconté tant d'histoires, et tellement incroyables, que je n'ai pas le courage d'authentifier une version de préférence à une autre. Je lui laisse la parole, me contentant de relater fidèlement quelques-uns de ses récits :

Des patrouilles de reconnaissance des deux partis ennemis s'aventuraient dans le bois. Chaque fois que, du haut des branches, j'entendais résonner un pas dans les buissons, je tendais l'oreille pour comprendre qui venait là : des Austro-Sardes ou des Français.

Un petit lieutenant autrichien, tout blond, commandait une patrouille de soldats aux uniformes impeccables, avec catogan, nœud, tricorne, guêtres, bretelles blanches croisées, fusils et baïonnettes ; il les faisait marcher par rangs de deux, tâchant de garder l'alignement jusque dans ces sentiers escarpés. Ignorant la configuration du bois, mais sûr d'exécuter à la lettre les ordres qu'il avait reçus, le petit officier avançait selon des lignes tracées sur sa carte et allait continuellement donner du nez contre les troncs ; les souliers ferrés de sa troupe glissaient sur les pierres lisses, des épines menaçaient les yeux des hommes, mais lui marchait toujours, conscient de la suprématie des armes impériales.

C'étaient de magnifiques soldats. Caché dans un pin, je les attendais au passage. J'avais en main une pigne d'un demi-kilo et la laissai tomber sur la tête du serre-file. Le fantassin allongea les bras, plia les genoux, et tomba dans les fougères du sous-bois. Personne ne s'en aperçut et l'escouade continua sa marche.

Je les rejoignis de nouveau et je lançai un hérisson roulé en boule sur la nuque d'un caporal. Le caporal pencha la tête et s'évanouit. Le lieutenant remarqua cette fois le fait, envoya deux hommes chercher un brancard, et continua.

La patrouille, comme si elle le faisait exprès, allait s'empêtrer dans les plus mauvais fourrés de genêts qu'il y eût dans tout le bois. Et, toujours, quelque nouvelle embûche l'attendait. J'avais rassemblé dans un cornet des chenilles bleues et velues qui, dès qu'on les touche, causent des éruptions pires que celles des orties ; je leur en fis pleuvoir dessus une centaine. Le peloton passa, disparut dans le fourré, ressortit de l'autre côté en se grattant, les mains et la figure couvertes de boutons rouges. Mais il alla de l'avant.

Merveilleuse troupe et magnifique officier ! Tout, dans le bois, lui était si étranger qu'il ne discernait plus ce qui se passait d'insolite, et continuait avec ses effectifs décimés, mais toujours fiers et indomptables. Alors j'eus recours à une famille de chats sauvages ; je les lançai par la queue après leur avoir fait décrire quelques moulinets dans l'air, ce qui les exaspéra au-delà de toute expression. Il y eut beaucoup de bruit, surtout du côté félin. Suivit un silence, une trêve. Les Autrichiens soignaient leurs blessés. Après quoi, la patrouille, blanche de pansements, reprit sa marche.

« La seule solution est de les faire prisonniers ! » me dis-je, les précédant en toute hâte ; j'espérais rencontrer une patrouille française et l'avertir de l'approche des ennemis. Mais, depuis quelque temps, les Français ne donnaient plus signe de vie sur ce front-là.

Tandis que je franchissais une zone de terrain moussu, je vis bouger quelque chose. Je m'arrêtai et tendis l'oreille. On entendait comme un clapotis de ruisseau, qui se transforma bientôt en sons articulés puis en chuchotements continuels ; on y pouvait distinguer quelques mots comme : *« Mais alors... crénom de... foutez-moi donc... tu m'emmer... quoi ! »* En exerçant mes yeux à vaincre la pénombre, je vis que cette végétation moelleuse était à base de colbacks velus, de barbes et de moustaches touffues. C'était un peloton de hussards français. Leur poil qui s'était imprégné d'humidité pendant la campagne d'hiver fleurissait, le printemps venant, de mousses et de moisissures.

Cet avant-poste était commandé par le lieutenant Agrippa Papillon, de Rouen, poète, volontaire dans l'Armée Républicaine. Convaincu de la bonté générale de la nature, le lieutenant Papillon ne voulait pas que ses soldats se débarrassent des aiguilles de pin, des bogues de châtaignes, des branchettes, des feuilles, des petits colimaçons qui s'accrochaient à eux tandis qu'ils traversaient le bois. Et la patrouille se fondait si bien dans la nature environnante qu'il avait fallu mon œil exercé pour la voir.

Au milieu de ses soldats qui bivouaquaient, l'officier-poète, coiffé d'un bicorne, son maigre visage encadré de longs cheveux en tire-bouchon, déclamait aux bois :

— Ô forêt ! Ô nuit ! Me voici en votre pouvoir ! Un tendre brin de capillaire enroulé autour de la cheville de ces preux soldats pourra donc arrêter le destin de la France ? Ô Valmy ! Comme tu es loin !

Je m'avançai :

— *Pardon, citoyen !*

— Quoi ? Qui est là ?

— Un patriote de ces bois, citoyen officier.

— Ah ? Ici ? Où est-il ?

— Juste au-dessus de votre nez, citoyen officier.

— Je vois. Mais qu'est-ce là ? Quelque homme-oiseau, quelque fils des Harpies ? Vous êtes une créature mythologique, peut-être ?

— Je suis le citoyen Rondeau, humain par mes origines du côté paternel comme du côté maternel, je puis m'en porter garant. Bien plus, j'ai eu pour mère un valeureux soldat des guerres de Succession...

— Je comprends. Ô temps, ô gloire ! Je vous crois, citoyen, et me sens anxieux d'écouter les nouvelles que vous semblez venir m'apporter.

— Une patrouille autrichienne est en train de pénétrer dans vos lignes.

— Que dites-vous ? C'est la bataille ! L'heure est venue ! Ô ruisseau, doux ruisseau, voilà que, dans un instant, tu seras teinté de sang ! Allons ! Aux armes !

Aux ordres du lieutenant-poète, les hussards rassemblèrent armes et bagages ; mais leurs mouvements étaient si mous, si flottants, ils perdaient tant de temps à s'étirer, à se racler la gorge, à jurer, que je commençai à douter de leur efficience militaire.

— Citoyen officier, avez-vous un plan ?

— Un plan ? Marcher sur l'ennemi.

— Oui… Mais comment ?

— Comment ? En rangs serrés !

— Eh bien, si vous me permettez un conseil, je garderais mes soldats immobiles, éparpillés, et laisserais la patrouille ennemie tomber d'elle-même dans l'embuscade.

Le lieutenant Papillon était un homme accommodant ; il ne fit aucune objection à mon plan. Éparpillés dans le bois, les hussards n'étaient pas faciles à distinguer des touffes de feuillage, et le lieutenant autrichien était certainement moins apte que tout autre à percevoir la différence. La patrouille impériale suivait l'itinéraire de la carte ; on entendait de temps à autre un brusque « Par file à droite ! » « Par file à gauche ! » Elle passa ainsi sous le nez des Français sans même s'en apercevoir. Les hussards, eux, se déplaçaient sans autres bruits que les froissements de feuillages et bruissements d'ailes inévitables ; ils effectuèrent ainsi un mouvement tournant. Du haut des arbres, je leur signalais par un gloussement de perdrix ou par un cri de chouette les déplacements des forces ennemies et les raccourcis qu'il fallait prendre.

Les Autrichiens tombèrent dans le piège sans s'être aperçus de rien.

— Halte-là ! Au nom de la liberté, de la fraternité et de l'égalité, je vous arrête ! entendirent-ils crier brusquement du haut d'un arbre, et l'on vit apparaître parmi les branches une forme humaine, brandissant un fusil à long canon.

— *Hourra ! Vive la nation !*

Les buissons environnants étaient autant de hussards français sous le commandement du lieutenant Papillon.

On perçut de sombres imprécations austro-sardes ; avant d'avoir pu réagir, les soldats étaient désarmés. Pâle, mais le front haut, le lieutenant autrichien remit son épée entre les mains de son collègue et ennemi.

Je devins un précieux collaborateur de l'Armée républicaine, mais je préférais chasser seul, sans autre aide que celle des animaux de la forêt, comme ce jour où je mis en fuite une colonne autrichienne en déversant sur elle un nid de guêpes.

Ma réputation s'était répandue dans le camp austro-sarde et s'était amplifiée jusqu'à l'extravagance : on prétendait que le bois pullulait de Jacobins armés cachés au sommet des arbres. Pendant leurs marches, les troupes royales et impériales tendaient l'oreille : au léger bruit que fait une châtaigne en tombant de sa bogue, au moindre glapissement étouffé d'écureuil, elles se voyaient déjà entourées par les Jacobins — et changeaient de route. De cette façon, rien qu'en provoquant des bruits et des bruissements à peine perceptibles, je faisais dévier les colonnes piémontaises et autrichiennes, et parvenais à les conduire où je voulais.

Un jour, j'en menai une dans un fourré épineux et serré où elle se perdit. Toute une harde de sangliers se cachait là : débusqués de leurs montagnes où tonnait le canon, les sangliers étaient descendus par troupes se réfugier dans les bois de la côte. Les Autrichiens, égarés, marchaient sans voir plus loin que leur nez ; tout à coup, une bande de sangliers hirsutes se dressa sous leurs pieds avec des grognements effrayants. Lancés la hure en avant, les énormes bêtes se fourraient entre les genoux des soldats, les projetaient en l'air, les piétinaient, dès qu'ils retombaient, sous une avalanche de sabots pointus, leur donnaient des coups de défense dans le ventre. Tout le bataillon fut renversé. Postés sur les arbres, mes compagnons et moi, nous les poursuivions à coups de fusil. Ceux qui purent rentrer au camp parlèrent les uns d'un tremblement de terre qui avait brusquement ébranlé le terrain épineux sous leurs pieds, les autres d'une bataille contre une bande de Jacobins jaillis des entrailles de la terre ; car les Jacobins ou les diables, c'était tout comme : des êtres qui sont à demi hommes, à demi bêtes, qui vivent dans les arbres ou au fond des fourrés.

Je vous ai dit que j'aimais mieux faire mes coups tout seul, ou bien aidé des quelques camarades d'Ombreuse qui s'étaient réfugiés en ma compagnie dans le bois après les vendanges. Avec l'armée française, je tâchais d'avoir à faire le moins possible ; on sait ce que sont les armées : dès qu'elles bougent, elles amènent des désastres. Mais je m'étais attaché à l'avant-poste du lieutenant Papillon et n'étais pas peu inquiet de son sort. En effet, pour le peloton commandé par le poète, l'immobilité du front menaçait d'être fatale. Les mousses et les lichens, parfois même des bruyères et des fougères, poussaient sur l'uniforme des soldats. Des roitelets faisaient leurs nids au sommet des colbacks, les muguets y fleurissaient ; les bottes se soudaient au terrain, devenaient un socle compact ; tout le détachement risquait de prendre racine. Le culte du lieutenant Agrippa Papillon pour la nature transformait peu à peu cette poignée de braves en un amalgame animal et végétal.

Il fallait les réveiller. Mais comment ? J'eus une idée et vins la communiquer au lieutenant. Il déclamait justement des stances à la lune.

— Ô lune ! Ronde comme une bouche à feu, comme un boulet de canon qui, la poussée de la poudre une fois épuisée, continue sa lente trajectoire, roulant silencieusement à travers les cieux ! Quand éclateras-tu, Lune, soulevant un haut nuage de poussière et d'étincelles, submergeant les trônes et les armées ennemies, m'ouvrant une brèche de gloire dans ce mur d'indifférence où me tiennent mes concitoyens ! Ô Rouen ! Ô lune ! Ô destin ! Ô Convention ! Ô grenouilles ! Ô jeunes filles ! Ô ma vie !

Et moi :

— *Citoyen !*

Papillon, contrarié d'être sans cesse interrompu, me demanda sèchement :

— Eh bien ?

— Je voulais vous dire, citoyen officier, qu'il existe un moyen de réveiller vos hommes d'une léthargie désormais dangereuse.

— Le Ciel le veuille, citoyen. Moi, comme vous voyez, je brûle du désir d'agir. Et quel serait votre système ?

— Les puces, citoyen officier.

— Je regrette de vous décevoir, citoyen. L'Armée républicaine n'a pas de puces. Elles sont toutes mortes de famine, par suite du blocus et du renchérissement de la vie.

— Je puis vous en fournir, citoyen officier.

— Je ne sais si vous parlez sérieusement ou par plaisanterie. Quoi qu'il en soit, je vais faire un rapport à l'État-Major ; il avisera. Citoyen, je vous remercie de ce que vous faites pour la cause républicaine ! Ô gloire ! Ô Rouen ! Ô puces ! Ô lune !

Et il s'éloigna en délirant.

Je compris qu'il fallait agir de ma propre initiative. Je fis provision d'une grande quantité de puces ; dès que je voyais un hussard français, je lui décochais une bestiole à l'aide de ma sarbacane, en cherchant, par la précision de mon tir, à la faire pénétrer sous son col. Je me mis ensuite à en saupoudrer toute la formation, par poignées. C'était une mission dangereuse, car, si j'avais été pris sur le coup, ma gloire de patriote ne m'aurait servi de rien ; on m'aurait fait prisonnier, on m'aurait emmené en France et, là, guillotiné comme un émissaire de Pitt. Au contraire, mon intervention fut providentielle. La démangeaison que leur donnaient les puces réveilla chez les hussards le besoin humain, civilisé, de se fouiller, de se gratter, de s'épucer. Ils lancèrent en l'air leurs vêtements couverts de mousse, leurs sacs et paquetages piqués de champignons et de toiles d'araignée, se lavèrent, se rasèrent, se peignèrent, en somme reprirent conscience de leur individualité humaine, recouvrèrent le sens de la civilisation, s'affranchirent de la matière brute. En même temps, ils se sentaient aiguillonnés par un besoin d'activité, un zèle, une combativité qu'ils avaient oubliés depuis longtemps. Le moment de l'attaque les trouva pleins d'élan ; les armées de la République eurent raison de la résistance ennemie, enfoncèrent le front, et avancèrent jusqu'aux victoires de Dego et Millesimo.

XXVIII

Notre sœur et l'émigré d'Estomac se sauvèrent juste à temps pour n'être pas capturés par l'Armée républicaine. Le peuple d'Ombreuse semblait revenu au jour des vendanges. On dressa un Arbre de la Liberté, plus conforme, cette fois, au modèle français : c'est-à-dire qu'il ressemblait un peu à un mât de cocagne. Inutile de dire que Côme s'y hissa, coiffé d'un bonnet phrygien ; mais il se fatigua vite et s'en alla.

Autour des palais de la noblesse, il y eut un peu de tapage, on cria : « *Aristos, Aristos* à la lanterne ! *Ça ira !* » Moi qui étais le frère de mon frère, on me laissa tranquille. D'ailleurs nous n'avions jamais été que de fort modestes hobereaux. Par la suite, on me considéra même comme un patriote (si bien que j'eus des ennuis lorsque tout changea de nouveau).

On installa une *municipalité* et un *maire*, tout cela à la française. Mon frère fut nommé membre du Conseil provisoire ; beaucoup n'approuvaient pas la chose, parce qu'ils le tenaient pour dément. Les « ci-devant » riaient et disaient que nous n'étions tous ensemble rien d'autre qu'une bande de fous.

Les séances du Conseil se déroulaient dans l'ancien palais du gouverneur génois. Côme se perchait dans un caroubier, au niveau des fenêtres, et suivait les discussions. Parfois il intervenait, en criant à tue-tête : et il votait. Les révolutionnaires — comme on sait — sont plus formalistes que les conservateurs : on trouva à redire à cela, on affirma qu'un tel procédé n'était pas tolérable, qu'il diminuait le prestige de l'assemblée, et ainsi de suite. Lorsque, pour remplacer la République oligarchique de Gênes, on créa la République Ligure, on n'élut plus mon frère parmi les administrateurs.

Dire qu'en ce temps-là Côme avait rédigé et répandu un *Projet de Constitution d'une Cité Républicaine, avec Déclaration des Droits des Hommes, des Femmes, des Enfants, des Animaux Domestiques et Sauvages, y compris les Oiseaux, les Poissons, les Insectes et les Plantes, tant Arbres de Haute Futaie que Légumes et Herbes* ! C'était un fort bel ouvrage, qui pouvait servir de guide à toute espèce de gouvernants ; mais nul ne le prit au sérieux et il resta lettre morte.

Côme passait encore la plus grande partie de son temps dans le bois où les sapeurs du Génie français ouvraient une route pour les transports d'artillerie. Avec leurs longues barbes qui sortaient de leurs colbacks pour aller se perdre sous leurs grands tabliers de cuir, les sapeurs étaient différents de tous les autres militaires. Eux, au moins, ne laissaient pas sur leur passage cette série de gaspillages et de désastres qu'amenaient les autres troupes ; ils avaient la satisfaction de faire une œuvre durable et l'ambition de la réussir au mieux. Puis, ils en avaient tant à raconter ! Ils avaient traversé des nations, vécu des sièges et des batailles ; certains d'entre eux, même, avaient vu les grandes heures de Paris, la prise de la Bastille et la guillotine. Côme passait ses soirées à les écouter. Quand ils lâchaient leurs pioches et leurs pics, ils s'asseyaient autour d'un feu pour fumer leurs courtes pipes en évoquant ces souvenirs.

Le jour, Côme aidait les pionniers à tracer la route. Éviter autant que possible les dénivellations, réduire les coupes au minimum, c'était un problème dont il possédait toutes les données. Nul ne l'eût fait mieux que lui. Il avait du reste toujours présents à l'esprit les besoins des populations jusqu'ici privées de route, plus encore que ceux des artilleurs français. Du passage de ces maraudeurs de poules, on tirerait au moins un profit : une route construite à leurs frais.

C'était heureux car, désormais, personne ne pouvait plus supporter les troupes de l'occupant ; surtout depuis que, de républicaines, elles étaient devenues impériales. On courait chez les patriotes pour donner libre cours à sa mauvaise humeur.

— Vous voyez ce qu'ils font, vos amis ?

Les patriotes écartaient les bras, levaient les yeux au ciel, et répondaient :

— Bah ! Ce sont des soldats ! Espérons que ça va finir !

Les soldats de Napoléon visitaient les étables, réquisitionnaient les moutons, les vaches, et jusqu'aux chèvres. En ce qui concernait les taxes et les dîmes, c'était encore pis qu'avant. Par là-dessus, vint le recrutement. Chez nous, on n'a jamais voulu entendre parler de service militaire : les jeunes gens prenaient le maquis plutôt que de répondre à l'appel.

Côme faisait ce qu'il pouvait pour alléger tous ces maux. Il surveillait le bétail que les propriétaires envoyaient dans les bois par crainte d'une razzia ; il montait la garde pendant les transports clandestins de blé ou d'olives qu'on essayait de soustraire aux réquisitions des fonctionnaires napoléoniens ; il indiquait aux conscrits les cavernes du bois où se cacher sans risque. En somme, il s'efforçait de défendre le peuple contre les abus ; mais il ne se livra jamais à aucune attaque contre les troupes d'occupation, bien qu'on commençât à voir rôder à travers bois les bandes armées de « barbets » qui rendaient la vie difficile aux Français. Côme, têtu comme il l'était, ne voulait pas se déjuger : il avait accueilli les Français en amis, il refusait de se montrer déloyal malgré tant de changements et bien qu'on fût fort loin de ce qu'on avait espéré. Et puis, je dois le dire, il commençait à se faire vieux et ne se donnait plus beaucoup de mal, ni d'un côté ni de l'autre.

Napoléon vint se faire couronner à Milan, puis voyagea un peu en Italie. Dans chaque ville, on célébrait en son honneur de grandes fêtes ; puis on l'emmenait voir curiosités et monuments. À Ombreuse, le programme comportait une visite au « patriote perché à la cime des arbres ». Ainsi qu'il arrive souvent, personne ici ne s'occupait plus de Côme, mais il était célèbre ailleurs, particulièrement à l'étranger.

L'entrevue n'alla pas sans cérémonie. Tout avait été préparé par le Comité Municipal des Fêtes, de manière qu'Ombreuse se fît honneur. On choisit un bel arbre : on eût voulu un chêne, mais le mieux exposé se trouvait être un noyer ; on maquilla donc le noyer avec des feuilles de chêne, on lui mit des rubans tricolores aux couleurs françaises et lombardes, des cocardes, des festons. On pria mon frère de se percher là-haut, dans son costume du dimanche, mais avec sa fameuse toque en peau de chat et un écureuil sur l'épaule.

Tout avait été préparé pour dix heures ; la foule faisait cercle autour de l'arbre ; naturellement, Napoléon ne se montra pas avant onze heures et demie, à la grande contrariété de mon frère qui commençait, en vieillissant, à souffrir de la vessie et devait se cacher de temps en temps derrière le tronc de l'arbre pour uriner derrière le tronc.

L'Empereur arriva avec une suite coiffée de bicornes brinquebalants. Il était déjà midi et Napoléon, quand il leva le nez vers les branches de Côme, avait le soleil dans l'œil. Il commença à débiter quelques phrases de circonstance :

— *Je sais très bien que vous, citoyen...*

En même temps, il se faisait une visière de sa main.

— *... parmi les forêts...*

Il fit un petit saut en arrière pour éviter que le soleil ne lui tapât droit dans les yeux.

— *... parmi les frondaisons de notre luxuriante...*

Cette fois, il sautillait en avant parce que Côme,

saluant pour donner son assentiment, avait cessé de lui masquer le soleil.

Voyant la nervosité de Bonaparte, Côme lui demanda poliment :

— Puis-je faire quelque chose pour vous, *mon Empereur* ?

— Oui, oui, dit Napoléon. Rapprochez-vous un peu, là, je vous en prie, pour me protéger du soleil… voilà… comme ça… sans bouger… Puis il se tut, comme surpris par une pensée, et se tournant vers le vice-roi Eugène :

— *Tout cela me rappelle quelque chose... Quelque chose que j'ai déjà vu...*

Côme vint à son aide :

— Ce n'était pas vous, Majesté. C'était Alexandre le Grand.

— Mais oui ! fit Napoléon. Certainement ! La rencontre d'Alexandre et de Diogène !

— *Vous n'oubliez jamais votre Plutarque, mon Empereur*, dit Beauharnais.

— Seulement, cette fois-là, ajouta Côme, c'est Alexandre qui demanda à Diogène ce qu'il pourrait faire pour lui ; sur quoi Diogène le pria de s'écarter…

Napoléon fit claquer ses doigts comme s'il trouvait enfin une phrase qu'il cherchait depuis un moment. Il s'assura d'un coup d'œil que les dignitaires de sa suite l'écoutaient, et prononça, dans un excellent italien :

— Si je n'eusse été l'empereur Napoléon, j'eusse bien voulu être le citoyen Côme Rondeau !

Il fit volte-face et s'éloigna. Sa suite emboîta le pas au milieu d'un grand cliquetis d'éperons.

Tout finit là. On aurait pu s'attendre à voir au bout de la semaine Côme décoré de la Légion d'honneur. Il n'en fut rien. Mon frère probablement s'en moquait ; mais nous autres, dans la famille, ça nous aurait fait plaisir.

XXIX

Sur terre, la jeunesse a vite fait de passer ; alors pensez, dans les arbres où tout est destiné à tomber : les feuilles comme les fruits… Côme se faisait vieux. Tant d'années, tant de nuits livré au gel, au vent, à l'eau, sous de fragiles abris ou même sans la moindre protection ; jamais une maison, un feu, un repas chaud… Côme n'était plus qu'un petit vieillard rabougri, aux jambes arquées, aux longs bras de singe, voûté, fagoté dans un manteau de fourrure que surmontait une capuche ; on eût dit un moine velu. Sa figure était cuite par le soleil, burinée comme une châtaigne, avec de bons yeux clairs tout ronds au milieu de mille rides.

L'armée de Napoléon en déroute sur la Bérézina, l'escadre anglaise débarquant à Gênes : nous passions nos journées dans l'attente des nouvelles. Côme avait disparu d'Ombreuse ; il se tenait perché sur un pin du bois, au bord de cette route de l'Artillerie qu'avaient suivie les canons de

Marengo ; il se tournait vers l'est, mais la voie demeurait déserte et l'on n'y rencontrait plus, maintenant, que des bergers accompagnés de leurs chèvres ou des mulets chargés de bois. Qu'attendait-il ? Napoléon, il l'avait vu ; la Révolution, il en connaissait la fin ; rien ne pouvait plus arriver, il n'y avait plus qu'à s'attendre au pire. Pourtant, il restait là, le regard fixe, comme si, d'un moment à l'autre, allaient apparaître au tournant l'Armée impériale encore couverte des glaçons russes, et Bonaparte en selle, pâle et fiévreux, son menton mal rasé enfoncé dans sa poitrine… Il s'arrêterait sous le pin (derrière lui, les pas qui s'éteignent dans la confusion, les sacs et les fusils qu'on jette, les soldats épuisés qui se déchaussent au bord de la route, les bandes qu'on déroule, les pieds ensanglantés). Et il dirait : « Tu avais raison, citoyen Rondeau ; rends-moi les constitutions que tu avais rédigées, redonne-moi tes conseils que ni le Directoire, ni le Consulat, ni l'Empire n'ont voulu écouter ; reprenons tout depuis le commencement, dressons de nouveau des Arbres de la Liberté, sauvons la Patrie universelle ! » Tels étaient certainement les rêves et les espoirs de Côme.

Mais c'est tout autre chose qu'il vit paraître un jour à l'orient. Sur la route de l'Artillerie, trois individus traînaient la patte. Le premier, un boiteux, s'aidait d'une béquille, un autre avait la tête enturbannée de bandes, le troisième, en meilleur état, n'avait qu'un cache noir sur un œil. Les loques déteintes qu'on leur voyait sur le dos, les lambeaux de brandebourgs qui pendillaient sur leur poitrine, le colback défoncé mais encore orné d'un plumet qui coiffait l'un d'entre eux, leurs bottes déchirées du haut en bas, tout semblait indiquer qu'ils avaient appartenu à la Garde de l'Empereur. Mais ils n'avaient plus d'armes. L'un brandissait un fourreau de sabre vide, un autre tenait sur son épaule le canon d'un fusil comme un bâton : au bout se balançait un baluchon. Ils avançaient en chantant *« De mon pays... De mon pays... De mon pays... »*, comme trois ivrognes.

— Holà, étrangers, qui êtes-vous ? leur demanda mon frère.

— Regarde un peu l'oiseau ! Qu'est-ce que tu fais là-haut ? Tu manges des pignons ?

Et un autre :

— Qui veut nous donner des pignons ! Avec toute la faim dont nous avons fait provision, il veut nous faire manger des pignons ?

— Et la soif ! La soif qu'on attrape à manger de la neige !

— Nous sommes le 3e régiment des Hussards !

— Au grand complet !

— Ce qui en reste !

— Trois sur trois cents. Ce n'est pas mal !

— Pour moi, je suis sauvé, c'est l'essentiel !

— Ce n'est pas encore dit ! Tu n'as pas encore ramené ta peau jusque chez toi.

— Que la peste t'étouffe !

— Nous sommes les vainqueurs d'Austerlitz !

— Et les pilés de Vilna ! Gai ! Gai !

— Dis donc, l'oiseau parlant, où y a-t-il une cave, par ici ?

— Nous avons vidé les tonneaux de la moitié de l'Europe, et nous avons toujours aussi soif.

— C'est parce que nous sommes criblés de balles ; alors, le vin coule dehors.

— Tu es criblé à cet endroit !

— Une cave qui nous fasse crédit.

— On reviendra payer une autre fois !

— C'est Napoléon qui paie !

— Brr…

— C'est le tsar qui paie. Il nous court après, vous n'aurez qu'à lui présenter la note.

— Du vin, vous n'en trouverez pas par ici, répondit Côme, mais un peu plus loin, il y a un ruisseau : vous pourrez vous désaltérer.

— Eh, tu peux t'y noyer, dans ton ruisseau, hibou !

— Si je n'avais perdu mon fusil dans la Vistule, je t'aurais déjà tiré et fait rôtir à la broche, comme une grive !

— Attendez, son ruisseau, je vais y tremper mon pied, il me brûle…

— Lave-t-y le derrière avec…

Pour finir, tous trois allèrent au ruisseau, se déchaussèrent, prirent un bain de pieds, se décrassèrent la figure et lavèrent leurs vêtements. Côme, qui était un de ceux qui en vieillissant, deviennent propres parce qu'ils éprouvent un certain dégoût de leur corps qu'on ne ressent pas quand on est jeune, leur procura même du savon. La fraîcheur de l'eau avait fait passer un peu l'ivresse de ces trois épaves. Du coup, ils avaient perdu leur gaieté : la tristesse de leur condition les avait repris, ils soupiraient et gémissaient. Mais dans cet état, l'eau limpide leur procura une vraie joie ; ils se réjouirent donc à nouveau et recommencèrent à chanter : *« De mon pays… De mon pays… »*

Côme avait repris son poste de vigie au bord de la route. Il entendit un galop. Arrivait un détachement de chevau-légers, soulevant un nuage de poussière. Ils portaient des uniformes inconnus ; sous leurs lourds colbacks, on voyait d'étranges figures blondes, barbues, un peu écrasées, aux yeux verts et mi-clos. Côme leur tira son chapeau.

— Quel bon vent, cavaliers ?

Ils s'arrêtèrent :

— *Sdrastvouï !* Dis un peu, *batiouchka*, combien faut-il de temps pour arriver ?

— *Sdrastvouïte*, soldats, répondit Côme qui, ayant étudié un peu toutes les langues, baragouinait aussi le russe. *Kouda vam ?* Pour arriver où ?

— Pour arriver au bout de la route.

— Eh ! cette route mène en bien des endroits. Mais vous, où allez-vous ?

— *V Parij.*

— Tiens. Pour Paris, il y en a de plus commodes…

— *Niet, nié Parij. Vo Frantsiou, za Napoleonom. Kouda védiot èta doroga ?*

— Eh, à bien des endroits. Basse-Olive, Courte-Pierre, Trappe…

— *Kak ?* Bosse-Alève ? *Niet, niet.*

— Si on veut, on peut aussi aller à Marseille.

— *V Marsel… da, da, Marsel… Frantsia.*

— Mais que voulez-vous faire en France ?

— Napoléon est venu faire la guerre à notre tsar ; maintenant, notre tsar court après Napoléon.

— Et vous, d'où venez-vous ?

— *Iz Kharkova. Iz Kieva. Iz Rostova.*

— Fichtre ! vous en avez vu de beaux endroits ! Et qu'est-ce qui vous plaît le plus ; ici ou la Russie ?

— Que ce soit beau, que ce soit laid, c'est la Russie qui nous plaît.

Un galop, beaucoup de poussière, et un cheval s'arrêta, monté par un officier qui cria aux cosaques :

— *Von ! Marš ! Kto vam pozvolil ostanovitsia ?*

— *Do svidania, batiouchka !* dirent-ils à Côme. *Nam pora...* Et ils éperonnèrent leurs montures.

L'officier était demeuré au pied du pin. Il était grand, mince, avec un air noble et triste ; il gardait sa tête nue levée vers un ciel veiné de nuages.

— *Bonjour, monsieur*, dit-il à Côme en français. *Vous connaissez notre langue ?*

— *Da, gospodine ofitsèr*, répondit mon frère, *mais pas mieux que vous le français, quand même.*

— *Êtes-vous un habitant de ce pays ? Étiez-vous ici, pendant qu'il y avait Napoléon ?*

— *Oui, monsieur l'officier.*

— *Comment ça allait-il ?*

— *Vous savez, monsieur, les armées font toujours des dégâts, quelles que soient les idées qu'elles apportent.*

— *Oui. Nous aussi nous faisons beaucoup de dégâts... mais nous n'apportons pas d'idées...*

Tout vainqueur qu'il était, il paraissait mélancolique et inquiet. Côme le prit en sympathie et voulut le consoler.

— *Vous avez vaincu !*

— *Oui. Nous avons bien combattu. Très bien. Mais peut-être...*

On entendit des hurlements, un bruit sourd, un cliquetis d'armes.

— *Kto tam ?* fit l'officier.

Les cosaques revinrent, traînant à terre des corps demi-nus ; ils tenaient quelque chose dans leur main gauche (la droite brandissait leurs larges sabres incurvés, tout ruisselants, mais oui, de sang) et ce quelque chose, c'était les têtes barbues de ces trois grands ivrognes de hussards.

— *Frantsouzy ! Napoléon !* Tous tués !

Sur un ordre sec du jeune officier, ils emportèrent leur butin un peu plus loin. L'homme tourna la tête, et reprit la conversation.

— *Vous voyez... La guerre... Il y a plusieurs années que je fais le mieux que je puis une chose affreuse : la guerre... et tout cela pour un idéal que je ne saurais presque expliquer moi-même...*

— Moi aussi, lui répondit Côme, il y a bien des années que je vis pour un idéal que je ne saurais pas m'expliquer ; *mais je fais une chose tout à fait bonne : je vis dans les arbres.*

De mélancolique, l'officier était devenu nerveux.

— *Alors*, dit-il, *je dois m'en aller.*

Il fit le salut militaire.

— *Adieu, monsieur... Quel est votre nom ?*

— *Baron Côme du Rondeau*, cria Côme à l'autre qui partait déjà. *Prochtchaïte, gospodine... Et le vôtre ?*

— *Je suis le prince André...* et le galop du cheval emporta le nom de famille.

XXX

Pour le moment, je ne sais pas ce que nous apportera ce XIXe siècle, qui a mal commencé et qui continue plus mal encore. L'ombre de la Restauration pèse sur l'Europe ; tous les novateurs, les Bonapartistes comme les Jacobins, ont été vaincus ; l'absolutisme et les jésuites reprennent le dessus ; les idéaux de notre jeunesse, le culte des Lumières, la grande espérance du XVIIIe siècle ne sont déjà plus que cendres.

Si je confie mes pensées à ce cahier, c'est que je ne saurais les exprimer ailleurs. J'ai toujours été un homme posé, sans grands élans ni tourments, un père de famille, noble par sa naissance, libéral par ses idées, respectueux envers les lois. Je n'ai jamais laissé les excès de la politique me secouer trop violemment, et j'espère qu'il en sera toujours ainsi. Mais dans mon for intérieur, quelle tristesse !

Jadis, c'était différent. Tant que j'avais mon frère, je me disais : il pense pour nous tous, et moi je n'avais qu'à me laisser vivre ! Pour moi, le signe des changements n'a pas été l'arrivée des Austro-Russes, ni notre annexion au Piémont, ni les nouveaux impôts, que sais-je encore, mais le fait de ne plus le voir, en ouvrant ma fenêtre, en équilibre tout là-haut. Maintenant qu'il n'est plus là, je sens que je devrais méditer sur bien des choses : la philosophie, la politique, l'histoire. Je me suis abonné à des gazettes, je lis des livres, je me casse la tête. Mais ce qu'il voulait dire, je ne le trouve pas là. Sa vérité était d'un autre ordre, elle avait quelque chose de total, elle ne pouvait pas s'exprimer par des mots, mais uniquement en vivant comme il vécut. C'est en restant impitoyablement lui-même, comme il le fit jusqu'à la mort, qu'il pouvait donner quelque chose à tous les hommes.

Je me rappelle les débuts de sa maladie. Nous nous en aperçûmes à ceci qu'il avait transporté sa couche dans le grand noyer, en plein centre de la place. Jusque-là, avec son instinct sauvage, il avait toujours tenu cachées ses retraites nocturnes. Il avait — à présent — constamment besoin d'être vu par les autres. Mon cœur se serra : j'avais toujours pensé qu'il n'aimerait pas mourir seul ; c'était peut-être déjà un signe. Nous fîmes monter un médecin jusqu'à lui, au moyen d'une échelle ; l'homme de l'art, quand il redescendit, ouvrit les bras avec une grimace.

Je gravis moi-même l'échelle.

— Côme, commençai-je, tu as maintenant soixante-cinq ans passés, tu ne vas pas rester là-haut ? Dorénavant, ce que tu voulais dire, tu l'as dit, nous l'avons compris, ç'a été une grande force d'âme que la tienne, tu as gagné ; maintenant tu peux descendre. Même pour ceux qui ont passé toute leur vie en mer, il vient un âge où l'on débarque.

Résultat nul. Il fit « non » de la main. Il ne parlait presque plus. De temps en temps il se levait, drapé dans une couverture qui lui enveloppait la tête, et s'asseyait sur une branche pour jouir un peu du soleil. C'étaient là ses seuls déplacements. Une vieille femme du peuple, une sainte femme (peut-être une ancienne maîtresse), montait lui faire son ménage et lui apportait des plats chauds. Nous laissions à demeure l'échelle contre le tronc parce qu'il fallait à chaque instant grimper à son aide, et aussi parce que nous espérions qu'il se déciderait à descendre d'un moment à l'autre. (Les autres l'espéraient ; moi, je savais bien comment il était fait.) Sur la place, autour de lui, il y avait toujours un cercle de gens pour lui tenir compagnie ; ils discouraient entre eux, et de temps en temps lui lançaient quelques mots, bien qu'on sût qu'il n'avait plus envie de parler.

Son état empira. Nous hissâmes un lit dans l'arbre et réussîmes à le maintenir en équilibre : il s'y coucha volontiers. Nous eûmes quelques remords de ne pas y avoir pensé plus tôt ; à vrai dire, il ne refusait aucune commodité ; pourvu que ce fût dans les arbres, il avait toujours cherché à vivre le mieux possible. Dès lors, nous nous hâtâmes de lui donner davantage de confort : des nattes pour l'abriter de l'air, un baldaquin, un brasero. Son état s'améliora un peu ; nous lui apportâmes un fauteuil que nous fixâmes à deux branches ; il se mit à y passer ses journées, roulé dans ses couvertures.

Un matin cependant, nous ne le vîmes ni dans son lit, ni dans son fauteuil ; nous levâmes les yeux, effrayés ; il était monté au sommet de l'arbre et siégeait à califourchon sur une branche extrêmement haute, avec une chemise pour tout vêtement.

— Mais que fais-tu là-haut ?

Il ne répondit pas. Il était presque raide. Il semblait ne tenir là que par miracle. Nous préparâmes un grand drap, de ceux qui servent à la récolte des olives ; nous étions une vingtaine à le tenir tendu, craignant qu'il ne tombât.

Pendant ce temps, le médecin montait. Ce fut une ascension difficile. Il fallut attacher deux échelles bout à bout. À sa descente, il nous dit :

— Il est temps d'envoyer un prêtre.

Nous nous étions mis d'accord pour charger de l'entreprise un certain Don Périclès, son ami, prêtre constitutionnel à l'époque des Français, inscrit à la Loge lorsque ce n'était pas encore interdit, et récemment réadmis par l'Évêché à l'exercice de ses fonctions, après bien des difficultés. Il monta avec les ornements sacrés et le ciboire ; un enfant de chœur suivait. Don Périclès resta un moment là-haut, sembla s'entretenir avec Côme, puis redescendit :

— Alors, Don Périclès, a-t-il reçu les derniers sacrements ?

— Non, non, mais il a dit que c'était inutile, que vraiment il n'en avait pas besoin.

Nous ne pûmes rien apprendre de plus.

Les hommes se fatiguaient de tenir le drap tendu. Côme, tout là-haut, ne bougeait absolument pas. Le vent se leva, un vent du sud-ouest ; la cime de l'arbre se balançait ; nous étions sur le qui-vive. À ce moment, une montgolfière apparut dans le ciel.

Des aéronautes anglais s'essayaient à voler sur la côte. C'était un beau ballon orné de franges, de nœuds et de festons, avec une nacelle d'osier : dedans, deux officiers aux épaulettes d'or, coiffés de bicornes pointus, regardaient dans leur lunette d'approche le paysage au-dessous d'eux. Ils braquèrent leurs lunettes sur la place ; un homme au sommet d'un arbre, un drap tendu, cette foule, c'était là d'étranges aspects du monde, vraiment... Côme, de son côté avait levé la tête et observait attentivement le ballon.

Soudain la montgolfière fut prise dans un tourbillon, elle commença de glisser dans le vent, en tournant comme une toupie, et fut déportée vers la mer. Les aéronautes, sans perdre courage, s'évertuaient à réduire, à ce qu'il me parut, la pression du ballon, en même temps qu'ils lançaient l'ancre dans l'espoir qu'elle accrocherait quelque prise. L'ancre volait dans le ciel, argentée, pendue à une longue corde ; suivant obliquement la course du ballon, elle passa au-dessus de la place et dansa à peu près à la hauteur du noyer. Nous eûmes peur pour Côme. Nous étions loin de nous attendre à ce que nous verrions l'instant d'après.

Au moment où l'ancre glissait tout près de Côme à l'agonie, il fit un de ces bonds qui lui étaient habituels au temps de sa jeunesse et s'agrippa à la corde, les pieds sur l'ancre et le corps ramassé. C'est ainsi que nous le vîmes s'envoler, entraîné par le vent, freinant à peine la course du ballon — et disparaître au-dessus de la mer.

La montgolfière, après avoir traversé le golfe, put atterrir sur l'autre rive. L'ancre traînait, nue au bout de la corde. Anxieux de la route à suivre, les aéronautes ne s'étaient aperçus de rien. On suppose que le moribond avait disparu en plein vol, au milieu du golfe.

C'est ainsi que disparut Côme : il ne nous accorda même pas la satisfaction de le ramener sur terre après sa mort. Sur la tombe de notre famille, une stèle célèbre sa mémoire, avec l'inscription que voici :

Côme Laverse du Rondeau
Il vécut dans les arbres
Aima toujours la terre
Monta au ciel.

Tandis que j'écris, je m'interromps de temps en temps pour aller à la fenêtre. Le ciel est vide ; pour nous, les vieux d'Ombreuse, habitués à vivre sous nos vertes coupoles, il fait mal à voir. On dirait que les arbres ont cessé toute résistance après le départ de mon frère, ou que les hommes ont été pris de la rage des cognées. Et puis, la végétation a changé : ce ne sont plus des yeuses, des ormes, ni des rouvres ; maintenant, c'est l'Afrique, l'Australie, les Amériques, les Indes qui allongent jusqu'ici leurs branches et leurs racines. Les essences anciennes ont reculé vers les hauteurs : les oliviers sur les collines, les pins et les châtaigniers dans la montagne ; le long de la côte s'étale une Australie rouge d'eucalyptus, alourdie de ficus éléphantesques, énormes et solitaires ; le reste n'est que palmiers aux houppes échevelées — arbres inhospitaliers du désert.

Ombreuse n'existe plus. Quand je regarde le

ciel vide, je me demande si elle a réellement existé. Ces découpes de branches et de feuilles, ces bifurcations, ces lobes, ces touffes, fouillis menu et innombrable ; ce ciel dont on ne voyait que des éclaboussures ou des pans irréguliers ; tout cela existait peut-être seulement pour que mon frère y circulât de son léger pas de mésange. C'était une broderie faite sur du néant, comme ce filet d'encre que je viens de laisser couler, page après page, bourré de ratures, de renvois, de pâtés nerveux, de taches, de lacunes, ce filet qui parfois égrène de gros pépins clairs, parfois se resserre en signes minuscules, en semis fins comme des points, tantôt revient sur lui-même, tantôt bifurque, tantôt assemble des grumeaux de phrases sur lit de feuilles ou de nuages, qui achoppe, qui recommence aussitôt à s'entortiller et court, court, se déroule, pour envelopper une dernière grappe insensée de mots, d'idées, de rêves — et c'est fini.

Février 1957.

Chronologie biographique

Les citations sont toutes d'Italo Calvino.

1923. Naissance le 15 octobre d'Italo Calvino à Santiago de Las Vegas près de La Havane. Son père, Mario, d'une vieille famille de San Remo, est agronome, sa mère, Evelina Mameli, est professeur de botanique.

1925. Retour de la famille Calvino en Italie, à San Remo.

1927-1940. Naissance de Floriano Calvino. Les deux garçons reçoivent une éducation laïque et antifasciste.

1941-1942. Études en agronomie à l'Université de Turin. Italo Calvino soumet aux Éditions Einaudi un premier manuscrit (« *Pazzo io o pazzi gli altri* ») qui sera refusé.

1943-1944. Il poursuit ses études en agronomie à Florence. Il rejoint San Remo en août 1943 et, à l'avènement de la République de Salo, entre en dissidence avant d'intégrer début 1944 les Brigades garibaldiennes.

1945. Après la Libération, il participe à la vie politique dans le Parti communiste italien. Il entreprend des études littéraires à l'Université de Turin et fait la connaissance de Cesare Pavese.

1946. Début d'une collaboration avec *l'Unità*, qui publie régulièrement ses récits dont *Champ de mines* qui remporte en décembre un premier prix littéraire lancé par le même journal.

1947. Fin de ses études littéraires par un mémoire sur Joseph Conrad. Encouragé par Pavese, son premier lecteur et mentor, Italo Calvino fait paraître chez Einaudi, désormais son éditeur et employeur, *Le sentier des nids d'araignée* (prix Riccione) qui s'inspire de son expérience de résistant. Il se rend au Festival de la jeunesse à Prague.

1948. Visite à Ernest Hemingway, en villégiature à Stresa, en compagnie de Natalia Ginzburg.

1949. Il participe au Congrès mondial des partisans de la paix à Paris. Parution du recueil *Le corbeau vient le dernier* dont les nouvelles développent trois axes thématiques : « le récit de la Résistance », « le récit picaresque de l'après-guerre » et « le paysage de la Riviera ».

1950. Suicide de Cesare Pavese.

1951. Voyage en URSS à l'automne. Le 25 octobre, décès de son père.

1952. Parution du *Vicomte pourfendu*, récit fantastique d'un homme fendu en deux dans un XVIIIe siècle fabuleux. *Botteghe Oscure*, revue dont le rédacteur en chef est Giorgio Bassani, publie *La fourmi argentine*.

1954. Parution de *L'entrée en guerre*, trois récits d'inspiration autobiographique.

1956. *Contes populaires italiens*, deux cents contes issus de toutes les régions d'Italie, sélectionnés et entièrement retranscrits par Italo Calvino, paraît en novembre.

1957. Parution en volume du *Baron perché*, où le héros, vivant au siècle des Lumières, refuse de marcher comme tous sur terre, et impose sa singularité pour « être *vraiment* avec les autres ». Parution en revue de *La grande bonace des Antilles*, qui fustige l'immobilisme du Parti communiste italien, et de *La spécula-*

tion immobilière, qui met en scène un intellectuel aux prises avec la réalité entrepreneuriale de la construction. Italo Calvino présente sa démission au parti communiste suite aux événements de 1956 en Pologne et en Hongrie.

1958. Publication en revue du *Nuage de Smog*. Parution d'une anthologie personnelle, *I Racconti*, qui remporte l'année suivante le prix Bagutta.

1959. Parution du *Chevalier inexistant*, l'histoire, dans un Moyen Âge légendaire, d'« une armure qui marche et qui, à l'intérieur, est vide ». La fondation Ford permet à Italo Calvino de passer six mois aux États-Unis dont quatre à New York.

1960. Parution de *Nos ancêtres* qui rassemble *Le vicomte pourfendu*, *Le baron perché* et *Le chevalier inexistant* : « une trilogie d'expériences sur la manière de se réaliser en tant qu'êtres humains, [...] trois niveaux d'approche donc de la liberté ».

1961. En avril, Italo Calvino se rend à Copenhague, Oslo et Stockholm pour y donner des conférences. Il participe à la Foire du livre de Francfort en octobre.

1962. Il fait la connaissance d'Esther Judith Singer, dite Chichita, traductrice argentine qui travaille pour l'Unesco et l'Agence internationale pour l'énergie atomique. Parution en revue du récit *La route de San Giovanni*.

1963. Parution de *Marcovaldo ou Les saisons en ville*, l'histoire d'un manœuvre devenu citadin « toujours prêt à redécouvrir un petit bout de monde fait à sa mesure », et de *La journée d'un scrutateur*, qui dénonce les failles d'un système se fourvoyant sous couvert d'égalité et de charité. Italo Calvino est juré du prix Formentor.

1964. Il épouse Chichita à La Havane en février. Il revient sur les lieux de sa petite enfance et rencontre

Ernesto « Che » Guevara. Les Calvino s'installent à Rome.

1965. En avril, naissance de sa fille Giovanna. Parution en volume de *Cosmicomics*, qui témoigne de l'intérêt d'Italo Calvino pour les sciences et la cosmogonie, et du diptyque *Le nuage de Smog - La fourmi argentine*, dans lesquels il questionne les relations entre l'homme contemporain et la nature.

1966. Mort de l'écrivain Elio Vittorini, avec lequel Calvino entretenait depuis 1945 des rapports amicaux et professionnels. Ensemble ils avaient dirigé le magazine *Il Menabò di letteratura* (1959-1966).

1967. La famille s'établit à Paris. Italo Calvino traduit *Les fleurs bleues* de Raymond Queneau. Parution de *Temps zéro*, nouveau recueil de « cosmicomics », dont le titre fait référence au commencement du monde.

1968. Il participe au séminaire de Roland Barthes à la Sorbonne, fréquente Raymond Queneau et les membres de l'Oulipo. Il refuse le prix Viareggio qui récompense *Temps zéro*. Parution de *La mémoire du monde et autres cosmicomics*.

1970. Parution du recueil *Les amours difficiles* dont la plupart des histoires sont fondées sur « une difficulté de communication, une zone de silence au fond des rapports humains ». Dans le cadre d'un cycle d'émissions radiophoniques, Italo Calvino s'attelle à l'étude de passages du poème de l'Arioste *Roland furieux*.

1972. Il remporte le prix Antonio Feltrinelli pour ses œuvres de fiction. Parution des *Villes invisibles*, où, à travers un dialogue imaginaire entre Marco Polo et Kublai Kahn, s'élabore une réflexion subtile sur la ville, les constructions utopiques et le langage.

1973. Il devient membre étranger de l'Oulipo. Parution du *Château des destins croisés* dont la narration se fonde sur le tirage de cartes de tarot.

1974. Début d'une collaboration avec le quotidien *Corriere della sera*, dans lequel Italo Calvino publie fictions, récits de voyage et réflexions sur le contexte politique et social de l'Italie.

1975-1976. Séjours en Iran, aux États-Unis, dans le cadre notamment des séminaires d'écriture de la Johns Hopkins University, au Mexique et au Japon.

1977. Il reçoit du ministre autrichien des Arts et de l'Éducation, à Vienne, le Staatspreis für Europäische Literatur.

1978. En avril, mort de sa mère.

1979. Parution de *Si par une nuit d'hiver un voyageur*, roman qui met en scène sa propre écriture, à partir de dix débuts de romans toujours laissés en suspens. Début d'une collaboration avec *la Repubblica*.

1980. Parution d'*Una pietra sopra*,p dans lequel Italo Calvino regroupe ses interventions critiques les plus importantes. Les Calvino s'installent à Rome.

1981. Italo Calvino reçoit la Légion d'honneur et s'attelle à la traduction de *Bâtons, chiffres et lettres* de Queneau. Il préside le jury de la 38e édition de la Mostra Internazionale del Cinema à Venise.

1982. *La vera storia*, opéra en deux actes de Luciano Berio d'après une œuvre d'Italo Calvino, est créé à la Scala de Milan.

1983. Italo Calvino est nommé directeur d'études à l'École des hautes études à Paris et donne une série de conférences à New York. Parution en novembre de *Palomar*, dont l'histoire « peut se résumer en deux phrases : *Un homme se met en marche pour atteindre, pas à pas, la sagesse. Il n'est pas encore arrivé* ».

1984. Il se rend en avril à la Foire internationale du livre de Buenos Aires avec sa femme, Chichita. *Un re in ascolto*, opéra conçu avec Luciano Berio, est créé à Salzbourg. Il participe à Séville avec Jorge Luis

Borges à un congrès sur la littérature fantastique. L'éditeur Garzanti publie à l'automne *Collection de sable*, dans lequel Italo Calvino regroupe des textes sur la réalité changeante qu'est le monde, inspirés en partie par ses voyages au Japon, au Mexique et en Iran, et *Cosmicomics anciens et nouveaux*. Tout en défendant toujours les valeurs issues de la Résistance, il prend ses distances avec la politique.

1985. Il travaille à un cycle de conférences pour l'université Harvard, regroupées dans un recueil posthume, *Leçons américaines* (1988). Décédé dans la nuit du 18 au 19 septembre à l'hôpital à Sienne, il laisse notamment derrière lui un recueil inachevé, *Sous le soleil jaguar* (1988), qui devait être constitué de nouvelles sur les cinq sens, *La route de San Giovanni* (1990), projet d'un volume rassemblant des « exercices de mémoire », *Pourquoi lire les classiques* (1991), regroupant des analyses des œuvres majeures de la littérature passée et contemporaine, et *Ermite à Paris* (1994), recueil de pages autobiographiques.

Composition Nord Compo
Impression Maury-Imprimeur
45330 Malesherbes
le 1er octobre 2014.
Dépôt légal : octobre 2014.
1er dépôt légal dans la collection : octobre 2012.
Numéro d'imprimeur : 193140.

ISBN 978-2-07-044938-5. / Imprimé en France.

278982